Ángela Vallvey

# MORTE ENTRE POETAS

PRIMAVERA
EDITORIAL

# SUMÁRIO

Fábio, as esperanças cortesãs
prisões são de que o ambicioso morre.

*Epístola moral a Fábio*

Folha em que escrevo meu nome,
tu me sobreviverás,
o que é, ai!, a vida de um homem,
quando um papel dura mais.

JUAN EUGENIO HARTZENBUSCH

*Para Antonio Javier Naranjo,*
*com gratidão e amizade*

O PASSADO

Sonhos inúteis e secos. Dois meses de beleza,
de ternura, se perderiam para sempre,
e não poderia fazer nada, nada, *mais rien*.

VLADIMIR NABOKOV, *Lolita*

# *LAS NEGRAS, ALMERÍA. 10 DE AGOSTO DE 1987*

— Tu és responsável pela morte de minha filha. Mataste Nikita... Foi culpa tua, se não fosse por ti e por tuas ideias deixá-la... – A mulher se pôs a chorar, desesperada.

Havia quatro dias que chorava ininterruptamente, desde que encontraram o corpo da menina na banheira. A mulher, Sara, tinha os olhos inchados, da cor de bolinhas de gude ensanguentadas. O cabelo revolto, cor de palha e crespo, na altura dos ombros, precisava ser lavado. Esfregava as mãos uma contra a outra, como se tentasse arrancar luvas invisíveis feitas com sua própria pele.

O homem a olhou com ceticismo, mas não havia compaixão em sua íris. Reparou que não era tão linda como pensava. Não assim, pelo menos, congestionada pelo choro, deformada pela dor. *Descuidada*. Ele nunca tinha gostado das mulheres que se desleixam, que não cuidam de sua aparência física. Apesar de já ter duas filhas – e de pais diferentes – quando a conheceu, Sara sempre lhe havia parecido bela. Mas agora estava convencido de que sua beleza era apenas uma máscara, sob a qual estava isso: uma mulher intumescida, cuja mera contemplação extinguia nele todas as sensações. Seu aspecto o deprimiu ainda mais. Fábio se dava conta de que sua presença não era nenhum consolo para ela. Estava nervoso e sentia desconforto na barriga. Coçou o couro cabeludo e se ofereceu para preparar um café, mas a mulher negou violentamente com a cabeça, como se tivesse acabado de propor-lhe cometer um ato abominável.

— Calma, por favor! – Sentou-se ao lado de Sara em um sofá, originalmente branco, recoberto com uma enorme almofada que combinava, com pequenas manchas de comida e bebida distribuídas como sardas nos ombros de uma adolescente. Como os ombros de Nikita, pensou o homem com um calafrio.

Estava claro: custa muito manter um branco imaculado. Tanto nos sofás como na alma. Felizmente, Fábio nunca tinha engolido a falácia da pureza. "Tudo acaba se sujando", disse consigo.

O sofá não era tão confortável como ele gostaria que fosse. A casa, branca, igual a todas as outras do povoado, era alugada. Simples e humilde, com um toque *hippie*, muito do gosto de Sara. Ou o tinha sido até que a morte de Nikita lhe anuviou a vista para qualquer coisa que não fosse seu luto. Até poucos dias antes, a mulher gostava de admirar o cerro Negro, no final da baía, antes de voltar para casa, para essa casa, com os olhos cheios de mar. Agora, porém, a morte da menina havia transtornado tudo e, nos formosos olhos de Sara de antes, crescia somente uma escuridão que parecia uma língua de lava seca, combinando com a paisagem que os rodeava.

Fábio não se enganara: sabia que sua relação com Sara estava morta. Tão morta como Nikita.

Sentiu preguiça com a ideia de ter de recomeçar com outra mulher. As mulheres eram extenuantes. Apesar de tudo, tinha de reconhecer que o início de um romance sempre era bom. A magia do descobrimento dos corpos. A amabilidade e os sorrisos. A disponibilidade sexual. O entusiasmo. A inspiração. Tudo isso, antes que a união se consolidasse e logo degenerasse inexoravelmente para converter-se em tortura mental e em asco.

— De acordo – disse com um tom de fastio. Quatro dias de pranto contínuo eram mais do que qualquer homem poderia suportar, por mais que amasse a chorona. Observou às furtadelas os lábios secos de Sara, rachados pelo choro, e sentiu um surpreendente arrepio de repulsa. E pensar que havia dedicado tantos versos a essa boca que agora se vislumbrava tão feia e desamparada... — De acordo, o café não é uma boa ideia. Que tal um cigarro?

— Não quero nada que venha de ti. – Sara cuspiu as palavras lentamente, a raiva gotejava entre seus dentes como saliva suja.

A menina, a outra garota, Rocío, que logo completaria oito anos, contemplava a cena do alto da escada que levava ao piso superior da casa. Fábio a tinha visto com o canto dos olhos. Era uma ratinha curiosa e intrometida, sempre espiando. Às vezes, o homem pensava que não havia lugar onde esconder-se desses olhos inquisidores e acusadores, que muito bem poderiam ter sido aqueles do fiscal do Juízo Final. A garota o deixava nervoso, e ele não era um homem calmo por natureza, exatamente. A menina era como um pintassilgo. "Ufana, alegre, altiva..., rompendo o ar esse pardo pintassilgo." Mas sua alegria tinha desaparecido quatro dias antes, embora continuasse sendo ufana e altiva como uma aristocrata nórdica. Agora que o vínculo emocional com a mãe dela estava definitivamente rompido – Fábio perguntava-se quanto mais iria tardar para o assunto aflorar –, alegrava-se em perdê-la de vista para sempre. Zap! ele se mandaria e desapareceria – confiava que para sempre – das vidas de Sara e de Rocío. E seria como se esse pintassilgozinho arrogante tivesse sido atravessado por uma seta caçadora em um poema de Antonio Mira de Amescua.

Que se danem as duas – pensou Fábio –, já estou mais que farto de vocês.

# *MADRI,*
# *6 DE JUNHO DE 1987*

— Aonde vais? Por que te pintaste tanto? – A menina observou sua irmã mais velha com uma risadinha boba. Mascava um chiclete que lhe enchia a boca totalmente, por isso teve dificuldades em pronunciar as palavras de maneira correta. Normalmente esforçava-se para fazer-se entender, em qualquer circunstância e com qualquer interlocutor, visto que tinha a vaga suspeita de que no mundo era indispensável fazer-se compreender inteiramente. Ainda assim, ficava com a sensação de que ninguém se informava cabalmente de nada.

Nikita observou sua irmã menor e Rocío obsequiou-a com uma sedutora piscadela. Aquela meninota, pensou a jovem, estava sempre se enredando em suas pernas.

— Desaparece, anã! E certamente não deverias mascar chiclete tão cedo. Teus dentes se transformarão em poços de carvão, se continuares assim. Deixa-me, vai embora. Tenho um compromisso e vou chegar atrasada. – Apontou para a porta do quarto que ambas compartilhavam, mas a pequena não deu importância; pelo contrário, olhou impassível para sua irmã, como se dissesse "podes esperar sentada."

— Mas se é ainda de manhã cedo! – protestou finalmente. Não podes começar tão cedo. Se mamãe descobrir, não te deixará sair. Pareces um paiaço – acrescentou com segurança e suas mãos infantis desenharam no ar o que ela julgou ser um monstro imaginário de aspecto desmantelado e taciturno. Nikita, porém, não deu importância e Rocío sentiu uma vez mais a solidão do artista.

— Palhaço, se diz. E não venhas distrair-me com tuas bobagens, por favor! Vês? Por culpa tua meu rímel escorreu... É que... és, és por demais, bolas!, anã!

Nikita Conrado deixou sua irmã no quarto, quando conseguiu terminar sua maquiagem e saiu pé ante pé silenciosamente. Sua mãe e Fábio ainda dormiam. Era sábado, e a rua no centro de Madri, onde moravam, estava estranhamente calada a essas horas. As pessoas varavam às sextas-feiras e, às oito da manhã, o trânsito de pedestres e de veículos perdia sua vivacidade. Respirava-se uma estranha calma, quase indiferença, no ar que batia na varanda da sala. Deu uma última olhada no espelho da entrada. Tinha as pernas nuas debaixo de uma minissaia plissada de linho. As sandálias de tiras de couro apertavam os dedos de seus pés, mas disse para si que poderia suportar o desconforto em troca da boa aparência que causava com elas. Arrebatadora. Assobiou, sentindo o eco dentro de si. Pena não ter seios um pouco maiores. Sempre havia nutrido a esperança de herdar a forma do busto de sua mãe, mas a cada dia que passava menos ilusões tinha a respeito. Bom, tampouco estava tão mal assim, considerando bem.

Fechou a porta da entrada com toda a discrição possível e saiu do apartamento dando um suspiro de alívio. O elevador subiu rengueando. Era velho. Como Alexandre, pensou com uma risadinha. Enfim, certamente mais, porque os edifícios do centro de Madri eram todos do começo do mundo.

Desceu até a portaria e disse para si que era uma sorte que aos sábados a porteira não estivesse em sua guarita. Era uma fofoqueira e ela não tinha vontade nenhuma de dar explicações sobre o lugar para onde ia.

Na rua Concepción Jerónima tudo era silêncio. Uma quietude

quase amorosa tingia o ar da manhã. De repente, um táxi quebrou o encanto, descendo a rua a toda a velocidade e Nikita enrugou a testa com desgosto. Pareceu-lhe ver que a cabeça do taxista se voltava em sua direção quando passou a seu lado. "Outro velho sujo..." Achou graça com esse pensamento. Tinha dezesseis anos e se sentia tão jovem como na realidade o era. Quase todas as pessoas e as coisas já lhe pareciam decrépitas.

Desceu até Puerta Cerrada, arrastando a duras penas suas sandálias novas. Havia mais carros circulando por ali. Aproximou-se da esquina e esperou. Puerta Cerrada havia sido uma das antigas portas da cidade; uma entrada que, como seu nome indicava, permanecia quase sempre fechada para evitar os assaltos dos malfeitores. Sabia porque Fábio lhe havia contado. Ou talvez tinha visto na televisão, em algum documentário.

Pensou que sua irmã Rocío e ela tinham sorte com Fábio. Sua mãe sempre tinha sido um tanto infeliz nos amores. Ter duas filhas e nenhum pai à vista não era certamente atraente na hora de encontrar um namorado. Os homens fugiam logo que ficavam sabendo ou tão logo podiam, e Sara acabava ficando sozinha depois de uns meses de entusiasmo e sessões compulsivas de massagem e cabeleireiro. Claro! Que homem iria querer carregar dois farrapos, filhas de outro, ou de *outros*, como era seu caso? Fábio, contudo, não tinha visto inconveniente nisso. Fazia um ano que morava com a mãe delas, no apartamento alugado, onde já moravam quando ele chegou, e não parecia importar-se com isso. Nikita pensava que era um tanto teatral e afetado em suas demonstrações de interesse por elas, ou seja, um pouco falso, mas pelo menos se esforçava para não fazê-las sentir-se como estorvos.

Por outro lado, desde que sua mãe vivia com ele, havia recobrado a luz em seu olhar. Voltava a sentir-se jovem e atraente. Tinha trinta e seis anos e ainda aspirava ser amada. Bem, isso era coisa dela, pensou Nikita; estava em seu direito, por mais madura que fosse.

Sentiu um pouco de frio.

Alex estava atrasado. Esperava que não fosse porque tivesse tido algum problema com sua mulher... Sua mulher – meditou, olhando para o chão, concentrando-se em um bilhete de metrô usado e pisoteado, que estava a seu lado – era um problema. Esse sim que era um problema.

Mas se Nikita tinha aprendido algo em suas aulas de matemática do colégio – era muito boa em ciências, embora, na realidade, não lhe interessassem nada – era que quase todos os problemas têm solução. Na maioria das vezes, a única coisa a fazer é isolar a incógnita.

Alejandro Martinez Ursola ("Alex, chama-me de Alex, amor") tinha completado cinquenta e três anos. Em seus ombros – porque tinha a sensação de carregá-los literalmente nos ombros – pesavam vinte e sete anos de casamento resignado; em alguns períodos, até melancólico. (Bem, sim, para ele foram etapas "melanalcoólicas".) A sua, diziam seus colegas do ministério, era uma relação sólida. E tanto – pensava ele. Sólida como o concreto. Como as lápides que fecham as sepulturas com seu peso.

Tinha alcançado quase todas as suas expectativas profissionais. Apenas o ministro estava acima de Alejandro Martínez na Cultura. Ainda que esse "acima" tivesse de ser reconsiderado: na realidade, Alejandro mandava no ministro, porque, entre outras coisas, sempre tinha gostado de exercer o poder na sombra, e ele o tinha, tinham-no dado a ele, e assim o havia querido. Nunca quis mostrar a cara. "Quando alguém mostra a cara – costumava dizer sem vergonha –, normalmente a quebram." Não gostava de ter visibilidade, ser famoso politicamente, nem mesmo se a contrapartida fosse o poder. Fazia muito tempo que havia descoberto que o comando não necessita de publicidade, porque esta tem mais inconvenientes que vantagens em nossos tempos.

Alex não tinha qualquer problema com culpa, essa mácula cristã com um peso de mais de dois mil anos nas costas da sociedade (ainda mais difícil de carregar que seu casamento; porque essa sim era uma relação duradoura, a da culpa e a da sociedade, e não seus esponsais com a triste e murcha Rosaura, sua mulher). Desde que se lembrava, Alex gostava de meninas. Ele, um homem de cultura, de influência livresca, se via perfeitamente confirmado em seus gostos por suas leituras, por seu conhecimento da história e por sua própria experiência de vida.

Nunca havia tido a sensação de estar fazendo algo errado. Tampouco gostava daquelas demasiado jovens: um mínimo de dez anos – considerava-se um homem decente, não um monstro –, catorze, quinze, dezesseis... O limite era dezesseis. A partir dali, as meninas transformavam-se: em mulheres, com sorte; em cruéis, geralmente – às vezes, nas duas coisas ao mesmo tempo –, e a ele não lhe interessavam nem as mulheres nem as cruéis. Nikita estava na fronteira, mas era tão formosa, tão perfeita que, por vezes, quando a observava por uns momentos, temia ser incapaz de suportar isso.

Quando abriu a porta de seu carro, a menina entrou e, de um salto, sentou-se a seu lado; ficou com um nó na garganta e mal conseguiu cumprimentá-la. Nunca na vida havia visto nada de tão belo e tão perto de suas mãos.

Fábio Arjona lhe havia apresentado sua nova família fazia pouco mais de um mês. Graças a ele conheceu Nikita, com seus grandes olhos luzidios, como duas pequenas estrelas azuis, e sua tez branca manchada de sardas loiras.

Alex mantinha Fábio sob controle: um joão-ninguém que procurava abrir caminho aos empurrões na universidade e na literatura; um péssimo poeta ("o melhor de seus poemas são os versos de outros, que ele rouba sem qualquer escrúpulo", havia ouvido comentar com malícia nada dissimulada um colega em certa ocasião). Fábio era um medíocre e um engano. Sua ambição era inversamente proporcional a seu talento e, obviamente, o resultado que havia obtido a partir de tão magra base era uma vida de constante frustração.

Alex o havia conhecido na universidade, onde Fábio trabalhava como ajudante. Ajudante, em sua idade... Um homem com um trabalho que um menino podia fazer. Alejandro fazia parte, na época, de um tribunal de concursos para cátedra. Parecia mentira que, apesar de ser um alto cargo político, ainda tivera de viver de aparências ao frequentar essas farsas institucionalizadas, como eram os tribunais de concurso para cátedra na universidade. Normalmente, convocava-se a reunião para um candidato do departamento e, embora todos soubessem que somente o aspirante oficial poderia conquistar o posto, ainda assim, sempre havia três ou quatro infelizes doutores, alheios inclusive à faculdade, dispostos a apresentar-se e a passar pelo mau bocado de serem rechaçados – e, inclusive, humilhados – em um processo de seleção que costumava premiar o postulante da casa, mesmo que fosse o mais inapto. Assim, autênticos tapados eram colocados por toda a vida em postos que geralmente eram demasiado altos para eles. Alex não era bobo e sabia que o processo de eleição era bom politicamente. Ele próprio o apoiava com entusiasmo, porque a educação é, acima de tudo, política, e quem instala os seus na universidade está semeando determinada mentalidade política nas futuras classes dirigentes de um país. Sabia que isso tinha um retorno muito claro na hora de contar os votos.

As coisas funcionavam assim, pelo menos na área das letras. Aqueles das ciências..., bem, desses ninguém sabia como atuavam realmente, por que critérios se moviam, se científicos ou políticos. Alejandro havia percebido claramente que davam muita importância à pesquisa – ou seja, às publicações –, mas também sabia ao certo, e nunca revelado abertamente, que, se queriam nomear professor remunerado a um de seus alunos preferidos, colocavam a assinatura do aspirante em vários artigos produzidos por seus companheiros e engordavam seu currículo em uma ladainha, de modo que, quando se apresentava à banca examinadora, podia parecer Einstein aos olhos de um leigo.

Bah! a universidade... Como estava feliz por tê-la deixado para trás. As aulas. As alunas provocantes. As longas e embaraçosas horas de acompanhamento... A obrigação de escrever e publicar todo tipo de disparates... Estava muito melhor em seu gabinete, com uma secretária e um motorista à sua disposição, tomando decisões importantes para a vida das pessoas. Preferia fazer política às claras, sem ter de ocultar-se sob falsos argumentos humanistas.

Fazia anos que Fábio andava atrás de um posto de titular no Departamento de Literatura, mas não era nenhum segredo que o catedrático da área o detestava e, embora acumulasse méritos suficientes, em comparação com seus companheiros, para receber a responsabilidade – e o salário e a tranquilidade de funcionário correspondentes –, o velho Arnés, que governava de maneira absolutista seu departamento, lhe havia fechado a porta repetidamente, até transformá-lo em um eterno assistente. Em um homem com trabalho de menino.

Fábio esteve presente no concurso, como espectador, e logo que foi concluída a primeira prova, não desistiu até conseguir falar um minuto com Alex. Era um cachola perfeito, esse Fábio Arjona. Alejandro podia sentir seus olhos escuros e brilhantes cravados nos seus, setas de um atrevimento quase obsceno. A insistência e a avidez de seu olhar conseguiram desconcentrá-lo em mais de uma ocasião, em que perdeu o fio do que ali se estava dizendo. Certamente Fábio tinha plena consciência do poder que Alex acumulava nesses momentos e que fazia anos que vinha administrando isso. Se Alejandro Martínez Ursola o tivesse querido realmente, Fábio não teria levado nem dois meses para conseguir seu tão desejado posto de titular universitário.

# PRIMEIRO DIA NO CIGARRAL[1]

Por que esse céu azul que todos vemos
não é céu nem é azul.

LUPERCIO LEONARDO DE ARGENSOLA

1 - *N.E.: Fazendas localizadas na margem sul do rio Tejo.
A origem da palavra é incerta. A mais comum é a presença de cigarras nos meses de verão, quando eram utilizadas essas residências. Há versões que dizem que cigarral deriva da combinação de duas palavras árabes, que se referem à recreação, casa.*

## *EL COTO, EL CASAR, GUADALAJARA/ CIGARRAL DE LA CAVA, TOLEDO. ABRIL DE 2007*

Tinha tido um pesadelo, mas não conseguia relembrar nada do que havia sonhado. O quarto estava na penumbra, o mesmo quarto onde dormia desde os treze anos, no velho chalé de sua tia Pau. Seu lar. Ouviu os pardais esvoaçarem por trás das persianas e desfrutou dessa sensação de claridade entenebrecida que se abria aos poucos com desfaçatez, embora de maneira intermitente, para o interior do quarto. E depois de um instante, o ruído dos aviões sobrevoando a área. Desde que haviam inaugurado o terminal 4 do aeroporto de Barajas, haviam transformado a comarca em um incômodo corredor aéreo ("mais que corredor, restaurante aberto durante vinte e quatro horas", costumava queixar-se a tia Pau) que atormentava os moradores e prejudicava a saúde deles com suas turbinas de ruído e gases. Nos dias claros, chegava a ser insuportável. Mas por sorte, às vezes, sopravam fortes ventos do leste que impediam desviar o tráfego aéreo por cima de seus telhados e então o local voltava a ficar silencioso, ameno e convidativo como o cartão de visitas de uma antiga dama. Tal como era, não fazia muito tempo.

Tomou um gole de água da garrafa que estava ao lado da cama, mantendo os olhos fechados com determinação enquanto bebia.

Sentia-se inquieto, com a sensação de ter a boca habitada por parasitas que se encontravam ali de passagem, porque nem mesmo eles a consideravam muito acolhedora.

Nacho Arán abriu aos poucos as pálpebras e observou, ainda sonolento e confuso, os números do relógio digital que descansava sobre a mesinha. Fez um esforço para trazer à tona sua consciência, que a essas horas lhe parecia uma gaveta profunda, no fundo da qual se havia emperrado sua vontade. São 7h15. Hora de levantar. Alguns segundos depois de abrir os olhos, o despertador começou a tocar; um som irritante e angustiado aos pés do crucifixo de ferro e madeira que pendia da parede, suspenso por um prego invisível, como a fé de sua tia Pau. Desligou-o com movimentos raivosos e se aninhou novamente embaixo dos lençóis. Eram macios e estavam limpos; prometiam inclusive vínculos inesperados com a pele de alguma mulher. Embora ele sempre, ou quase sempre, dormisse sozinho.

Tinha cabelo castanho claro, muito comprido para o gosto de sua tia, e o olhar sonhador de um poeta adolescente. Era solteiro, sem compromisso e, por vezes, perguntava-se se seu estado civil era uma escolha pessoal ou um traço genético provavelmente herdado de sua tia, bem como seus olhos verdoengos e a propensão para enxaquecas.

Como todas as manhãs, Nacho se posicionou de boca para o alto na cama e tentou distinguir figuras no teto do quarto, onde já se infiltravam alguns raios de luz opaca e incipiente que arpoavam com timidez o céu raso.

Nesse instante, o telefone começou a tarefa de atormentá-lo com seus fatais sinais de violência sonora.

— Vamos, folgazão. Está na hora de levantar. – A voz da tia Pau tinha um eco artificial, misterioso, pelos vãos internos da casa.

— Estou levantando – mentiu Nacho, sem indícios de remorso na voz. – Vou tomar café logo depois de tomar um banho rápido.

— Está chovendo, chuva fraca, mas sem parar. Às vezes aparece um pouco o sol entre algumas nuvens espessas e negras, que parece que vão esmagar os telhados, mas a tônica geral do dia são chuvaradas esparsas.

— Já o imaginava, tia. – Nacho Arán guardou para si próprio o fato, bem conhecido da tia Pau, de que ele, seu sobrinho, era um meteorologista.

— É tremendo. Fazia quase um ano que não caía uma gota e bastou chegar abril... Bem, melhor assim. – A mulher deu um suspiro que poderia ser confundido com o som de um balão desinflando, um sopro estranho de plástico rasgado. – Tua mala já está pronta?

— Hum... Sim, está pronta. – Nacho acendeu a lâmpada de leitura e olhou em derredor em busca da mala Samsonite, que finalmente localizou perto da planta ornamental dama-da-noite. Naturalmente, ainda vazia.

— Estou te esperando na cozinha. – A mulher estava prestes a repor o telefone no gancho quando, de repente, pareceu pensar melhor: – Ah, sim, Nacho, querido...

Ele deu de ombros e resignou-se a escutar algumas das conversas desconexas de sua parenta, mal começara o dia. A tia Pau dormia pouco, para não dizer nada. Considerava o sono um desperdício, talvez até um excesso frívolo em um mundo atordoado de abundâncias e atropelos, em constante transformação, metade por fazer.

— Fala, tia... – Sentia-se cansado. O quarto em sombras parecia ter todos os objetos fora de lugar. E a conversa animada de sua tia ameaçava causar-lhe dor de cabeça.

— É uma coisa muito estranha... – Dona Paulina guardou um silêncio teatral do outro lado da linha. Na realidade, estava a um par de metros acima da cabeça da cama de seu sobrinho, no primeiro andar da casa, que estava nivelado com a rua. No andar térreo estavam os quartos, a biblioteca, um escritório, a garagem e o jardim. Nacho quase podia ouvir seus enérgicos passos acima do teto de seu quarto, como um índio potawatomi que estivesse auscultando minuciosamente o chão. – Muito estranha, sim, senhor...

— O que é tão estranho, tia? – Começava a impacientar-se e a ficar nervoso.

Tinha de tomar banho e correr, se quisesse chegar a tempo para o início do que seria o quarto dia do congresso de poetas. Os demais já levavam três dias de vantagem sobre ele, mas ele não tinha podido ausentar-se do trabalho até então. E, para poder participar, teve de solicitar uma licença sem remuneração, que os produtores de seu espaço televisivo lhe haviam outorgado a contragosto. Sentia-se enormemente honrado pelo convite. Levando em conta que era um meteorologista da TV – que, além do mais, nem sequer aparecia na tela, uma vez que fazia o trabalho sujo para uma jovem apresentadora, cujo decote fazia empalidecer de insignificância o anticiclone dos Açores – e que, com seus quarenta anos recém-completados, contava unicamente com três livros de poemas, publicados por ele mesmo (claro que isso quase ninguém sabia), ser escolhido para tomar parte de um seleto grupo, que pretendia reunir o mais requintado da poesia viva do momento, era uma honra que lhe cortava a respiração de puro prazer.

Embora, pensando bem, não é que Nacho fosse um joão-ninguém, era inclusive um pouco conhecido; com alguma fama em certas esferas, talvez não muito líricas. Claro, não tanto como seus colegas, vates habituais dos meios de comunicação, mas tinha sua parte de notoriedade em tempos em que todos a desejavam, até mesmo alguns assassinos para quem nada melhor lhes ocorria que matar para alcançar a fama que sua falta de talento ou de mérito lhes havia negado por meio de outros procedimentos. Nacho tinha fundado, havia quatro anos, junto com sua tia Pau – bibliotecária aposentada, fã de romances de mistério – uma publicação na internet, O Clube Baskerville. Revista de Detetives e Investigadores, cujo êxito havia crescido de forma inesperada e surpreendente. Tanto que os deixava pasmados, a ele e sua tia. O objetivo do site era acompanhar os crimes reais que eram cometidos diariamente no país e, com a ajuda dos internautas, muitos dos quais se encontravam nas proximidades da cena do crime, contribuir a resolvê-los. Quando puseram em marcha o invento, fizeram-no para matar o tempo e divertir-se durante umas férias de verão em que Nacho – um viajante empedernido que todos e cada um dos meses de agosto de sua vida, desde que tinha dezoito anos, havia saído correndo rumo a algum destino extravagante e exótico do planeta – viu-se na situação em que não dispunha de um centavo para viajar ao exterior, como era seu costume, e teve de ficar em casa. Sua tia Pau nunca saía do casarão em que habitavam (exceto para ir ao povoado para comprar ou pagar contas, e isso se não tivesse outro remédio: alegava que o mundo estava se tornando cada vez mais hostil), e não tinha o agradável hábito de dar a Nacho dinheiro a mais que lhe permitisse equilibrar suas contas. Não por mesquinhez, mas porque estava convencida de que a escassez, a penúria e as privações em geral costumam conferir a toda mente aberta um grande impulso para resolver a própria vida. Em resumo, era da opinião de que a necessidade aguça a disposição ou a mantém inibida. E ela estava determinada para que seu sobrinho fosse um homem disposto, lúcido e perspicaz, resoluto. Ou seja, sem um euro no bolso e desesperado por consegui-lo.

Nesse verão puseram mãos à obra e organizaram a página – afinal de contas, era grátis –, mais para distrair-se que por qualquer outra coisa. (Nacho se sentia como uma fera enjaulada, amargurado por não estar, por exemplo, na Ásia, deixando-se açoitar pela chuva quente das monções e pisoteando o barro das ruas em Chandigar, Índia.) Recolheram todos os malefícios que os jornais noticiavam, em que se dizia que ainda não haviam detido os culpados, bem como qualquer notícia relacionada, que fosse encontrada na rede ou em papel impresso; enviaram o link da recém-criada revista para todos os seus contatos por e-mail e procuraram animar o espaço entre os dois, escrevendo comentários sobre cada caso e especulando um pouco à revelia sobre todos eles.

A surpresa veio quando – timidamente de início e de forma incontrolável e quase torrencial no fim de apenas quinze dias depois da abertura – a revista foi sendo incentivada pela participação de centenas de internautas, muito mais empenhados em fazer justiça que os aborrecidos tia e sobrinho.

A história do site tinha sido mais que extraordinária e tinha sido marcada por sucessos incontestáveis; também por grandes decepções, mas estas já haviam sido esquecidas. Começaram por esclarecer o roubo de uma estação meteorológica (assunto que agradou especialmente a Nacho) em Barbastro, Huesca, perto do rio Vero, composta de um bom suporte de madeira, uma veleta, um anemômetro, um termômetro de máximas e mínimas e um pluviômetro. Conseguiram, graças a Rodrigo, garoto internauta residente em Zaragoza, com cara de não ter quebrado um prato em sua vida e óculos com armação laranja, contando com sua perspicácia, acabou revelando-se um hábil hacker. O rapaz, que agora acabava de completar dezoito anos, tinha então apenas catorze anos e não se considerava um ladrão da rede, um *cracker*, mas um *grey hat*, um "chapéu cinza" desses que só ultrapassam os limites moralmente reprováveis de vez em quando e sempre que um nobre fim justifique os maus meios (Nacho o havia advertido de que essa não era uma filosofia moral muito escrupulosa, mas...). Com as notícias, as indicações que deram alguns leitores da revista e a habilidade de Rodrigo, que não precisou mover-se de seu quarto, resolveram o misterioso roubo: a estação tinha sido surrupiada por um aposentado de Huesca que tinha uma casa de veraneio em Castillazuelo, e que escreveu um e-mail a sua filha, residente em Portland, Estados Unidos, contando-lhe como tinha ficado bem no jardim sua nova estação "caseira" para controlar o tempo.

Esse caso foi apenas o primeiro de uma longa série de enigmas criminais solucionados. Entre eles, um caso de assassinato, aquele de alguns "alucinados" que assaltavam lojas na Milla de Oro de Madri, usando um carro de alto estilo (para o qual foi essencial a colaboração de um taxista, que os surpreendeu uma madrugada, enquanto agiam), e dois assaltos à mão armada (o clube pôs a polícia na pista dos malfeitores, que finalmente foram detidos).

A revista eletrônica tinha conquistado justa fama de eficiência e seriedade, e agora até obtinha lucro com publicidade: eles contavam com o patrocínio de uma agência internacional de detetives, que anunciava a todo vapor, e de uma empresa de cobrança de inadimplentes. Até a polícia os levava a sério, e alguns inspetores e agentes tinham colaborado com eles em certas ocasiões, sempre de maneira discreta e extraoficial, apoiando-se mutuamente.

Agora tinham vários casos em curso, insignificantes, mas divertidos.

Nacho bocejou, espreguiçando-se. O que seria isso de tão estranho que sua tia queria contar-lhe? Irritou-se um pouco. Que mulher... Quantas voltas dava a tudo!

— O que é tão estranho, tia? Fala ou te engasgarás – pediu-lhe, desconfortável, porque a barba coçava e queria tomar um banho logo.

Dentro de umas duas horas, no máximo, se acotovelaria com

as melhores canetas do país. Homens e mulheres que tinham a glória ao alcance de seus versos. Disporia inclusive da incrível oportunidade de cumprimentar o novo ministro da Cultura que, se sua agenda não o impedisse no último minuto, tinha previsto passar por Cigarral de la Cava para cumprimentar a todos e compartilhar com eles um almoço informal. Ele, Nacho Arán, um meteorologista de redação televisiva e humilde aprendiz de poeta, tinha sido chamado para sentar-se, em pé de igualdade, com todos eles. Não podia acreditar. Sem dúvida, a poesia estava lhe dando muito mais satisfação que a meteorologia. Não havia dúvida alguma a respeito. Embora, obviamente, não lhe desse de comer. Nacho pensou que raramente a poesia dava de comer a alguém e, aos poetas, menos que a qualquer outro.

Levantou-se da cama com o telefone sem fio colado à orelha e abriu a duras penas a janela. Deu uma olhada no jardim sob a luz diáfana e úmida da manhã. Efetivamente, por fim chovia. A água escorria dos beirais com uma tibieza lúgubre. Tocou o radiador situado embaixo da janela. Por sorte, estava começando a aquecer. Fazia um mês que tinham decidido desligar a calefação, mas sua tia, com muito bom-senso, tinha resolvido ligá-la novamente.

Fez a barba. Tinha de escanhoar-se bem. Seria ótimo se a tia Pau largasse de entretê-lo com seu palavrório matutino.

— É estranho, mas acabo de ler na internet que um poeta bastante conhecido foi assassinado ontem, em torno das dezessete horas. Uma hora um tanto esquisita para morrer. Aconteceu em Toledo. Este pode ser um bom caso para o Clube Baskerville. Pelo jeito, querido menino, não ias precisamente para Toledo, a um congresso de poetas? Lembro-me de que me disseste...

— O quê? – Nacho sentiu um calafrio. – Onde? De que estás falando...?

— Eu me perguntava se tu talvez conhecesses esse homem. O poeta... As notícias são ainda um pouco confusas, mas...

— Vou subir agora mesmo até a cozinha. – Nacho pôs o telefone no gancho, calçou os chinelos de pelúcia e abriu apressadamente a porta do quarto. O corredor, enorme e abarrotado de velhos quadros originais, transpirava uma atmosfera dramática e silenciosa. O assoalho de madeira rangeu agradavelmente sob suas largas passadas.

Quando entrou na cozinha, a tia Pau segurava o telefone com uma mão e, com a outra, agarrava a alça de uma xícara de chá fervendo. Tinha um aspecto ousado e obstinado, de certo modo romântico.

— Ah, estás ainda de pijamas. Chegarás atrasado, querido. Por vezes tenho uma angustiante sensação: já está na hora de encontrar uma boa mulher e tu próprio fundar um lar. Com crianças e tudo mais – disse a senhora. Logo sorriu, tão satisfeita como um gato que mal acabara de degustar um festim de ratinhos diante da lareira.

Antes de sair de casa em direção de Toledo, para o Cigarral onde tinha lugar o encontro poético, Nacho olhou com nostalgia seu velho Opel Vectra branco, estacionado em um dos lados da casa. A chuva estava se encarregando de limpá-lo um pouco, precisava disso. Tomou o celular, com a intenção de fazer uma chamada, mas seu pulso tremia enquanto procurava o número na agenda. Não se sentia muito à vontade ao falar por telefone e contemplou o aparelho como se fosse o centro nevrálgico de seu desconforto. Felizmente, ninguém respondeu a suas insistentes chamadas. Não se sentia muito disposto a falar com a velha senhora Pons, a anfitriã do encontro e, menos ainda, nas atuais circunstâncias. Achou que seria melhor ir a Toledo, tal como estava previsto, como se nada tivesse acontecido. Claro, havia o estímulo do crime, se é que era oportuno falar assim, mas...

Levantou o colarinho de seu casaco de Gore-Tex, especial para andar de moto, tomou a mala com uma mão e saiu do vestíbulo de cabeça baixa. Deu uns curiosos saltos para desviar as poças, abriu a porta do carro, jogou sua mala no banco de trás e enfiou-se no interior do carro com um suspiro de alívio.

Enquanto dava marcha à ré e abria o portão da rua com o controle remoto, pôde ver sua tia por trás da janela gradeada do quarto de hóspedes, que dava para a fachada frontal. Soprava em sua xícara de chá, que a essa altura estaria gelado de qualquer jeito, e deu-lhe adeus com a mão livre. Sua cabeça era um aguado fardo cinza por trás do vidro. Nacho se perguntava se sua tia teria conhecido algum dia o amor e o prazer. Era uma solteirona, por isso tinha sérias dúvidas. E, pensando bem, ele também estava se tornando um solteirão. Devolveu-lhe a saudação, alinhavou com esforço um enorme sorriso em seu rosto e saiu até a calçada. Esperou até certificar-se de que o portão se havia fechado novamente e tomou a rua em direção da estrada. Mal humorado, pensou que, a essas horas, certamente já se teria formado um engarrafamento na entrada de Madri.

Fábio Arjona tinha morrido aos sessenta e quatro anos de idade. Se o assassino tivesse permitido que a natureza seguisse seu curso, provavelmente teria vivido uma década a mais, até mesmo duas delas. Era um homem de hábitos saudáveis, de modo geral. Tinha muitas possibilidades de conseguir manter-se razoavelmente ileso durante o resto de sua vida, como vinha acontecendo até aquela fatídica tarde. Mas, uma vez que tudo é vil matéria, podridão e lama, a essas horas da manhã seu corpo desgastado e exânime – nada a ver com um cadáver em bom estado – já ia seguindo para o Instituto Anatômico Forense de Madri, na Cidade Universitária da capital.

Quando, finalmente, Nacho conseguiu chegar ao Cigarral de dona Agustina Pons – depois de perder-se durante mais de meia hora, após atravessar a ponte de Cava e desviar em direção da estrada de Navalpino, em vez de tomar a de Piedrabuena –, o juiz já tinha procedido a remoção do cadáver. As árvores que povoavam o jardim da propriedade tinham nos ramos um brilho de ansiosa hipocondria, ou isso lhe parecia a ele. Fazia horas que tinha parado de chover em Toledo. A tempestade se deslocava para nordeste com certa apatia, esvoaçando por sobre a paisagem como algodão sujo entre cujos chumaços aparecia de quando em vez um sol deslumbrante. A luz do ar o tingia todo de um verde azulado, com frágeis nuances cinzentas de névoa. Nacho seguiu as indicações de um homem baixo e corpulento, que parecia estar bordado contra o fundo do rio Tejo, e estacionou o carro ao lado de tantos outros, cujas frentes apontavam em direção a Toledo, dispostos a contemplar o dia inteiro a silhueta do mosteiro de San Juan de los Reyes, do outro lado do rio. Dos seis carros ali estacionados, o seu era o mais velho de todos, reconheceu com um tímido encolhimento de ombros.

O homem chamava-se Carlos e era um equatoriano de olhar fosco e esquivo, que apresentou-se falando em direção do chão, tão rápido que Nacho teve dificuldade em compreender o que dizia. Indicou-lhe uma entrada para a casa com um breve gesto da mão e não perguntou o nome do recém-chegado.

— A senhora está na sala pequena – disse. Seu sotaque era suave e sem graça.

— Obrigado – respondeu Nacho; em seguida, titubeou: – Devo deixar-lhe as chaves do carro, ou algo assim...?

— Não agora, o senhor pode guardá-las consigo, se quiser. Não há problema.

Nacho acenou com a cabeça e se encaminhou para a entrada lateral – um portão antigo de madeira e carregado de repuxos, embora mais modesto que o principal – com passo decidido. O jardim que rodeava a casa estava semeado de amendoeiras em flor, um pequeno olival plantado na parte que assomava do rio e ciprestes de um ardente verdor com grossos troncos cobertos de musgo. O parreiral encostava no muro que cercava a chácara, e o tomilho e o alecrim cresciam verdejantes e saudáveis em reduzidas plantações que margeavam o caminho principal para a porta. Outras plantas não ofereciam bom aspecto, pensou, voltando os olhos para um recanto um tanto ressequido do terreno, todo ele de traçado antigo, ordenado e, em geral, limpo. O terreno era irregular, cortado por caminhos que criavam recantos cheios de sutileza e mistério, ladeados de bancos junto de sebes de alfena, canteiros de relva, cercados pelo verdor do buxeiro e por rosas, brancas hortênsias e gerânios, em todo lugar até onde o olhar alcançava.

Quando entrou no Cigarral, o silêncio lhe pareceu tão espesso que lhe cortou a respiração. Ao voltar a respirar, ouviu o miado de um gato e o ruído de uma voz que se dirigia ao bichano, repreendendo-o com esse tom que só se usa com os animais e os bebês, com seres vivos que não saberiam responder a tamanha repreensão e cordial recriminação envolta em interjeições de astuto afeto.

— Bom-dia, eu... – Nacho pensou que teria gostado ter um chapéu para poder tirá-lo diante da senhora e mostrar assim seu respeito na primeira saudação. Esse gesto era de outra época e, provavelmente, requeria que qualquer um que se aproximasse de uma senhora se descobrisse diante dela.

Dona Agustina Pons estava sentada em uma cadeira de balanço alfonsina do final do século XIX, torneada, de madeira tão brilhante como os olhos de sua dona. Uma secretária Biedermeier de linhas simples e elegantes estava aberta a seu lado, presa à parede ao lado de uma lareira diminuta de azulejos pintados à mão, mostrando seu tesouro de papéis, cartas e jornais em alegre confusão. No ambiente escuro e antiquado da sala só destoava um computador portátil Macintosh, um MacBook Pro de última geração, que brilhava morosamente em cima de uma mesa portátil, recoberta com um tapete de crochê da Costa do Marfim, com sua tela de proteção de cascatas de água e fotos do planeta Terra, visto desde algum indiscreto satélite. Não estranhou que a velha senhora fosse informatizada. Sua própria tia Pau era uma fanzoca das novas tecnologias, e tinha grande utilidade na gestão da revista eletrônica. Atuava como uma eficiente secretária, com as virtudes de uma mulher do século XIX somadas com as de outra do século XXI. Nacho suspeitava que tia Pau mantinha vários relacionamentos por meio da internet, não de todo apropriadas para sua idade e condição. Se alguém lhe tivesse perguntado, teria dito que sua tia não se prestava para muitos trotes sentimentais, mas também estava perfeitamente consciente das vantagens de manter envolvimentos amorosos na distância do ciberespaço. Não existiam comprometedores intercâmbios de fluidos corporais – supondo que, na idade de sua tia, se pudesse dispor deles –, somente de bits, de gigas, de megas, em todo caso. E ter um bom antivírus era muito mais fácil e mais barato que preocupar-se com o aborrecedor assunto das precauções higiênicas sexuais.

Nacho contemplou atordoado as oscilações da tela e, em seguida, o rosto de Dona Agustina.

— Bom-dia – disse ela. – Ainda que, finalmente, isso de bons... Vamos deixar isso de lado.

Revolveu-se no assento e acariciou o gato, um abissínio esbelto, musculoso e tranquilo, de olhos castanhos e um lindo nariz de orlas pretas. Tinha o pelo alaranjado e sua cauda enlutada parecia um chicote de pelúcia. Girou seus belos olhos e deu um miado displicente em direção de Nacho, que o olhou tão surpreso como se tivesse acabado de falar.

— Senta-te, filho – Dona Agustina apontou para outra cadeira de balanço, gêmea da que ela ocupava, do outro lado da mesa. – Desculpe-me por não levantar, mas estou um pouco tonta. Deves ser Ignacio Arán, certo? O jovem poeta meteorologista. O único que faltava nessa infeliz reunião... – Empurrou suavemente o gato, que saltou de suas pernas para o chão de ladrilhos de aglomerantes hidráulicos, de cor pastel, embaçados pelo passar do tempo.

— Chame-me Nacho. É assim que todos me conhecem.

— Se me sentisse com melhor humor, te diria que não sou todos e que te chamarei como me dá vontade. Mas, vês... Hoje nem sequer tenho senso de humor. Perdi-o, juntamente com o resto de meus sentidos, depois desse infeliz..., hum, acidente.

— Acidente? Li na internet que o senhor Arjona foi apunhalado.

— Quero dizer que, com maior probabilidade, apesar de minhas brincadeiras a respeito, deve ter sido alguém de fora, um intruso, um ladrão ou alguém assim, que o assassinou. "Acidente" é uma maneira de falar, jovem.

— Ah, certamente.

Nacho estendeu a mão a Dona Agustina e se assustou consigo mesmo ao ver-se fazendo uma leve inclinação de cabeça.

A mulher estava vestida inteiramente de preto. Se fosse olhada a uns dois metros de distância, toda a sua silhueta possuía um leve verniz de alcatrão. Sua cabeça era, na realida-de, um acessório de seu vestuário, do qual poderia ter prescindido, se não tivesse sido porque Nacho não deixava de perceber sintomas de que a senhora se preocupava em mantê-la em plena atividade, mesmo enquanto tirava sua sesta. Tinha olhos azuis pequenos que de vez em quando vesgueavam, como se lutassem entre si, e que governavam o mundo a seu redor por meio do olhar inquisidor, carregado de desprezo e de pressão. Nacho disse para si que talvez a senhora tivesse se excedido com a maquiagem, nessa hora da manhã, tão cedo. O batom de cor pérola se reunia em minúsculos grumos ao redor das comissuras de sua boca e o ruge era uma salva de pó aplicada a toda pressa sobre as bochechas afundadas. Seu sorriso, contra todas as probabilidades, era jovial e ainda formoso, mirava diretamente para a câmara da vida e lhe dizia sem complexos:

"Ainda estou aqui, tens algo de legal e divertido que possas me oferecer?" Emanava tenacidade e ardor, apesar de seus anos. Calculou alguns a mais que sua tia Pau. Devia rondar os setenta e cinco, pelo menos. Seu gênio e sua energia, no entanto, não tinham começado a declinar.

Agustina Pons era viúva de um poeta laureado, Alberto Pons, que cada ano se consumia um pouco mais no esquecimento dos leitores e da oficialidade. Alberto havia nascido em Toledo, no início do século XX, e morreu na década de noventa do século passado, na mesma casa em que nasceu, o Cigarral de la Cava, a chácara de lazer favorita de sua mãe. Filho único de pai catalão milionário, um empresário dedicado à fabricação de implementos agrícolas, e de mãe italiana, foi um cavalheiro sem muitas coisas a fazer, de modo que se dedicou à poesia, influenciado por Rubén Darío e – durante um período muito breve – ao fascismo, impressionado com Mussolini e o ambiente que rodeava sua família materna, com a qual passou muitos anos de sua juventude. Aderiu ao ultraísmo, mais tarde ao pós-simbolismo e finalmente ao neopopulismo, mas não conseguiu destacar-se muito em nenhuma das correntes poéticas que praticou com denodo e sem esmorecimento. Escreveu poemas de estranha tipografia e imagens barrocas que ninguém compreendia, nem mesmo ele. E foi tal sua obstinação em converter-se em poeta que, no final das contas, seus pais não conseguiram fazer dele outra coisa. Recebeu o Prêmio Nacional de Literatura José Antonio Primo de Rivera em 1941, ao que se seguiu uma longa série de prêmios literários com os quais o regime de Franco o recompensou com breves intervalos. Seus malvados críticos disseram dele que era lógico que obtivesse tantos galardões, porquanto, no final de tudo, seus poemas não diziam nada em absoluto, o que, durante o franquismo, não deixava de ser um grande mérito para um intelectual.

Alberto Pons casou-se com Agustina, trinta anos mais nova que ele, em meados da década de 1960, depois de levar uma vida de solteirão dissipador e sexualmente exigente (isso era que o que se comentava por aí). Não tiveram filhos e Dona Agustina não sentia falta deles, como tinha confessado mais de uma vez. Quando o conheceu, ela se fazia chamar Tina Huertas, e era secretária de

Daniel Araujo (e, como se comentava em voz baixa, sua modelo e amante), um pintor com quem Alberto trabalhou em algumas das muitas revistas que fundou e fechou ao longo de sua vida literária (*Adelante, Grecia, Arbor, Tiempo, Poemas del Ángel*...). Colaborou ativamente com Ernesto Giménez Caballero em *La Gaceta Literaria*, até que surgiram algumas divergências entre eles e, acima de tudo, Alberto descobriu que Giménez Caballero não precisava de coadjuvantes nem de sócios, porque se bastava a si mesmo para escrever de ponta a ponta qualquer revista de que se tratasse.

Uma vez casado com Agustina, a vida de Alberto Pons deu uma reviravolta sutil, mas decisiva. Já era independente e tinha corrido muito. Também tinha escrito seus livros. Ao lado de Agustina dedicou-se a ordenar sua obra, a afastar-se de tudo o que cheirasse a franquismo e a frequentar a amizade de intelectuais dissidentes, quase todos eles procedentes do marxismo que começava a tomar forma nas principais universidades de letras. Agustina, com seu fino olfato para entender o sinal dos tempos, logo compreendeu que esses jovens formariam um dia a elite dirigente, e poderiam redimir o passado de seu marido; seu frívolo passado fascista e posteriormente franquista. Na realidade, Alberto nunca havia tido nenhuma ideia política séria. Durante toda a sua vida se havia deixado levar pelas correntes do momento, sem preocupar-se mais do que da estética nem aventurar-se para além de um conhecimento supérfluo da história, que para ele se reduzia a uma série de vistosos cartazes, adornados com algumas linhas poéticas. De modo que, mãos à obra, Agustina conseguiu ao longo de três décadas e na esteira dos cambiantes ventos políticos do país, transformar aos poucos a imagem literária do marido. Eram ricos, e ela não tinha outra profissão que a reputação de Alberto. O dinheiro é um problema enjoado que consegue consensos e filiações, não menos convenientes por serem passageiras.

Quando seu marido morreu, quase tinha conseguido transformá-lo em um velho excêntrico, venerável e sábio. Deu vida à Fundação Alberto Pons e conseguiu que fossem redigidas mais de uma dúzia de teses doutorais sobre sua obra, que foram generosamente sustentadas com bolsas de estudos. Para a época, Alberto oferecia a divertida imagem de um poeta mundano, à frente de seu tempo, moderno e brincalhão com a vida e com a linguagem. Um excêntrico digno e respeitável. Agustina havia sido o para-lama de Alberto. E dezessete anos após sua morte, sem nada melhor para fazer e mais dinheiro do que poderia gastar durante o resto de sua vida, estava disposta a continuar a sê-lo. Ainda que, a essas alturas, procurava não ter de manchar-se demais.

A ideia do encontro poético também havia surgido na fundação. O secretário de Agustina – com o qual se "entendeu" por algum tempo, parecendo que se conheciam há mil anos – e ela tinham convencido o Ministério da Cultura para que ligasse seu nome ao encontro. As despesas eram pagas pela fundação, claro; o de menos era manter uma dúzia escassa de poetas durante uma semana no Cigarral, com tudo pago. O mais caro era remunerar o tempo deles. Quinze mil euros para cada um, mais do que muita gente ganhava trabalhando duramente um ano inteiro de sua vida, com a exigência, isso sim, de que todos eles lessem uma comunicação (a portas fechadas, e apenas para seus colegas, pois, não era permitida a presença de público) que versasse sobre um aspecto qualquer da obra do falecido e egrégio Alberto Pons. Uma vez finalizado o evento, as conferências seriam publicadas em formato de livro pela fundação, com o patrocínio do Ministério da Cultura, com uma breve introdução de página e meia do próprio ministro. Agustina não tinha duvidado das virtudes publicitárias da ideia. Pensava repetir o evento a cada dois anos, escolhendo sempre os melhores poetas do panorama nacional (alguns não se repetiriam, muitos sim). Queria que o nome de Alberto fosse associado com o que havia de mais destacado na poesia do momento e queria ouvir todos esses empolados "junta-versos" de última hora falar de quão maravilhoso e genial havia sido seu marido. Custava uma fortuna, mas valia a pena: sabia de fonte segura que alguns teriam matado para serem convidados a participar ali, nesse dia.

Bem... De fato, alguém tinha realmente matado. E tudo anunciava que quem o havia feito tinha sido realmente convidado, ou não, mas em todo caso...

Agustina suspirou e fechou cerimoniosamente os olhos, tal como faria seu gato.

— Parece mentira que isso tenha acontecido comigo... Dentro de poucas horas, teremos a imprensa em cima de nós. Isso deverá sair nos telejornais da noite, já verás. O rádio deu a notícia em primeira mão, mas, felizmente, não tinham todos os dados. Limitaram-se a anunciar que Fábio Arjona "morreu em circunstâncias trágicas". Nem imaginam como foram trágicas... Esta noite haverá uma dezena de jornalistas às portas do jardim, apontando suas teleobjetivas para nossos suspeitos... traseiros. Em tua revista da internet a coisa já está pegando fogo, eu mesma o chequei... – Baixou a voz quando pronunciou a última palavra, resmungando-a.

— O que diz? – Nacho fez um movimento para frente e, com o impulso de seu corpo, a cadeira de balanço o embalou de modo discreto e agradável.

— Nada, filho, nada. Carlos te mostrou teu quarto?

— Não, ainda não. Passei diretamente por aqui. Nem sequer tirei minha mala do carro. Não sabia se... Onde estão todos? Não há mais ninguém na casa?

Isto aqui está muito tranquilo – pensou –, demais, depois de ter acontecido o que quer que tenha acontecido. Mordeu os lábios. A palavra *assassinato* era difícil de pronunciar para ele. Percebia um desses termos pelos quais se deve pagar honorários..., linguísticos e morais.

Durante uns instantes, nenhum dos dois disse qualquer coisa. O gato apareceu de novo na porta entreaberta, vindo do jardim. Deitou-se sobre a almofada e começou a fazer caretas enquanto lambia o bigode, úmido talvez por roçar entre as plantas. Nacho pensou que os gatos são verdadeiros maníacos. E que sempre parecem profundamente satisfeitos e contrariados ao mesmo tempo.

— Passamos a noite toda em vigília. Desde que descobrimos o... cadáver até agora. O... encontrei-o eu, no jardim, maldição. Aos pés de minhas plantas, em cima de meu banco de ferro do século XIX. Isso é demais para minha idade. A polícia chegou em torno das 20h, estava escurecendo, e passou a interrogar um por um todos os habitantes da casa. – Para acentuar suas palavras, a senhora deixou escapar um pequeno bocejo, o preço em espécie de seu cansaço. – Puseram a casa de cabeça para o ar, além de tudo, revistando-a palmo a palmo. Quase todos tiveram de deslocar-se até a delegacia para prestar depoimento. Alguns ainda não retornaram; espero que não demorem em fazê-lo. Tomaram nossas impressões digitais e amostras de DNA. DNA! Eu nem sequer sabia que tinha algo assim dentro de meu corpo e, muito menos, que pudessem extrair uma porção passando um cotonete nas gengivas. Foi, sem dúvida alguma, a noite mais estranha de minha vida.

Nacho só conhecia os detalhes que havia tido tempo de ler na internet antes de sair correndo de casa. Informações confusas e atropeladas que nem sequer estavam de acordo sobre a hora da morte. A caminho de Toledo, tinha podido ouvir por rádio uma referência ao "trágico e terrível acontecimento" (assim o haviam denominado) que não espargia muita luz sobre o assunto.

— A única coisa que posso dizer, a esta altura do dia, é que acho que tu não és o assassino. – Dona Agustina sorriu e, em seus olhos claros e aguados, despertou um clarão escuro, como um pequeno quisto no meio da íris. – Embora tampouco pudesse assegurá-lo, naturalmente.

— Bem, eu...

— Todos os demais somos suspeitos, entendes, Ignacio? A polícia nos mantém a todos na mira. Treze adultos, que podemos incluir, sem titubear, entre as pessoas mais respeitáveis e consideradas deste país, suspeitas de terem cometido um crime atroz. Com arma branca.

— Esse número inclui o jardineiro? – quis saber Nacho.

— Carlos? Não é exatamente jardineiro, embora também. É um "rapaz que faz tudo". Ele se encarrega da manutenção da propriedade. Quando ando por aqui, vem também sua mulher para cozinhar e fazer faxina.

— Ou seja, catorze adultos, porque Carlos estava aqui quando ocorreram... os fatos, certo? – Fez uma careta de desgosto para si mesmo.

*Os fatos*, santo céu, de onde tiraria essa tendência da semântica complacente e peneirada? Talvez de suas atividades na Revista de Detetives e Investigadores? Embora Nacho dissesse para si que talvez era algo que lhe ocorria na presença de pessoas de certa idade, como sua tia Pau e agora Dona Agustina. Sem dar-se conta, tornava-se formal, afetado e deferente com elas. Esforçava-se inconsciente e pateticamente para cair em graça. Aflorava em seguida seu complexo de menino bom que, por nada deste mundo, quer que o recriminem. Sim, tinha um problema com a autoridade. Em outros ambientes, no entanto, suas palavras se vestiam de couro e faziam striptease, tornavam-se atrevidas e não levavam em conta o que os outros pensavam.

— Carlos não estava. Sinto decepcionar-te. Receio que, ao contrário do que pode ocorrer em uma novela de Agatha Mary Clarissa Miller Christie, em que o assassino é o mordomo, este não é o caso. Talvez Carlos matasse, se assim pudesse obter a nacionalidade espanhola, mas não creio que esteja muito convencido de que o assassinato seja a maneira mais rápida para conseguir um DNI (Documento Nacional de Identidade). Mora em Guadamur, não em Toledo, e termina de trabalhar às 17h; e então, sobe em seu furgãozinho Seat Transit de quinta mão e vai para casa, sozinho ou com sua mulher, Alina, se ela também tiver vindo trabalhar no Cigarral, a uma velocidade de, pelo menos, trinta quilômetros por hora, vai para seu apartamentozinho alugado, de quarenta metros quadrados, onde o aguardam cinco crianças entre quatro e dezessete anos. – Dona Agustina passou os dedos pela comissura dos lábios e retirou boa parte do batom murcho que se havia acumulado nelas. – Além disso, a noite passada, como estava planejado que faríamos todas as noites durante o encontro, não tínhamos decidido jantar aqui, de modo que Carlos foi embora cedo. Iríamos para as redondezas de Toledo, a um restaurante, La Hierbabuena, na rua Cristo de la Luz, ao lado da mesquita. Tínhamos feito reserva. Servem excelentes verduras da temporada e carnes vermelhas de primeira. Carnes vermelhas... Só ao pensar nisso me revolta o estômago. Deverias ter visto Fábio, Dom Fábio... Todo o peito ensanguentado. – Passou um lenço bordado pelo rosto e fechou os olhos com força. – Meu Deus... Ao que parece, havia apanhado uma faca da cozinha e uma maçã. Adorava maçãs; dizia que eram a fruta proibida, mas que já não havia perigo em comê-las. Era a única fruta que apreciava. Depois de apanhar uma, saiu para jardim, a fim de comê-la sentado no banco. Cristina Fábregas o viu, segundo contou à polícia, quando também entrou na cozinha para beber um copo de água, mas não trocaram palavras, porque acredito que não se davam bem. Bendito Cristo! E a faca serviu para descascar o coração de Fábio como se fosse a maçã de Eva. Uma faca de minha cozinha, por todos os santos...! Quando o removeram, tinha-a ainda incrustada no peito, no centro do coração. Tal como um figurante em uma peça de teatro barata.

— De modo que, treze pessoas... – Nacho se pôs de pé; estava chegando a hora de levar sua bagagem para o quarto. A senhora estava arrasada, era evidente, e ele não queria abusar de sua hospitalidade. – Com sua permissão, vou retirar-me um momento para desfazer a mala. Deixo-a descansar. Perguntarei a Carlos por meu quarto.

— Sim, treze, mau número. Éramos catorze, contando com o finado. Quinze contigo. Mas tu não tinhas chegado ainda e ele... morreu. Treze, sim.

— Não podia ter sido alguém de fora que entrou na casa sem ser visto, assassinou o senhor Arjona e depois fugiu? – perguntou Nacho. – Roubaram-lhe algo?

— Não sabemos. Sua carteira estava no quarto. Ninguém sabe se levava algo de valor consigo. A polícia não descarta nenhuma hipótese. Suspeita que podemos ser qualquer um de nós. Olha só, até eu me incluo! – Sorriu tristemente e, apesar de tudo, seu rosto se iluminou como se acabassem de focá-la com uma lanterna.

— Treze, hein?

— É isso.

— Mau número, como você diz. Mas imagino que nem todos tinham motivo para desejar a morte de Fábio Arjona – concluiu Nacho, dirigindo-se para a porta.

Dona Agustina não respondeu. Ou, pelo menos, Nacho não ouviu sua resposta.

Gostou do quarto que lhe reservaram no Cigarral de la Cava. Acostumado a uma vista fechada do jardim na casa de sua tia Pau – não é que lhe desagradasse em absoluto o panorama do limoeiral com os pés abarrotados de flores miúdas e pensamentos que tinha na frente de sua janela, bem como de um pedaço da piscina coberta com uma lona para proteger a água, mas, por vezes, perdia a visão de um espaço aberto, algo que sempre acalmava seu espírito –, parecia-lhe uma bênção poder contemplar de sua varanda a curva de água do rio Tejo, que tinha subido um pouco com as últimas chuvas e que escorria alegremente enlameado sob a ponte de San Martín. A silhueta de Toledo se recortava por trás e, se olhasse com atenção e a comparasse com a linha do horizonte, podia distinguir as sinagogas de Tránsito e de Santa María la Blanca, pintadas com as linhas de luz pura que a manhã presenteava entre os telhados do bairro judeu. Que pena não poder desfrutar de tudo isso como eu gostaria. Depois do assassinato, o congresso está destinado ao fracasso – pensou. – Embora fique o crime, que não é nada mau para passar o tempo. Muito melhor que um *sudoku*, naturalmente. Sorriu maliciosamente.

Desfez a bagagem e dispôs tudo cuidadosamente na parte inferior do armário de mogno, estilo anos trinta, que rangeu quando abriu as portas, como se estivesse se queixando por falta de uso. Estava no lado oeste do quarto, que haviam pintado não fazia muito com uma cor azul intenso. À sua esquerda, um biombo chinês de madeira laqueada não destoava do resto da mobília. A cama era demasiado macia: uma cabeceira alfonsina de madeira de pinho colada à parede e um colchão com as molas tão frouxas como os quadris de um octogenário.

O banheiro – "Lamento informá-lo, senhor, você me entende", lhe havia dito Carlos com tom aflito – era compartilhado. A casa, grande e antiga, tinha passado por reformas ao longo do tempo, mas só dispunha de quatro banheiros, um deles de uso exclusivo da senhora. Cada piso da casa (ele havia ficado com o segundo) tinha um, que prestava serviço a cinco quartos. Portanto, no caso de Nacho, seria necessário dividi-lo com outros quatro convidados ao congresso. Aqueles do primeiro andar tinham sorte: como Fábio Arjona havia sido assassinado, eram um a menos na hora de fazer fila na parte da manhã. Os três convidados no andar térreo dispunham de outro somente para eles.

No primeiro dia, segundo Nacho soube por meio de Carlos, havia sido colada na porta de cada banheiro uma folha com os horários e turnos (nas horas de pico) destinados a cada usuário, para evitar situações incômodas.

Tinha olhado o seu. Podia tomar banho e barbear-se das 8 às 8h30, todas as manhãs, ou de 18h30 às 21h30. (E quando saíssem para jantar e voltassem mais tarde?, perguntou-se com um ataque de pânico. Tomou nota mentalmente para perguntar isso a Carlos, quando tivesse oportunidade.)

Nacho abriu seu computador portátil, um MacBook muito menos potente que aquele de Dona Agustina, e descobriu que tinha acesso Wi-Fi à internet. Deitou-se na cama, descalçando-se antes, e sentiu-se envolto dos pés aos lábios pela exagerada maciez do colchão. Custou a acomodar-se sobre os travesseiros, mas finalmente conseguiu encontrar uma posição não muito infamante. Sua página de início era a do clube, na qual os internautas já se haviam precipitado com todo tipo de especulações sobre a morte de Fábio Arjona.

Entrou no Google. Introduziu as palavras "Fábio Arjona" e apareceram quase 350 mil entradas.

— Fiuuu!... – assobiou Nacho; eram muitas para um nome pouco comum, demasiadas para um catedrático da universidade, e uma quantidade exorbitante para um poeta vivo. Bem, *vivo* até poucas horas antes.

Naturalmente, as últimas notícias relacionadas com seu nome comunicavam o achado de seu cadáver apunhalado na noite anterior. Prometia ser um verdadeiro escândalo. Perguntou-se como iria transcorrer o congresso depois daquilo. Provavelmente, os convidados teriam vontade de abandonar o mais depressa possível a casa. Mas Dona Agustina, pelo que ele podia intuir, não era o tipo de mecenas que lhes facilitaria a retirada. Havia-lhes entregue um generoso cheque – Nacho havia recebido o seu no dia anterior, por um mensageiro – e seguramente estava disposta a obter em troca alguns serviços muito concretos.

Embora conhecesse de sobra Fábio Arjona (não pessoalmente, claro), Nacho passou um bom tempo lendo notícias sobre ele na internet. Abriu um arquivo com seu nome em seu computador, recortou e colou ali tudo o que encontrou na rede que lhe pareceu interessante sobre ele. No final, obteve um dossiê de mais de cento e cinquenta páginas que leria com tranquilidade quando tivesse mais tempo. Por ora, enviou tudo a Rodrigo – que a essas horas deveria estar nos braços de Morfeu, se sua mãe não o tivesse feito saltar da cama a vassouradas – para um endereço eletrônico de gmail, pedindo-lhe para que ligasse as pilhas e investigasse tudo o que pudesse sobre o caso.

A Wikipedia, a enciclopedia livre da internet (em ocasiões havia sido escrava da maledicência e o injusto afã de vilipendiar, ou de *wikipendiar*, de alguns *wikificadores*, embora isso não fosse habitual; sempre havia guardiães que retificavam seus colegas quando estes não eram bastante objetivos, mas o ruim era que o processo de informação errônea, até que fosse corrigido, ficava à vista de qualquer um), era bastante generosa com o falecido; seus inimigos não tinham entrado ali, ainda. Fornecia dados biográficos, data e local de nascimento (nasceu em Madri, havia sessenta e quatro anos), títulos universitários e ocupação atual. Em qualquer outra profissão, em sua idade já estaria aposentado, mas Fábio Arjona, catedrático da universidade, não havia julgado necessário fazê-lo ainda.

Segundo a *Wiki*, Fábio Arjona era licenciado em Ciências Econômicas e doutor em Filologia Hispânica, como muitos de seus colegas de geração, para quem o fascínio por Karl Marx havia encaminhado ao estudo do capitalismo para dar-se conta, aos poucos, de que sentiam saudades das letras. (A glória, e tudo isso, supunha Nacho; ou talvez é que estavam convencidos de que a poesia era uma arma carregada de futuro, com o que demonstravam certa predileção pelas armas, além de pela poesia.) Era catedrático de Literatura espanhola em Madri, e até a data, professor visitante, de forma assídua, nas universidades norte-americanas de Berkeley e Harvard, e na parisiense Sorbonne; bem conhecido no meio acadêmico pela extraordinária descoberta de alguns versos do poeta árabe do século XIII Abul-Beka que, depois de suas pesquisas, deduziu que haviam servido de "fonte de inspiração" a Jorge Manrique, no momento de escrever suas *Coplas*. A relação de seus méritos como assessor de fundações, sociedades estatais, comemorações culturais e exposições diversas ocupava duas telas. Tampouco eram desprezíveis suas tarefas, passadas e presentes, como membro do conselho editorial de uma longa lista de revistas, espanholas e americanas. Nacho sabia que pertencer a esses comitês não exigia grandes esforços, embora a compensação acadêmica fosse certamente importante, e era acompanhada por algum incentivo econômico ocasionalmente, o que nunca era mau, de modo que não o impressionou muito saber que Fábio Arjona era conselheiro, membro, coordenador, codiretor ou fundador de pelo menos trinta publicações de renome internacional relacionadas com o hispanismo, com estudos literários ou com a mera criação poética. Havia abandonado há anos sua faceta de editor – vendeu sua parte de uma pequena editora a seu sócio, que acabou vendendo-a, por sua vez, a bom preço, um par de décadas depois, a um grande grupo editorial –, mas, apesar disso, publicava de vez em quando folhetos e livrinhos de poemas próprios ou de poetas próximos dele em uma editora de sua confiança. Somente tiragens numeradas e para presentear, não eram livros de venda ao público, mas de bibliófilo. Alguns ilustrados, ou miniaturas realmente belas.

A quarta entrada no Google sobre Fábio Arjona era peculiar, e claramente ofensiva. Nacho abriu-a com indagadora curiosidade ao ler o título: "As imundas trapaças de Fábio Arjona", rezava. Tratava-se de um blog. Abrir um blog para insultar ou injuriar algo, ou alguém, era fácil e barato. Não se exigia pagar um aluguel na internet, como ocorria com as páginas da web. Basta acessar um site de blogs e abrir um, escrever a descarga de impropérios e sair correndo, deixando-os na rede à disposição de qualquer um; de todos, na realidade.

De início, Nacho leu com interesse:

**música fotografia esportes viagens cozinha atualidades tecnologia cinema política humor internet literatura**

**BLOG DO POBREZINHO FALADOR**

Diz-se, comenta-se e há rumores, por terra, mar e ar, e mesmo no espaço exterior (prepara-se um novo capítulo da extinta série televisiva "Expediente X" sobre o assunto, que ressuscitará apenas para dar conta do fenômeno), que Fábio Arjona, conhecido nos ambientes universitários com o apelido de *Fábio*

*Preposições*, professor, escritor (afirma ser ensaísta e poeta, embora até esta data ninguém conseguiu comprová-lo), crítico, editor e um dos mercadores da poesia e da culturazinha com maiores lucros em sua pátria e além dos mares, ganhador *in pectore*, mas sobretudo público e notório, de uma exorbitante concentração de prêmios de poesia, a maioria deles custeada com dinheiro público [Premio Ruta de América (6.000 euros, mais a edição do livro); Premio Internacional de Poesía Ciudad Real (18.000 euros, mais a edição do livro); Premio Cantos de Poesía (36.000 euros, mais a edição do livro); Premio de Poesía Geración del 98 (15.000 euros, mais a edição do livro); Premio de Poesía Juan Alcaide (16.000 euros, mais a edição do livro); Premio Internacional de Poesía de la Fundación Dior (27.000 euros, mais a edição do livro); Premio de Poesía Luis Cernuda (12.000 euros, mais a edição do livro); Premio Ernestina de Champourcín Morán de Loredo (15.000 euros, mais a edição do livro); Premio Los Monegros Patrimonio de la Humanidad (6.000 euros, mais a edição do livro); Premio Burger King ao melhor livro de poesia (40.000 euros, mais a edição do livro); Premio de Poesía em Lengua Castellana Viaje con Iberia (18.000 euros, mais a edição do livro, patrocinado pelas linhas aéreas correspondentes) etc.], foi finalmente surpreendido em flagrante delito de PLÁGIO, quando uma doutoranda da Universidade Complutense de Madri se dedicou a analisar verso por verso a totalidade daquelas que até agora compunham suas sisudas *Sobras completas*, e descobriu que a maioria de suas poesias nada mais são que arremedos do que há de melhor na história da literatura espanhola (embora haja também restos mortais de obras dos mais conspícuos poetas estrangeiros em suas traduções do inglês, francês, italiano, português, chinês, japonês, búlgaro, russo, romeno..., e um sem-fim de outras línguas, algumas das quais nem contam ainda sequer com dicionário). Não se pode negar a Fábio Arjona, evidentemente, que seja um homem lido (e *escrito*, como diria outro) e com bom gosto para selecionar, recortar e colar o alheio em *seus* poemas (assinados por ele, entende-se, com a mesma insolência com que se assina um cheque sem fundos). Fábio Arjona, um dos poucos poetastros que conseguiu engordar sua conta bancária no mundo sempre proceloso das letras, come, janta e toma café no Ritz, onde os garçons lhe servem a rabada, esperando os cinquenta euros de gorjeta que deixa no final de sua gulosa refeição, regada a genebra aguada e muito gelo. A morte, a Parca, que não fez cara de nojo aos Capuleto, ronda seu enorme barrigão, a troglodita barriga de Fábio, tão distante do cânone estético, e esquelético, do cavaleiro do Apocalipse de Durero, não apenas em questão de grossuras estomacais, mas também de capacidades genitais, como poderiam certificar algumas contratadas temporárias de seus departamentos em várias universidades nacionais e estrangeiras. Arjona era filho de um funcionário franquista com sonhos estalinistas – mas católico para seu pesar, pois, esses casos ocorrem com frequência na Espanha – que desejou inutilmente que seu filho se tornasse um líder sindical (do sindicato vertical franquista, obviamente), acendendo para ele velas a santa Ludovica Albertoni, que deve ter ignorado os rogos do progenitor, visto que o filho se dedicou ao comércio da cultura, que lhe deu em retorno não menos dividendos do que teria suposto o ofício a que queria encaminhá-lo seu pai. Arjona vendeu em retalhos a lírica nos anos em que o franquismo enfraquecia de dores estomacais (vejam onde), que já indicavam qual deveria ser o fim do ditador (Franco, bem entendido, não Arjona, embora também), e subiu as escadas sempre escorregadias da sociedade e do meio acadêmico, dizem as más línguas que chantageando um alto político da jovem democracia espanhola, que tinha muito por que calar (tudo o que tinha de calar esse fulano, Fábio estava disposto a contar). Meteu-se como editor quando os poetas hispano-americanos se deixavam extirpar o fígado para poder publicar seus versos em uma nojenta edição em terras da pátria-mãe.

E como Arjona não era um cirurgião especializado, nem homem de ciências, embora gostasse de alardear-

-se como tal, lhes arrancava a carteira, uma vez que nesses ofícios tinha vasta experiência, e logo enviava aos outros, do outro lado do pântano, um pacote com dez livrinhos mal costurados e colados pior ainda, dos quais haviam desaparecido versos, haviam sido amputados poemas, títulos, sílabas... Às vezes Arjona, editor pela graça da morte de Deus, confundia inclusive o nome do autor e o que era de Abel o atribuía a Caim, ou vice-versa. Hoje, Arjona é um figurão brilhante no apagado, colapsado, mesquinho, indecente, frívolo e carente de talento firmamento político-literário do país, que...

Nacho cansou de ler e o deixou ali. Muita bílis para um estômago delicado como o seu, e mais ainda levando em conta que não tinha almoçado. Ainda assim, copiou o texto e o anexou à "ficha" de Fábio Arjona, que voltou a enviar a Rodrigo, modificada e ampliada, com cópia para sua tia Pau. Nunca era demais saber que coisa se dizia por lá. E alguém que falava, ainda que fosse anonimamente, que a morte rondava quem, há poucas horas, se havia transformado em cadáver de maneira tão violenta... Enfim.

Suspirou e olhou com prazer a luz que atravessava nesse instante sua janela. Nacho sempre se havia fascinado pela cor do ar. Quando chegou a entender (na medida do possível) o conceito de "atmosfera", percebeu que havia encontrado um amor para a vida toda. O agente que determinava tudo, em qualquer lugar do mundo, a qualquer hora que fosse. O seu eram os truques da luz. E havia muita poesia em algo assim. Nas nuvens negras, no vento e na chuva. Na Lua e em suas influências sobre as marés. Nessa enorme bola de gás, de meia-idade, que é o Sol. No transcorrer das estações.

Apreciava, com a sensibilidade de uma criatura selvagem, os equinócios e os solstícios, as variações do calor. Tinha publicado, com suas economias sempre minguando, três livros de poesia: Teoria da Terra, Almanaques e História natural, de versos simples e luminosos. Afeiçoou-se à poesia desde criança, na biblioteca de sua tia Pau, e começou a compor versos quando percebeu que o mistério da poesia era irmão daquele da ciência. Nunca imaginou que seus livros chegassem a despertar o interesse de alguém. Publicou-os, deixando-se levar por um arroubo de vaidade e exibicionismo, que lhe causava certa vertigem, deliciosa. Quando começaram a aparecer resenhas elogiosas na imprensa, quase sofreu um ataque por causa da impressão. Sentia o peito invadido por areias movediças que nada sabiam de direitos civis. Considerou-se um bicho meio cego, obrigado a sair de sua toca depois de toda uma vida hibernando no subsolo. Mas a sensação não foi de todo ingrata.

Revolveu-se com dificuldade na irritante pompa de sua cama e olhou para o relógio. Faltavam ainda mais de duas horas para o almoço, segundo lhe havia comunicado Carlos. Então, todos os seus colegas já estariam sentados à mesa e poderia vê-los face a face. Nacho tinha ouvido alguns ruídos pela casa – portas que se abriam e se fechavam, tosses, passos suaves ou impacientes – que lhe indicavam que, ou muito se equivocava, ou seria realmente assim. Continuou lendo por um momento a lista dos méritos que a *Wikipedia* atribuía a Fábio Arjona: prêmios (tinha vários prêmios nacionais e da crítica, e por três vezes havia sido proposto para o prêmio Rainha Sofia, que nunca conseguiu ganhar); cursos em universidades espanholas, europeias e americanas; conferências; volumes e mais volumes com suas críticas literárias reunidas em formato livro (havia redigido resenhas durante anos no jornal *ABC*); antologias de sua obra poética; traduções para outras línguas... (era especialmente bem aceito nos países da Europa do Leste, e o búlgaro, o russo, o romeno e até o albanês eram os idiomas para os quais haviam sido traduzidos seus livros de poemas de forma recorrente; Nacho supôs que isso se devia a seus bons contatos com o mundo cultural desses países). A *Wiki* dizia que se costumava enquadrá-lo na geração poética dos "novíssimos", ou venezianos, embora não fosse incluído na famosa antologia de José María Castellet, *Nove novíssimos poetas espanhóis* (Barcelona, 1970), algo que – conforme havia lido Nacho uma vez, não relembrava onde – Fábio Arjona nunca perdoou o velho antologista. Sua poesia, segundo informações fornecidas pela página, se caracterizava por seu hermetismo, culturalismo, intertextualismo e referências metapoéticas. Nacho se perguntou se haveria muitas diferenças entre

Alberto Pons e Fábio Arjona, no final das contas. Claro que ele não era um perito; nem sequer era filólogo. Dias antes de ir para Toledo havia tomado tempo para devorar um velho livro de sua tia, *Vocabulário literário*, de Ramon Esquerra (1938), para o caso de não estar à altura das conversações que teriam lugar no Cigarral de la Cava durante sua permanência no congresso. Tinha levado o volume consigo. Nunca era demais prevenir-se.

Como ainda lhe restava tempo antes do almoço, decidiu abrir um arquivo, como tinha feito com Fábio Arjona, para cada um dos convidados de Dona Agustina. Incluindo a anfitriã, claro.

Eram treze pessoas, sem incluir a vítima. Escreveu em seu caderno de notas uma lista com seus nomes:

Agustina Pons (mulher)
Cristina Oller (mulher)
Richard Vico (homem)
Pascual Coloma (homem)
Jacinta Picón (mulher)
Maurício Blanc (homem)
Cecília Fábregas (mulher)
Torres Sagarra (mulher)
Miño Castelo (homem)
Pedro Charrón (homem)
Rocío Conrado (mulher)
Fernando Sierra (homem)
Rilke Sanchez (homem)

Seis mulheres e sete homens. Anotou. “Treze ao todo”, repetiu em voz baixa, mordendo o lábio inferior.

Abriu treze documentos de Word em seu Mac e logo pôs mãos à obra, navegando na internet. Baixou fotos de cada um, que anexou à sua pasta correspondente, e voltou a enviá-las aos endereços de correio eletrônico de Rodrigo e da tia Pau.

Estava plenamente satisfeito com a luz do quarto e, pela primeira vez em semanas, se sentia relaxado. Havia estado muito nervoso antes de chegar ali, pensando que certamente não estaria à altura. Agora, pelo contrário, observava como crescia em seu interior a confiança em si mesmo. Pelo menos, ele não era um assassino, estava certo disso.

Richard Vico não olhava ninguém nos olhos. Os seus eram dois bulbos avermelhados e úmidos, velhas vítimas de algum tiro errado da vida. As curvas ovais de seu rosto estavam consumidas, como se alguém o tivesse descarnado minuciosamente, antes de colocar-lhe em cima uma pele ressequida. O efeito da AIDS, provavelmente, deduziu Nacho (sua doença era bem conhecida de todos). O cabelo castanho e escorrido lhe tapava a testa com uma franja mais apropriada para uma garota. Tinha quase cinquenta anos, mas ainda conservava esse ar adolescente dos maus meninos, desses que estendem a mão para o mundo, com uma vela acesa entre os dedos trêmulos. Havia sido uma estrela pop na década de 1980. Ainda continuava sendo, embora fizesse mais de cinco anos que não lançava nenhum disco no mercado, e Nacho recordava ainda como sua voz gasta e quebradiça o fazia estremecer de emoção quando ainda era adolescente, quase uma década mais jovem que o cantor. Teve um grupo, que se dissolveu no final dos anos 1990, e continuou uma carreira solo com muitos altos e baixos e poucas vendas em geral. Todos diziam que era um verdadeiro poeta, antes mesmo que tivesse publicado um único verso, mas suas canções eram a prova inquestionável disso. Um belo dia decidiu publicar seus versos e alguns disseram que, como Bob Dylan, talvez também Richard Vico mereceria ser proposto para o Prêmio Nobel da Literatura.

Quando desceu para o almoço no salão, foi a primeira pessoa com quem Nacho esbarrou.

Richard era filho de um médico valenciano, ginecologista de renome, aposentado havia anos. Tinha quatro irmãs; tinha crescido entre mulheres e tinha amado as mulheres. Iniciou cedo com as drogas. Queria viver intensamente e rápido. Aos dezessete anos tinha seu primeiro conjunto de música e se injetava heroína diariamente. Sobreviveu quando seus companheiros de seringa foram caindo como moscas com as veias transbordando de heroína e com a imunodeficiência carcomendo-lhes o sangue, antes que se descobrisse a doença. E ainda seguia na luta. Nacho não sabia se ele tinha deixado a heroína, mas era evidente que os coquetéis de drogas antiretrovirais que devia estar tomando já supunham a tóxico-dependência suficiente. Não notou sintomas visíveis do sarcoma de Kaposi, mas é que Richard se vestia de preto dos pés à cabeça, com um fino suéter de gola alta. Não deixava quase nada à vista, exceto o rosto, que a franja não conseguia esconder, e parte das mãos.

Estendeu uma delas a Nacho, sem tremeliques de nenhum tipo. Seu aperto foi firme e seco, como o de um executivo bem treinado, o que surpreendeu o meteorologista. Procurou seus olhos, mas não os encontrou.

— Tu deves ser aquele que faltava. – Sua voz era um sussurro cadenciado e envolvente; tão sedutora e amável que Nacho se sentiu um espírito vulgar e estridente ao lado dele. – Tu perdeste o melhor da festa, colega. Meu nome é Richard.

Nacho apertou sua mão e sentiu-se atordoado. Admirava esse homem desde que era rapagote que escutava música trancado em seu quarto e tinha uma "agenda do futuro", na qual assinalava os dias em que teria relações sexuais com sua mulher dos sonhos e a música que tocaria como fundo em cada ocasião. As baladas de Richard Vico estavam entre suas favoritas, Nacho sentia que o levavam longe. Havia algo de profundamente lindo nas canções de amor de Richard. Despedaçavam o sentimento amoroso com a precisão de um perito do coração. Tinham a tristeza das coisas lindas que morrem desgastadas em vão, sem que ninguém as olhe.

— É um verdadeiro prazer conhecer-te – disse com sinceridade. Sou Nacho. Ignacio Arán, mas todos me chamam Nacho. Os nomes trissílabos, já sabes..., são complicados para pronunciar, as pessoas tendem a encurtá-los.

Olha só – pensou, olhando seus sapatos –, uma das frases que tinha anotado para ficar bem diante de meus colegas poetas, e a solto logo ao chegar. Desse jeito, vou ficar sem reservas antes de cinco minutos e, com razão, pensarão que sou um iletrado.

Considerou o salão magnífico, sem chegar a ser vistoso, repleto de antiguidades, como o resto do Cigarral. Três grandes cornucópias com espelhos, de madeira dourada recoberta com lâminas de prata, refletiam a luz de outras tantas varandas que se abriam para o jardim e para a paisagem na parede oposta e multiplicavam a luz do local, pintado de um branco esmaecido com sombras de pérola. Havia uma grande mesa ampliada, disposta para a refeição, com serviço para catorze comensais. Os poetas começavam a agrupar-se em torno dela "como insetos atraídos por uma lata de lixo" (isso foi o que disse Richard, e Nacho não se atreveu a responder). Percebeu que o cantor estava nervoso e excitado. Um movimento espasmódico aflorava de vez em quando em suas bochechas descoloridas, embora Nacho não pudesse garantir que esse não fosse seu estado habitual, uma vez que não o conhecia.

— Acho que uma boa aconteceu por aqui. – Nacho apanhou de uma bandeja um copo de vinho que Alina, mulher de Carlos, lhe ofereceu e olhou a seu redor timidamente.

Anteriormente tinha visto apenas três das pessoas reunidas ali e de maneira tão fugaz que não acreditava que notaram seu rosto nem seu nome. A sensação de estranheza e de inferioridade começou a subir em sua garganta de novo e se agarrou no pomo como um carrapato. Tentou sorrir, mas tinha certeza de que só tinha conseguido esboçar um esquisito trejeito, certamente puritano.

— Isso... quem encontrou o cadáver? – perguntou quando recobrou forças para voltar a falar. Embora já o soubesse por Dona Agustina, nada mais lhe ocorreu sobre o que falar. A presença de Richard o intimidava um pouco. Sorveu um gole de vinho e empunhou o copo como se fosse uma espada.

— Oh, foi Tina. Agustina, a proprietária deste barraco. Não é ruim o barraquinho que está montado aqui, hein? – Richard piscou um olho e Nacho teve um encontro visual com suas pupilas, o que lhe causou uma embaraçosa sensação de intimidade indesejada. – Se eu fosse tão jovem e robusto como tu, daria em cima dela. A velha é um bom partido.

Riu de seu próprio gracejo, mas até seu riso soou abatido para Nacho.

— Não creio que eu seja jovem.

— Meu amigo, comparado com ela, até o Palácio episcopal é uma coisa nova... Olha, aí vem... Richard soergueu o corpo e sorriu olhando para o chão. – Agustina, boa tarde.

— Vejo que já conheces o jovem Ignacio, detetive amador, além de ser poeta meteorologista – disse, como se a meteorologia fosse uma especialidade da lírica. Nacho se viu sendo apresentado em público pela dona: "Ignacio Arán, poeta especializado em épica e em meteorologia"... Sacudiu a cabeça como um cachorro teckel de pelo duro recém-lavado; a senhora agarrou-o cuidadosamente pela mão e lhe apertou tanto os dedos que quase os fez estalar. – Vem, vou apresentar-te para o resto de teus colegas. Não estarão de muito bom humor, porque não dormiram nem descansaram o suficiente; além disso, são artistas e, naturalmente, passam a maior parte do tempo sendo ofendidos por todos, sem perceber que, por sua vez, se julgam o centro do mundo. Mas são boa gente... – Aproximou-se do ouvido de Nacho, erguendo-se na ponta dos pés e sussurrou: – A maioria deles, já sabes...

Uma vez todos sentados, Dona Agustina lhes deu a notícia:

— Acho que a polícia terá falado com todos vocês e já terá dito isso a um por um. Em todo caso, pediram-me que o repita, para que tudo fique bem claro. – Tomou um gole de seu copo de vinho. O silêncio absoluto só foi rompido com o roçar de um copo contra um prato. – Solicitaram-me para que permaneçamos todos aqui durante os próximos dias. E quando digo *aqui*, refiro-me, naturalmente, a Toledo. Não querem que ninguém dos presentes, exceto Nacho Arán, deixe a cidade até novo aviso. Provavelmente deverão chamar-nos para depor uma vez mais. Lamento o incômodo que isso possa lhes causar. Naturalmente, já sabem que esta é sua casa e que poderão permanecer nela todo o tempo que lhes aprouver. Sei que nosso encontro, que acaba de começar, foi tingido de luto e de fatalidade depois da... do assassinato de Fábio Arjona, que Deus o tenha em sua glória...

O homem que estava sentado do lado esquerdo de Nacho deixou escapar uma fraca tossezinha zombeteira. Aproximou a cabeça dele e praticamente cuspiu:

— Deus?, glória?... Por favor! Esse imbecil era ateu, e não apenas isso, mas também um cafre blasfemo. Caso Deus tenha transformado o Éden lá em cima em um restaurante, certamente que reservou o direito de admissão para gente como o grandíssimo filho da..., hum, filho de Deus, Arjona...

Nacho assentiu educadamente, mas no momento percebeu que não era isso o mais decoroso que poderia ter feito e se revolveu inquieto em sua cadeira. Olhou a figura de Dona Agustina, presidindo a mesa, e lhe pareceu ver uma estátua à sombra de um arbusto. Se nesse instante tivesse entrado um pássaro e se tivesse pousado na cabeça da senhora, não teria estranhado nem um pouco.

Dona Agustina passou a mão pelos cabelos e, depois de tomar mais um gole, dessa vez de água, prosseguiu.

— Acredito que... o melhor que podemos fazer é continuar com o congresso tal como estava previsto. De qualquer forma, deverão ficar aqui nestes próximos dias, assim que, a meu ver, é preferível colaborar com a polícia naquilo que nos seja possível, e...

O tipo do lado, Fernando Sierra, estendeu a mão até o centro da mesa e puxou vigorosamente um pedaço de queijo, como se tivesse acabado de pescá-lo; seu casaco de linho raspou as fibras produzindo o mesmo som de uma cédula amassada. Mastigou o queijo e ficou olhando Dona Agustina com um sorrisinho. Em seguida, começou a assentir seguidas vezes.

Nacho voltou a cabeça para o outro lado, onde estava sentado Richard, mas este não lhe devolveu o olhar e limitou-se a encolher os ombros.

— ... continuaremos com o programa, tal e qual.

— Exceto quando no programa esteja prevista a intervenção de Fábio, é isso? – Maurício Blanc havia falado, levantando com velhacaria um dedo descolorido, provavelmente por causa da nicotina.

Um risinho fraco, proveniente da mulher que estava sentada ao lado dele, Cristina Oller, vagou por um segundo pelo salão, como uma mariposa enlouquecida, entre o silêncio pétreo do resto dos comensais. Mas Nacho julgou distinguir também um brilho encarniçado nos olhos da mulher quando pousou o olhar – rápido, carregado de fingimento – na figura de Maurício, que a ignorou por completo.

Dona Agustina fitou-o com olhos de gelo. Nacho pensou que alguém tinha aberto um pequeno alçapão nesses olhos pequenos e claro, como os de um husky siberiano, e o gelo os havia transbordado de repente. A senhora, no entanto, se recompôs em seguida e sorriu com doçura.

— Evidentemente, Maurício. Tu o disseste. – Acomodou a cintura de sua blusa preta e pigarreou antes de acrescentar: – Se não tiverem mais perguntas, penso que o melhor é que comecemos a comer. Bom apetite a todos.

— Bom apetite! – disseram alguns em coro.

O que surpreendeu Nacho foi o pouco pesar no ambiente durante a refeição, levando em conta que o que acabava de acontecer havia poucas horas, concretamente na tarde anterior. Os presentes bebiam sem parar, comiam como se tivessem acabado de deixar uma greve de fome e conversavam e riam como se nada de anormal tivesse acontecido. Aos poucos, ele também foi se deixando levar pelo tom geral de tranquilo bem-estar que imperava em torno da mesa. O almoço foi proveitoso em muitos aspectos. Não houve mais que um punhado esquálido de frases de Richard – pouco mais que um "colega, queres mais vinho?", dito enquanto o "pop star" da música contemplava atentamente os canapés de presunto ibérico que adornavam o centro da mesa, sobre a qual repousavam os pratos –, mas não podia recriminá-lo: estava acompanhado, a sua esquerda, de Rocío Conrado, uma jovem (ela sim que era jovem, não como Nacho, que só parecia) de uma beleza delicada, mas borbulhante, com uma mecha branca de dar vertigens (lembrou-se da menina que passava na TV, lendo as previsões do tempo que ele havia preparado). Toda a atenção de Richard se concentrava em Rocío, a quem – Nacho poderia ter jurado que não se equivocava – inclusive fitava seus olhos de vez em quando. Então ele, por sua vez, começou a conversar com outro companheiro da mesa, Fernando Sierra. Não tinha lido toda a ficha com as informações recolhidas na internet sobre ele, mas sabia que era o autor de uma vasta obra de poesia homoerótica. Tudo indicava que era gay, embora não fizesse alarde disso (ou seja, que não era *efeminado*). Mostrou-se falastrão, divertido e animado, enquanto estiveram sentados lado a lado. Sua conversa era um rio cheio de peças apetitosas.

— Enfim – disse em determinado momento – agora o velho safado de Arjona... Desculpa a linguagem, caro, mas há condições que só se definem com um qualificativo; com um desqualificativo, dizendo melhor... Bem, como estava dizendo, agora o defunto... não, melhor: o "pretérito infecto" que é Arjona estará orgulhoso. Neste momento pertence a um novo clube: o dos poetas mortos! Não é exatamente como o dos rotarianos, mas... – Deu uma gargalhada e suas pálpebras cerraram-se como para tratar de ocultar algo ou alguém que vivesse escondido em seus olhos.

Nacho assentiu de novo e sentiu-se como um imbecil ao fazer isso. Sentia saudades de sua tia Pau. Enviar-lhe-ia um e-mail de seu quarto, logo que pudesse subir um momento.

Fernando tinha cabelos loiros avermelhados, nem de todo escassos como se poderia imaginar – Nacho supôs que fosse tingido –, uma pele transparente com algumas manchas marrom de cor mais pronunciada nas bochechas e nas mãos e a cabeça constantemente inclinada para o lado, como se pensasse que o mundo não está no ângulo adequado e tentasse soerguê-lo ao olhá-lo.

— Éramos da mesma idade, mais ou menos. Eu, uns dois anos mais jovem que ele. Se quiseres que te diga a verdade – acrescentou enquanto acendia um cigarro –, fico feliz que tenha morrido. Lá para onde tiver ido, estou certo de que já terá começado a foder à direita e à esquerda. Não demorarão em dar-lhe um pontapé e mandá-lo para o outro lado. Outra dimensão, ou seja o que for. Tu acreditas em Deus?

— Às vezes – respondeu Nacho, e tomou a sopa fria que acabavam de servir.

– Bah! és jovem e atraente. Terminarás por acreditar em Deus: tens muita sorte, e a alguém terás de agradecer quando perceberes a sorte que tiveste.

— É possível.

— Aqueles que toparam com Fábio ao longo de sua vida não tiveram tanta. Sorte, digo.

Inclinou-se de novo até quase roçar seu nariz no peito de Nacho.

— Isto, por exemplo, esta mesma mesa, esta sala, está cheia de gente em dívida com ele. Para pagar ou para cobrar.

Nacho o esquadrinhou com um olhar interrogativo. O outro assentiu com um brilho conspirador nas pupilas. Um sorriso um tanto ébrio apontou em sua boca, mas esvaiu-se instantaneamente.

— Por exemplo, companheiro, temos aqui a última de suas

ex – assentiu apressadamente e moveu a mão esquerda no ar, desenhando uma espiral invisível; a última, claro. Suponho que nem ele sabia quantas tinha deixado pelo caminho.

— Quem é ela?

— Cris-ti-na O-ller – quase mastigou as sílabas uma a uma antes de pronunciá-las. – Pobre menina! Largou-a no dia em que completou quarenta anos. Um companheiro seu da faculdade, de Cristina, contou-me que a pobrezinha esteve a ponto de suicidar-se. Uma história que me soa por demais conhecida... – Serviu-se de um pedaço de omelete e o levou à boca, mas pensou melhor e o susteve no ar como se nunca tivesse pensado em comê-lo, até que finalmente o deixou à beira do prato, sem tocá-lo. – Valente pilantra. Cris tem uma filha de pai desconhecido, de poucos anos. Coitada, o que terá visto.

— Eu não sabia que o falecido tinha sido um Don Juan. Vi muitas fotos dele. Talvez quando jovem tivesse seu charme, como o tem todo o mundo quando é jovem, mas eu nunca teria dito, vendo-o de longe, que fosse um conquistador.

— Pois é, e o foi, o foi... Em seus tempos. E continuava "vamos que vamos", só que agora era outra coisa. A idade te transforma nisso, eu que o diga.

— Em quê? – quis saber Nacho.

— "Quem é aquele que cruza por aquela esquina? Belo rapaz!" – Nacho levou alguns segundos para dar-se conta de que Fernando estava recitando. "Mas não; conforme se aproxima, conto as rugas do rosto. Ah! és um jovem de sessenta anos. Às oito horas da manhã, já sai vestido, cingido, aceso e ajustado... Ou acaba de deixar algumas senhoras ou vai buscá-las. Ele lhes falará da ópera, do figurino... Essa é a existência do velho jovem; olhem como se contrai e se revolve em sua vaidade ao lado de uma bela: é uma serpente que roça contra uma árvore? Não; o velho jovem ao lado das belas é uma lagarta que desliza por entre as rosas."

— Gostei da passagem da lagarta e das rosas – assentiu Nacho, com a boca cheia –, de quem é?

— Mariano José de Larra, rapaz. *Fígaro*! Deverias conhecê-lo.

Nacho sentiu-se envergonhado por um instante, mas Fernando sorriu em seguida, fazendo uma cambalhota de desculpas com os lábios.

— O que Fábio era não é mais que isso: um velho jovem – continuou. Um tremor de raiva deslocou a mandíbula por um instante, deixando escapar um rolo de fumaça que logo envolveu seu contorno com um esplendor inerte. – As pessoas, em geral, pensam que nós, os homossexuais...

Nacho corou e encheu a boca de comida, tentando dissimular seu embaraço.

— ... somos lúbricos e insaciáveis, como se o fato de sermos gays nos transformasse em animais incapazes de moderar nossos instintos. Sim, meu filho, sim. Não me olhes com essa cara, o que digo é tão certo como Dona Agustina já não põe diafragma antes de ir dormir.

— Eu, bem, não acho que...

— As pessoas boas, tão tolerantes...? Já reparaste que este é o país da tolerância, da boa conversa? Sim, por aqui!

— É possível que... Sim, é possível que haja algo de hipocrisia, de...

— No entanto, ninguém repreende os héteros. És hétero, não é? – Continuou sem esperar resposta: – Esses velhos vigorosos que andam por aí de braço dado com meninas trinta anos mais jovens que eles... O seu é evidente, é um sintoma de êxito social, inclusive. E o pior é que as velhas, as velhas exuberantes, começam a imitá-los, a imitar esse bando de machos alfa decrépitos que... Ah, sim, querida, me diga. – Fernando atendeu aos pedidos de Cristina Oller, sentada na frente dele, do outro lado da enorme mesa, e Nacho já não podia puxar conversa com ele.

Como pôde comprovar, no Cigarral de la Cava não reinava em absoluto um ambiente pesado. Aqueles que ali estavam reunidos agiam de maneira que não parecia que houvesse ocorrido nenhum fato extraordinário. O canteiro do jardim onde havia sido assassinado Fábio Arjona estava fechado para a passagem, cercado pela polícia científica e, exceto pelas marcas de giz branco acompanhadas de alguns papeletes com códigos numéricos que indicavam os locais onde a polícia havia recolhido amostras e as tiras de plástico amarelo que decoravam a superfície delimitada e ordenavam "Não passar" de maneira taxativa – e um pouco ingenuamente também, pois, bastava retirá-las para ter acesso livre –, a vida não mostrava sinais de estar muito alterada. Embora, certamente, aquilo não tinha agradado em nada a Dona Agustina.

— Querido jovenzinho – disse a Nacho –, quem gostaria de ter o contorno de um cadáver desenhado em seu jardim? É arrepiante. Bem ao contrário do *feng shui*, se quiseres saber minha opinião. Sinto como se esse pedacinho de terra e de cascalho emanasse sua maldade até aqui. E ainda agradeço aos céus porque não aconteceu no interior da casa... Nem quero pensar nisso. Não esqueças de que dentro de aproximadamente uma hora, enquanto tomamos café, nos reuniremos na biblioteca para ouvir a apresentação de Rocío Conrado. – Deu um soco no ar, como faria um mafioso em um filme, e se afastou com passos rápidos enquanto seu vestido preto de crepe Georgette ondulava entre suas pernas com burlesco efeito.

Nacho se entreteve perto de meia hora com seus colegas, cumprimentando-os e mantendo conversas de todo superficiais. Sobre o tempo..., a maioria deles perguntava-lhe sobre o tempo. Também sobre suas atividades de detetive, porque muitos o conheciam mais por isso do que pela poesia. O meteorologista pensou que era por causa de sua foto, de página inteira, que havia aparecido em uma reportagem sobre o Clube Baskerville, publicada pelo semanário *El País*, que lhe havia proporcionado uma efêmera popularidade que, no entanto, fez que o padeiro do povoado o olhasse de soslaio durante semanas.

Foi dito que os poetas não eram muito originais em seus temas de conversa. Nenhum deles estava disposto a falar sobre elegias, conjugações ou pós-modernismo (para o qual ele se havia preparado meticulosamente), mas de aguaceiros esparsos, secas persistentes e os halos e parélios que, por vezes, apareciam em seus poemas. Além de crimes que nada tinham a ver com aquele que ali havia sido cometido.

"Não me consideram um dos seus – pensou entre desapontado e divertido. – Isso é o que acontece, não acreditam que eu seja como eles. Imaginam que sou apenas um bicho raro, um cientista; um físico que toma a poesia como uma espécie de relaxante muscular.

Por isso, não têm receio de mim, mas tampouco confiam muito em mim. Sou um recém-chegado para todos eles."

Por um momento, enquanto apressavam seu café, fumavam e murmuravam entre si – já se haviam retirado da mesa e alguns tinham ido a seus quartos para refrescar-se e escovar os dentes antes de ouvir a palestra –, Nacho teve a sensação de que lhe deixavam um vazio, do mesmo modo que, quando criança, notava a aterradora sensação de não fazer parte do mundo, só porque alguns malévolos colegas de escola conspiravam a suas costas e se negavam a fazê-lo partícipe de seus segredos quando ele se aproximava tímida e ansiosamente do círculo. Claro que agora estava entre adultos. Todos lhe sorriam aparentemente, não tinham a grosseria e a rotundez da infância, mas havia algo imposto e furtivo nas comissuras de seus lábios, como uma geleira adormecida no fundo dos ventos de março.

"Bah, serão imaginações minhas", disse para si finalmente, e balançou a cabeça tentando afastar os maus pensamentos, como se estes fossem uma mosca que esvoaçava atrás da orelha. Levantou-se para tomar um pouco mais de café. Na realidade, não gostava de café. Melhor dizendo, gostava sim, mas mal podia experimentá-lo, porque lhe tirava o sono. Apesar disso, levava uma boa meia hora fazendo como se essa bebida fosse tudo o que estava disposto a tragar na vida, e já havia enchido a taça três vezes. Enchia-a, movia-a para cima e para baixo, sentava-se, levantava-se, deixava-a em um canto da mesa por ser desfeita, abarrotada de pratos e talheres sujos, apanhava outra taça limpa e voltava a enchê-la e a repetir o processo, até que conseguiu sentir-se como um autêntico mentecapto.

— Tomas muito café, não é? – A voz de Rocío o surpreendeu contemplando fixamente a pequena taça, parecendo estar decidido a ler a borra do fundo quando estivesse vazia.

— Ah, sim. Olá. Não tomarei nem mais um gole a partir de agora, se puder evitá-lo.

— Não te custará muito trabalho, creio – a jovem sorriu docemente. – Tenho lido teus livros. Lembro-me de um verso... "Sei que estão limpas minhas feridas." Que lindo! Como era esse poema?

Nacho contemplou aturdido os olhos da jovem. Parecia-lhe

incrível pensar que alguém soubesse de cor um verso, um só verso seu. Não disse nada, mas limitou-se a titubear como um palerma.

— Hum, isto...

— Ah, lembro-me: "Deixei todo o caminho para trás, será que há algum caminho?, sei que estão limpas minhas feridas..." Um poema sobre o sol, creio, não é?

— Aaah, sim, o sol... é isso...

— Gosto de tua maneira de utilizar os eneassílabos, é uma encantadora fraqueza medieval, ou tão neoclássica... As sílabas que serviram para contar a vida de Santa Maria Egipcíaca, a ti servem para cantar o sol; não me digas que não é lindo.

— Bem, sabes como é isso...

Rocío o esquadrinhou de cima abaixo.

— Vem cá, és muito tímido. – Tomou um gole de sua bebida de licor de ervas e passou uma mecha de cabelo entre os dedos, que enrolou como se estivesse recolhendo um novelo de seda interminável.

Nacho respirou com aperto. Imaginava-a diante de uma roca, como uma princesa gótica. Mas Rocío não tinha aparência de ser analfabeta. Aquela mulher o perturbava. Em geral, as mulheres produziam nele esse efeito, umas mais que outras, naturalmente.

Rocío Conrado era a convidada mais jovem do Cigarral. Tinha vinte e oito anos e se havia tornado autora de sucesso com uma série de romances de fantasia para adolescentes que haviam sido traduzidos em meio mundo (ia na esteira de Harry Potter em popularidade). Vinha publicando livros desde a idade de vinte anos, quando ganhou de maneira surpreendente um importante prêmio de literatura infantil e juvenil oferecido por uma prestigiosa editora. Então, já levava jeito, e as expectativas que gerou não foram frustradas: um milhão de exemplares vendidos no país de cada um de seus títulos (havia publicado três), e números de vendas escandalosos na Alemanha e no Japão (era uma celebridade em vários países). Sua beleza não lhe havia posto nenhum obstáculo para triunfar, claro. Aos vinte anos, como augurava Montaigne, sua alma já havia dado mostras de poder e energia, o que não se esperava que deixasse de dá-las pelo resto de sua vida.

"As poetisas são cada dia mais lindas", pensou Nacho, e contemplou-a com tanto interesse que receou por um momento que seus olhos a atropelassem.

Nacho retirou-se um momento em seu quarto e telefonou para sua tia ao perceber que tinha duas chamadas dela não atendidas. Tinha esquecido o telefone celular em cima da cama quando havia descido para almoçar. A mulher respondeu ao terceiro toque.

— Como é vai que tudo, meu querido poeta naturalista? Conseguiste agarrar o assassino? Acho que é um homem; sempre costumam ser homens, não sei se notaste isso. – A voz da tia Pau soava flauteada.

Seu sobrinho a imaginou recaída sobre a *chaise-longue* de veludo vermelho do salão, debaixo de uma janela que tinha vistas para Madri, em cujo enquadramento se destacavam nevoentas, nos dias de chuva, as torres da Ciudad Deportiva del Real Madrid. De fato, era o único canto da casa onde havia cobertura. Estaria envolta em sedas e tules, como a decadente moça de um alfaiate isabelino vestida com roupas leves de Paris, mas agarrando-se ao celular como um adolescente japonês. Trocaram alguns comentários sobre a situação no Cigarral – não lhe ocorria nada de original ou perspicaz para acrescentar, além das informações já enviadas por e-mail – e ficaram de telefonar-se no dia seguinte.

Quando desligou o telefone, Nacho chamou Rodrigo. O menino respondeu ao décimo toque.

— Não, não estava dormindo, se é o que estás pensando – disse logo que atendeu. – Estava no banheiro.

Imaginou-o no banheiro, dedicado a suas adolescentes atividades produtivas, como a tosse de um forte resfriado, mas rapidamente apagou a imagem de sua cabeça, envergonhado.

— Tens tido tempo para dar uma olhada na informação que te enviei? – quis saber Nacho.

— Tio, tio... Estou vendo. Não sou uma máquina, sabes?

— Achava que sim.

— Só das cinco às sete. E nos fins de semana, folgo.

—Informa-te de tudo o que puderes sobre Fábio Arjona, pesquisa nos arquivos históricos da edição digital dos jornais, olha na *Wiki* as universidades em que lecionou e rastreia por aí...

— Tens o IP do computador do morto? Suponho que estaria informatizado, sendo catedrático, embora em outra área que a de letras.

— E como achas que vou ter algo parecido? – respondeu Nacho, exasperado.

— Se conseguirmos seu endereço IP estático, poderemos localizá-lo na rede, sempre que esteja conectado, claro.

— Rodrigo, não sei se foste informado que o homem está *morto*. Frito como um passarinho. *Kaputt*[1]. De que nos serviria localizar seu computador?

— Eu poderia ler seu disco rígido. – O rapaz ficou em silêncio alguns segundos. – Não sei se deveria ter dito isso por telefone. Não é seguro falar pelos celulares, todo o mundo os escuta.

— Não fiques paranoico, ninguém está escutando teu telefone, nem o meu. Não somos tão importantes.

Rodrigo ficou calado. Evidentemente tinha algumas dúvidas, pelo menos no que se referia a si mesmo. Para saber onde tinha metido o nariz, disse para si Nacho, e o que temeria.

— Bem, de qualquer modo, não tenho seu IP. – Nacho pensou um pouco. – Embora... Espera. Será que te ajudaria um e-mail do defunto para averiguar?

Acabava de lembrar que tinha pelo menos dois deles, alguns desses e-mails coletivos que são enviados como resposta a uma mensagem que, na origem, tinha vários destinatários. Dona Agustina lhes havia enviado vários e-mails, dirigidos a todos os participantes do congresso, enquanto o estava preparando, com dados de interesse sobre o evento, datas, dados pessoais e uma vasta série de recomendações bibliográficas para elaborar as palestras sobre seu egrégio marido, que ela esperava ansiosamente. Nacho julgou recordar que vários poetas haviam respondido a alguns desses e-mails, enviando sua resposta não só a Dona Agustina, mas a todos os outros colegas. Estava certo de que alguns deles eram de Fábio Arjona.

Nacho, no entanto, por timidez, não tinha respondido a nenhum.

— Sim, ajuda se procedesse de seu computador, e não de um

---

*1 - N.T.: em alemão – destruído, acabado*

ciber café, por exemplo.

— Bem, isso não me consta, mas podes tentar.

— Está bem – resignou-se Rodrigo. – Manda-os quando puderes. Envia-os a meu endereço do gmail.

— Muito bem, rapaz, é o que vou fazer. E tu, mexe teu traseiro e informa-te de tudo o que puderes nesse meio tempo. Não creio que os frequentadores do Clube Baskerville nos possam dar uma mão nesta ocasião. Este sim é círculo fechado, rapaz – comentou Nacho. – Um clube para gente exclusiva. Nada de "pés-rapados" que andam por aí arrebentando vitrinas ou o crânio de suas pobres mulheres. Estamos falando de poetas e do cadáver de um poeta que poderia ter sido assassinado por outro poeta, se for afastada a hipótese de que o verdugo seja um sicário ou um bala perdida vindo de fora. Entendes? Morte entre poetas!

Nacho percebeu que isso certamente não acontecia desde que declararam ilegais os duelos, e então os poetas se matavam com tiro direto e à vista de todo o mundo, sem esconder-se. Evocou a figura romântica do poeta russo Alexander Pushkin, que foi ferido mortalmente em um duelo com um oficial francês, Georges d'Anthes, sobre o qual havia rumores que dormia com a mulher do outro. O que deixou Pushkin louco foi uma série de cartas anônimas que atiçavam a maledicente conversa de que sua lindíssima mulher, Natalia Pushkina, que lhe dava um filho por ano, não só compartilhava a cama com seu marido, mas também com o francês, afilhado de um embaixador. Manejaram as armas do duelo e Alexander não pôde defender-se com justiça. Caiu morto aos trinta e sete anos, estupidamente e sem saber se, na realidade, era um corno ou não.

— Hummm... – assentiu Rodrigo. – Quero que se dane o caso, tio, pois, tenho que estudar. – O rapaz estava cursando o primeiro ano de Engenharia de Sistemas.

— Desde quando é que estudas? – pressionou Nacho. – Esta sim que é uma novidade, *cara*.

— Bem, verás, minha mãe...

— Não digas bobagens e começa a ler o que te enviei.

Despediram-se e Nacho desligou o telefone, caso ocorresse a Rodrigo chamá-lo pouco depois para dar-lhe qualquer outra desculpa. Se não o encontrasse no telefone celular, lhe enviaria um e-mail para reclamar, mas sempre poderia dizer-lhe que não o tinha lido a tempo. "Esses adolescentes – resmungou para si – como são preguiçosos, esses condenados."

Depois de refrescar-se um pouco no banheiro e abusar da colônia que carregava na frasqueira, desceu de novo para o andar térreo da casa para ouvir a palestra de Rocío Conrado e continuar espiando entre os ilustres hóspedes. Tinha a sensação de ser um intruso ali e desceu a escada na ponta dos pés, temendo ser surpreendido e admoestado a qualquer momento.

Quando chegou à biblioteca, quase todos estavam sentados à volta da grande mesa que ocupava o centro da sala.

Rocío não tinha nada escrito, exceto umas quantas frases rascunhadas em uma folha de notas, dessas que servem para escrever a lista de compras, e cujos traços se adivinhavam por meio do papel cada vez que ela o segurava levantado. Nacho sentiu-se envergonhado ao relembrar que tinha passado meses preparando uma conferência sobre um tema em que se reconhecia totalmente ignorante, e cuja redação tinha sido finalmente executada pela tia Pau, quando ele estava à beira de um colapso nervoso. "Não te preocupes, ninguém vai saber. Além disso, está bem para eles por te obrigarem a escrever sobre o pranteado Alberto Pons, que as musas o tenham em sua glória, visto que se elas não o tiverem, receio que ninguém mais se atreverá... – havia-o tranquilizado sua tia – e se o têm, será para assegurar-se de que não volte para chatear com seus versos."

A jovem Rocío, no entanto, se havia sentado na cabeceira da mesa, e sem outra ajuda que quatro descuidados rabiscos em uma folhinha de papel de hotel, estava proferindo uma conferência – bem informada, erudita e divertida – sobre um homem e uma época que estava longe de conhecer em primeira mão.

Enquanto Rocío falava, Richard Vico a observava com atenção, escondido atrás de sua franja. Fernando Sierra, porém, deixava de vez em quando recair a cabeça que para Nacho parecia um prodígio de prestidigitação, visto que o espaldar das cadeiras não facilitava o descanso do pescoço, por falta de um apoio suficiente.

Quando Fernando despertou, Rocío estava finalizando sua intervenção. O homem aplaudiu com tanto entusiasmo a jovem que Nacho chegou a acreditar que realmente a tinha estado escutando. Tinha um livro no colo, mas tinha caído no chão durante o tempo que havia durado sua sonolência. Nacho o recolheu e o entregou a ele com um sorriso. Fernando sentiu-se obrigado a participar, agradeceu com um sussurro e adotou uma postura de grande dignidade. Apresentava um bronzeado impecável a essa altura do ano e Nacho pensou que, mais que moreno, seu rosto parecia tostado.

Do outro lado da mesa, no fundo, Pascual Coloma, eterno candidato ao Prêmio Nobel, dirigiu-lhes um olhar de desaprovação. Nacho sentiu-se intimidado por um momento, como se tivessem puxado o véu invisível que protege a alma de olhares indiscretos e a tivessem deixado nua à vista de todos. Aquele homem emanava autoridade e seriedade à maneira das fontes que não param de jorrar água, embora seja sempre a mesma, que entra e sai em um circuito sem fim. Sua soberba cabeça, de tamanho mais que considerável em relação a seu corpo, parecia uma escultura de mármore. Nacho nunca o havia visto antes pessoalmente e ficou surpreso ao descobrir que a magnificência de sua cabeça não estava em proporção nem com seu tronco nem com seus membros. Logo percebeu que quase todas as fotos de Pascual Coloma publicadas nos meios de comunicação, daquelas que ele se lembrava, eram de sua cabeça, e que, na televisão, o apresentavam em primeiro plano. Seu corpo não interessava muito em geral, nem a ele próprio – via-se claramente que não tinha tentado cultivá-lo em sua vida, ou que se havia convencido muito cedo de que não havia muito a cultivar –, nem aos fotógrafos da imprensa. Era um homem muito baixo, parecendo fracote, desses que parecem altos somente pela majestade de suas cabeças. Se Nacho o tivesse visto uma única vez em sua vida, sentado como agora, teria jurado que era um gigante.

Torres Sagarra – nascida Margarita, embora todos a chamassem por seus sobrenomes, porque a mulher detestava seu nome de batismo – soltou uma risadinha e apoiou os cotovelos sobre a mesa. Deu a sensação de que se dispunha a contar algo muito importante, mas finalmente inspirou com afetação e não disse nada.

Minutos depois, uma vez finalizado um pequeno turno de

perguntas bastante apático sobre a figura literária do anfitrião – interposta pela viúva –, a reunião se encerrou até o novo encontro, agendado para meia hora antes da saída para o restaurante, onde se realizaria o jantar.

# A FERIDA

De volta uma vez mais a seu quarto, Nacho entrou em sua caixa de correio eletrônico. Não havia nenhuma mensagem de sua tia, nem de Rodrigo, felizmente, e na caixa de entrada só aparecia uma, com um misterioso *assunto*: "Não 'vir' mais cedo demais?", de Dominique Kane. Rezou em seu íntimo para que Dominique fosse uma mulher interessante e não um homem com algum problema sem interesse (certamente relacionado com seu trabalho, ou com o clube), para que a mensagem consistisse na proposta de uma bela desconhecida, uma admiradora secreta dessas que leem versos na cama, com o quarto na penumbra, enquanto se acariciam a bochecha com os dedos e dão rédeas soltas a seus *pensamentos selvagens* sob um retrato a crayon do jovem Hölderlin antes de enlouquecer, antes que morresse sua amada Susette Gontard, sua *Diotima*, quando ainda pensava em editar revistas para mulheres e em traduzir Píndaro.

Nacho ficou olhando a linha piscando no centro da tela de seu computador e desfrutou a sensação de divagar um momento antes daquilo que, sabia, provavelmente seria dar de cara com a dura realidade.

Sim. Uma desconhecida. Uma leitora de origem estrangeira, embora com preciso domínio da língua espanhola. Escrevia-lhe porque tinha lido todos os seus livros de poemas e tinha chegado a sentir a fulgurante graça de comungar com o espírito do poeta que se escondia por detrás daqueles versos. Depois de ter apreciado seu espírito, fazia falta a carne mortal do autor, e se atrevia a apresentar-se sugerindo um encontro. Talvez fosse até mesmo Rocío Conrado, mascarada por trás de um pseudônimo, averiguando a possibilidade de uma aventura amorosa com ele, sem saber que Nacho estava mais que disposto a consumar a aventura.

Fez um esforço para sair de seu sonho e clicou na mensagem até abri-la. Leu-a estupefato.

> **De:** ogwmeat@bedfords.com (Dominique Kane)
> **Assunto:** Não "vir" mais cedo demais?
> **Data:** 17 de abril de 2007 13.29.18 GMT + 02.00
> **Para:** ignacio.aran@telefonica.net
>
> Ordem online - Qualidade do produtor - 100% efeito - Opinião de nossos clientes: "Sexo é mais satisfatório que nunca." "O estresse e a tensão desapareceram." "Ela já não se amargura, já não temo que terei de negar seu pedido." "Isso é uma sensação física estupenda depois que segue o sentimento profundo."
> A melhor coisa do Viagra é uma confiança que se pode "voar com piloto automático", chegar relaxado e sem problemas até a essência, que o membro continua a manter-se ereto mesmo quando se interrompa (crianças batem na porta do quarto, o cão ladra, desliza seu preservativo). Tomando Viagra também pode ser um grande presente para sua parceira, caso tomar Viagra conscientemente. Só um conselho: não deve dizer a ela que está tomando Viagra. Autoavaliação feminina é tão vulnerável como a nossa.
> **Proposta do mês: NEW - Viagra** Super Active 100mg 30 Tab. **81,08 euros / Viagra** 10 Tab. 100mg + Ci 10 Tab. x 20 mg **48,95 euros**
> Embalagem confidencial. - Pagamento confidencial. Não exige visitas dolorosas ao médico. - Consulta médica telefônica gratuita. - Não tem que esperar muito. - Entrega dentro de 2-3 dias. - Encomenda cômoda e confidencial online. - Loja online licenciada. - Não há custos extras.

Peça hoje e esqueça as desilusões, grande temor da recusa e situações dolorosas repetidas.

**Receba grátis 12 pílulas adicionais somente a curto prazo.**

Sentiu-se tão decepcionado que ficou tentado a responder desaforadamente, mas sabia muito bem que os endereços desses e-mails não são reais e, portanto, sua mensagem seria devolvida. Teve uma significativa sensação de ridículo. Estava acostumado a receber todo tipo de lixo eletrônico diariamente, de *spam*, apesar dos poderosos filtros que usava e, não obstante, dessa vez, se havia deixado levar por uma vã ilusão, sugestionado como estava pela atmosfera da casa e pela sedutora presença de Rocío. Disse para si que era um idiota sem remédio ou que talvez fazia tempo demais que não se apaixonava. Ou foram, provavelmente, as duas coisas ao mesmo tempo.

Fechou de repente a tampa do computador e deitou na cama, olhando para o teto com cara de absoluta recriminação até que esteve a ponto de adormecer, enquanto recordava que os olhos de Rocío eram azuis como o Viagra.

Alguém chamou à sua porta, com umas batidas suaves e Nacho, sonolento, teve um sobressalto na cama.

— Entre! – De um salto, se pôs de pé. Tinha esse hábito, transmitido por sua tia Pau desde sua infância, para não deixar ninguém vê-lo em atitude indolente. Dava-lhe a impressão de que o apanhavam em falta. Começou a fingir, como se estivesse procurando algo em sua mala.

Fernando Sierra assomou então a cabeça com o semblante de uma jovem amante, agarrando-se à porta com dedos que pareciam ensanguentados à luz da tarde.

— Posso entrar? – perguntou o homem quando já estava dentro.

— Sim, claro, adiante...

— Incomodo se te faço companhia por um momento?

— Não, estava aqui... – Nacho coçou a cabeça, aturdido.

— Vi que te impressionou o olhar do cabeção.

O meteorologista o estudou com divertida curiosidade.

— Pascual Coloma está entretido esperando a chegada de sua própria posteridade, como outros esperam o advento do novo Messias. – Fernando observou as cortinas do quarto que deixavam passar uma luz dourada cortada em rodelas, como se alguém a tivesse separado em fatias com um marcador preto. – Nosso futuro prêmio Nobel de literatura, e compreenderás que isso é toda uma profissão, emana o poderio de Catarina, a Grande, da Rússia, essa senhora imponente que transformou seu marido, o grão-duque Pedro, em impotente, o que não é de estranhar.

— Bem, parece realmente um tipo com autoridade... – "Especialmente quando alguém o vê sentado", pensou Nacho.

— Ele a tem, não duvides que a tem. A autoridade, digo. Sabe que ele cobra, pelo menos, quatro ou cinco vezes mais que o resto de nós para estar aqui? O cachê não é qualquer coisa. Quase o de uma estrela de rock. Menos mal que é a fundação que o paga...

— Não sabia que cobrava tanto.

— Seu tempo é ouro, rapaz, e suas palavras também. É um deus, ou isso se comenta em seu bairro, o Olimpo.

— Não o conhecia pessoalmente. É incrível que eu divida mesa e toalha com Pascual Coloma.

Nacho tinha lido todos os seus livros e sentia uma grande admiração intelectual pelo autor de "Sacrifício e Perda", obras que havia estudado, por obrigação mas com prazer, no colégio.

— Sim... – reconheceu Fernando. – É uma grande cabeça... – riu com pequenos silvos. – Eu não o suporto.

— Evidente, uma coisa é a obra e outra, a vida; e imagino que nem sempre a grandeza de uma pessoa chega para as duas. – Nacho procurou refúgio para suas mãos até que, não sabendo o que fazer com elas, enfiou-as nos bolsos.

Fernando se havia refestelado em uma poltrona perto da janela.

— Seu aspecto físico me consola. É um fantoche, como pudeste comprovar. É curioso como com as pessoas que odiamos nos ocorre algo similar aos extraterrestres.

— O quê?

— Sim, não notaste? Todo o mundo tende a acreditar que os extraterrestres, se é que existem, são muito mais inteligentes que nós, mas também muito mais feios. Com as pessoas que detestamos, pelo menos em casos como o de Pascual, o mesmo nos reconforta: que talvez sejam mais espertas que nós, mas que, sem dúvida, são consideravelmente mais repelentes. – Fez um gesto de flerte com as mãos e acrescentou: – Eu tomaria um uísque, mas tu não, claro...

— Não, desculpe-me.

— Meu Deus, não sei por que falamos de Pascual Coloma... *L'Altissimo poeta*. Mencionar-me esse assunto é como trazer à tona o tema da crucificação na Última Ceia...

— Mas foste tu que o trouxeste à tona!

— Ah, sim. Bem, é a mesma coisa. É um inconveniente, em todo caso. "Ereto fornecedor de sombra e sono, que atormentas o céu com tua lança." Coloma é um daqueles ciprestes de Gerardo Diego, empenhado em alcançar as estrelas.

Com a desvantagem de sua baixa estatura, não o esqueçamos. Um tipo insuportável e, além disso, um chatérrimo.

— Querias falar de algo ou só queixar-te de Pascual Coloma? – Nacho ficou admirando a boca de Fernando como se fosse uma fonte. Pensou que tinha belos lábios, apesar de sua idade.

Fernando sopesou suas palavras antes de falar.

— Ouvi dizer que és um detetive amador que resolveu vários casos...

— Bem, com a ajuda de muita gente. Não é exclusivo mérito meu.

Nacho disse para si que no século XXI o trabalho coletivo era bastante rotineiro.

— Pois, suponho que estás igualmente interessado em resolver este.

Nacho assentiu com a cabeça, mas não abriu a boca.

— Pois... – repetiu incansável –, eu só trato de falar contigo e trocar impressões, caso te sirvam de ajuda na hora de esclarecer este... hum, assunto.

— Muito bem. Nota-se que estamos em um ambiente de gente privilegiada e notável, distinta.

Fernando sorriu. Dava-se um ar de velho ator de Hollywood que não acabara de perder seu atrativo juvenil, muito menos seu bronzeado, porque antes deixar-se arrancar a pele do que consentir nisso.

— "Gen-te dis-tin-ta"! Nota-se que és novo nesses saraus. Espera mais uns anos e verás. Se conseguires aguentar, claro. Ou se não te expulsam antes a pontapés. Ah, mas nem tudo está tão ruim assim. Aprenderás muito sobre sadomasoquismo, por exemplo.

— Meu interesse pela poesia não tem nada a ver com esses atos. Estou aqui porque me chamaram. Se não tivesse sido assim, nem sequer teria sonhado que poderia estar entre vocês.

— És uma alma cândida, meteorologista. Mas não tens mais idade para continuar sendo inocente por muito tempo... Quantos anos tens?

Nacho limpou a garganta. Parecia-lhe estranho dizê-lo:

— Hum... Quarenta.

— Ah! – Fernando bateu palmas como se tivesse ganho um prêmio. – Sou "somente" vinte anos mais velho que tu! É isso! Enganas muito bem: julgava-te muito mais jovem.

— Pois é, vês.

— O que estavas fazendo em maio de 1968?

— Pouca coisa, eu tinha um ano de idade. Acho que minha capacidade de manobra era bastante limitada na época.

Nacho começou a ficar impaciente. Olhou a hora de seu relógio, sem qualquer disfarce e, ao levantar os olhos, surpreendeu em seu colega uma pose de tristeza que perseguia a comissura de sua boca com a tenacidade de um cão raivoso.

Então, de forma inesperada, Fernando confessou.

— Queres saber o que eu fazia nessas datas? – disse o homem. Sua voz tinha um tom descongelado e vil. Nacho quase pôde sentir como o ar saía raspando sua garganta. – Tinha vinte e três anos e estava, havia quatro meses, em Madri. Primeiro me apaixonei por Fábio Arjona. Sim, "nosso" Fábio. E aos poucos acabei por odiá-lo e jurando que o mataria na menor oportunidade. Nunca esqueci minha promessa.

Nacho não falou. Sentiu um calafrio e pôde ver um nó de raiva enrijecendo-se na íris de Fernando, como uma bolinha de sujeira que vai crescendo livre e saudável com as excrescências do tempo.

— Não sei, Fernando. O que acabas de dizer me parece brutal – atreveu-se a sugerir finalmente.

— É. É isso.

— Espero que não tenhas dito o mesmo para a polícia. Seria uma bela maneira de assinalar-te como suspeito.

— Querido, mas não percebes que aqui quase todos somos suspeitos, menos tu? E tampouco poria a mão no fogo por ti.

Isso era o mesmo que lhe havia dito Dona Agustina.

— Amigo, não sei. Todos, todos... – Nacho lembrou-se de Rocío e seu rosto de anjo meio punk.

— Todos tivemos oportunidade e, o que é pior: todos temos motivos. Fábio Arjona era um miserável. Além dos que estamos neste Cigarral, tampouco te custaria encontrar por aí fora umas quantas dezenas de candidatos a serem seu assassino. Fábio foi semeando sua vida de cadáveres, e não exatamente estranhos. Suponho que por isso teve esse fim, certo?

Nacho voltou a guardar silêncio por uns instantes. Era evidente que, por aquilo que havia visto e ouvido e por aquilo que podia intuir, poucos apreciavam o falecido, mas disse para si que, sem dúvida, devia haver alguém em algum lugar que gostava dele ou o que o estimava. Então, disse isso a Fernando, que negou com a cabeça.

— Terá família, digo. Filhos...

— Não tem filhos. Nunca os quis. Conformava-se com as filhas das mulheres com quem dormia. – Fernando lambeu os lábios e levantou uma sobrancelha antes de acariciá-la com dois dedos vacilantes. – Enquanto falava com a polícia, dei-me conta disso.

— De quê?

— Do que acabo de te dizer, de que Fábio sempre esteve ligado com mulheres solteiras ou separadas que tinham filhas. Nunca filhos homens. Fiz uma revisão de sua história sentimental e de todas as mulheres com quem viveu, embora jamais tenha casado-se com nenhuma, tinham uma filha ou duas, que não eram de Fábio.

— Ah!

— Sim, é curioso, não te parece?

— A que julgas que se devia essa, hum, tendência?

— Não tenho certeza. Ele era um pássaro que requeria cuidados, mas se mantinha fiel à sua mais recente aquisição durante todo o primeiro ano de relação. Esse espaço de tempo era de uma exaltação física e lírica assombrosa, que ele vivia com paixão, inflamado. Convertia a escolhida em sua musa, escrevia-lhe poemas que plagiava aqui e acolá, aos pedacinhos que depois juntava... – Suspirou divertido. – Tenho um colega em Nova Iorque, hispanista como eu, em minha própria universidade, que uma vez me disse que Fábio Arjona era o "poeta das preposições".

— Não entendo...

— Sim, amigo. Dizia que, como pedia emprestados versos daqui e dali, o que Fábio chamava indecentemente de "homenagens que só entendem as pessoas cultas que sabem ler", na realidade, a única coisa que há de original, de seu verdadeiro, em seus poemas, são as preposições. Já sabes: a, ante, sob, junto de...

Nacho enrugou a testa.

— Sei quais são as preposições... – Remexeu-se em seu assento com impaciência, um tanto zangado.

— Fábio agarrava dois versos de Cernuda, uma metáfora de Li Po, e em seguida os colava com umas quantas preposições ou conjunções, e pronto. Poema próprio, repleto de leituras para aqueles que realmente "sabem ler". Ou seja, para aqueles que lembram de cor a poesia universal e são capazes de detectar todas e cada uma de suas "citações". Evidentemente para mim, e para outros como eu, não os dava facilmente. Eu também lido com muitas leituras, e falo e leio cinco idiomas.

— Eu não sabia. Acreditava que Arjona tinha fama de refinado e de intelectual.

— Oh, sim, com certeza. Será por isso mesmo. Pela quantidade de bibliografia que manipulava. Além disso, ele mesmo se preocupou em cultivar essa fama de que falas.

— O que não entendo é por que ele vinha a este encontro e não Eugenio Vitale, que me parece mais importante. Ou por que não veio Vitale, em qualquer caso.

— Ah, bem... Vitale foi convidado, o primeiro de todos, mas desculpou-se com os organizadores do ministério e com Agustina. Não podia vir, ao que parece.

— Por...?

— Porque estava resfriado.

— Ah, vai! Desculpa.

— Veremos o que vai acontecer com o funeral de Fábio – resmungou Fernando, distraído. – Como devem fazer a autópsia e todo o resto, não o enterrarão antes de quatro ou cinco dias. Até então já teremos saído daqui.

— Será em Madri, imagino...

— Sim, em Madri. Não pretendo assistir, mas sinto tentações: assim me asseguraria de que o enterrariam realmente e de que fechariam muito bem a lápide. – O homem mais velho deu um soco no ar, afugentando algum pensamento inoportuno. – O fato é que Fábio se apaixonava por uma mulher, vivia com ela um ano de arrebatamento lírico e lúbrico, escrevia um livro dedicado a seu amor e, em seguida, subitamente arrefecia e se entregava com igual fogosidade ao desamor, do qual obtinha outro livro, evidentemente, muitos deles premiados com toda a pompa. Já sabes como são distribuídos esses prêmios, pelo menos, a maioria deles. Nos prêmios de poesia, as leis do mercado nem cheiram nem fedem. E não é que eu defenda as leis do mercado, que podem ser, e normalmente são, cruéis como um lobo da tundra asiática, mas... pelo menos supõem *algum* tipo de lei. Ganhou todos os prêmios a que concorreu. Aqueles que outorgavam esses galardões, os patrocinadores ou o júri, ou o temiam, ou lhe deviam um favor. Porque, ao longo de sua vida, Fábio fez também muitos favores, que cobrava com toda a pontualidade...

— Fernando pensou enquanto coçava a bochecha. – Desse modo, talvez não deveríamos chamá-los "favores" exatamente.

— Quantas relações, mais ou menos estáveis, terá tido? – quis saber Nacho.

— Ufff...! Muitas, querido. A última delas, a pobre *Cris*-ti-*na* O-*ller*, e já viste com que cara ficou. Muitas. Mais do que poderias sonhar, apesar de seres bastante mais alto, mais forte e mais atraente que ele. E melhor poeta, sem qualquer comparação... Pelo menos és original e não um puro pastiche. Ele, simplesmente, não era poeta. Embora eu creia que era bastante culto e que amava a poesia quase tanto como a si mesmo. Sim... porque, suponho, com ela alimentava sua vaidade. Sua vaidade era um leitão cuja engorda se ocupou metodicamente durante toda a sua vida.

— Isso é algo que não entendo, seu sucesso com as mulheres.

Pelas fotos que vi dele, não era um homem, digamos, agraciado. Talvez as seduzia com sua lábia ou com seus poemas.

— Bem, quando jovem tinha certo charme. Era baixinho, claro, mas naquela época quase todos éramos baixinhos; eu, um pouco mais alto que a média, mas... Isso é algo que se explica facilmente se considerarmos que nascemos nos anos quarenta do século passado. Tempos de escassez. A Europa estava em guerra e, na Espanha, um pós-guerra de contrabando e fome. No ano de 1968, como te dizia antes, Fábio não estava mal. Eu me apaixonei por ele, já ouviste a respeito, e embora ele nunca tenha sido homossexual, ou pelo menos foi para o túmulo convencido de não sê-lo, seguiu meu jogo como se o fosse. Se quiseres, posso te explicar, posso te contar como foi isso...

# *A VIAGEM DO HOMEM DE AÇÃO. MADRI. 1968*

Eu nunca oficiei nos altares do ódio,
eu sempre acreditei que Deus, o belo e o amanhecer
podem unir os homens. Sou um crioulo
que quer ser bom e amoroso,
bom e poeta, ou seja, bom poeta.

JOSÉ LEZAMA LIMA, *Paradiso*

Fernando Sierra sempre havia desejado ter um relógio Citizen com pulseira de aço inoxidável, com sistema exclusivo *Parashock*. O relógio dos peritos em karatê, capazes de partir um tijolo em dois com a mão. E com o relógio posto. Automático, com calendário. Qualidade máxima a preço razoável, segundo o princípio japonês. Os relógios Citizen, ou pelo menos assim dizia a publicidade, eram os preferidos pelos homens de ação em todo o mundo. E, se isso parecesse pouco, tinham dois anos de garantia de fábrica.

Foi a primeira coisa que fez quando chegou em Madri, procedente de seu povoado: comprar o relógio de seus sonhos. Até essa data, mal havia saído do lugar onde nascera.

Seu pai era militar e estava locado em Melilla. Tinha vivido apenas com ele e com sua mãe. Quando Fernando nasceu, por vezes, as coisas eram assim. Sua mãe casou-se com o pai, um tenente de infantaria com um espesso bigode preto e rosto de animal arborícola, de macaco voador de Bornéu. Sua mãe era bastante parecida com seu pai, mas sem bigode (na maior parte do tempo). Uma vez casada, não quis abandonar seu vilarejo – um povoado perdido no meio das montanhas, a trinta e quatro longos e difíceis quilômetros do lugar habitado mais próximo, onde morava na casa em que havia nascido e na qual também pensava morrer –, e seu pai teve de enfrentar sozinho seu destino africano (só passava com a família algumas semanas por ano; o resto do tempo vivia com a tropa em um quartel de Melilla). De alguma forma, conduziram as coisas para ter um filho, Fernando, que não se separou de sua mãe até os vinte e três anos, depois que ela fora enterrada. Fernando aterrissou na capital disposto a estudar, a conquistar o mundo e a comprar um relógio com as minguadas economias que seu pai lhe havia dado para enfrentar as primeiras despesas.

Embora seus pais não fossem muito agraciados fisicamente, Fernando era um rapaz bastante atraente: cabelo loiro, como a palha no início do verão, e olhos da cor do conhaque *Espléndido Garvey*; bastante alto para a média dos jovens de sua idade, e com corpo e feições harmoniosas, quase delicadas. A maioria de seus primos tinha aspecto de saca-rolhas, mas sua mãe dizia que ele se parecia com seu avô, um mocetão com vozeirão e alegre que deixava loucas todas as moças casadoiras da região, em sua época.

Fernando, no entanto, não era muito mulherengo. Na realidade, não gostava das mulheres, mas não queria contrariar sua mãe, por isso, quando a mulher lhe falava que se parecia com seu avô, o conquistador local, sorria disciplinadamente e ficava calado. Teria preferido limpar a língua com Netol antes de confessar seus verdadeiros sentimentos para sua mãe.

Ao terminar seus estudos na aldeia, sua mãe se recusou a deixá-lo partir para ir estudar, mesmo que ele tivesse tirado notas excelentes e possuísse notável habilidade com línguas: latim e grego, por exemplo. Até que pôde sair do povoado, dedicou seu tempo a ler (poesia e romances da coleção *Libros Eternos para la Juventud*, que comprava pelo correio: *Robinson Crusoé*, de Daniel Defoe; *Minha amiga Flicka*, de Mary O'Hara; *Capitão Horácio Hornblower*, de C.S. Forester, *O Despertar*, de Marjorie Kinnan Rawlings...), a escrever poemas que não teria sido capaz de mostrar a ninguém, sob pena de morrer de vergonha, e a estudar por correspondência. Fez um curso de eletrotécnica em Eratele e outro de rádio e televisão na Academia Afha, mas descobriu que não se dava muito bem com as coisas mecânicas, porque acabava não gostando delas. Ansiava por emoções, mais que por problemas técnicos. Então começou a interessar-se pelos idiomas. Aprendeu algo de japonês pelo método Assimil, embora não visse utilidade em saber japonês, a não ser que tivesse a sorte, pouco provável, de encontrar-se com algum engenheiro da casa Citizen pelos montes pelados que rodeavam seu povoado. Fernando era minucioso e atento, e seguia ordenadamente as indicações do método (discos de 33 r.p.m. com pronúncia, livros de vocabulário, fitas, cadernos de exercícios...). Com o inglês e o francês fez rápidos progressos; tendo começado pelo japonês, essas duas línguas lhe pareceram simples e acessíveis, coisa de criança.

Pediu também um Manual Prático de Cultura Física, escrito por John Turbin, da Editora De Vecchi, respondendo a um anúncio que prometia: "Em poucas semanas faremos de você outro homem." Por toda a sua vida havia querido ser outro homem: um viajante, um poeta, um amante... Segundo o anúncio, se fossem seguidas ao pé da letra as instruções do livro, e nisso Fernando era especialista, qualquer um poderia obter um tórax poderoso, uns braços hercúleos e músculos de aço. Mas ele não desejava tudo isso, embora não ficasse mal para ninguém; estava razoavelmente satisfeito com seu corpo, que despertava os olhares inquietantes das meninas à sua passagem. Ter outro corpo não é o mesmo que ser outra pessoa, pensava Fernando.

Não, o que cobiçava eram as fotos que o livro prometia. Cento setenta e cinco ilustrações, muitas delas coloridas, de homens que levantavam os braços acima da cabeça e mostravam bíceps, e peito, e músculos, despregando masculinidade por todos os poros de seus corpos, que pareciam moldados pelo próprio Michelangelo no barro sensível da carne mortal.

O livro custou-lhe duzentas e vinte pesetas, mais frete. Não sabia então, mas esse volume, com capa colorida, o acompanharia em sua biblioteca pelo resto de sua vida. Até o fim de seus dias.

*Pedia* o dinheiro para pagar os cursos à sua mãe que, embora de caráter tacanho, preferia vê-lo "entretido com bobagens que não prejudicam ninguém", antes de vê-lo vagando ou tentando a vida com trabalhos penosos (plantando pinheiros para reflorestamento, por exemplo), como faziam outros rapazes de sua idade.

Poucos dias depois de ele completar vinte e três anos, um cinco de janeiro de 1968, a mãe de Fernando morreu.

Uma manhã, quando o jovem se levantou – às sete e meia, como de costume –, desceu para o café da manhã e percebeu que ela não estava na cozinha. Sua mãe madrugava muito e nem um único dia da vida de Fernando tinha deixado de estar presente na cozinha de sua casa quando ele descia para o café, com o bule de leite fumegando na lareira, afastado para a borda, perto das cinzas, para mantê-lo quente até que seu filho tivesse servido-se de uma xícara.

Fernando chamou-a com a voz amedrontada por um fatídico pressentimento.

— Mãe? – mal lhe saiu a palavra.

Mas ela não respondeu, mesmo quando o rapaz reuniu forças e conseguiu gritar com voz mais possante, sentindo-se transtornado e fraco de repente.

Disse para si que talvez estivesse no banheiro, embora não fosse usual a essa hora. Saiu para o pátio e se aproximou do WC, uma casinha no fundo de um quintal cheio de pedras e vasos, a maioria sem flores, a essas alturas do inverno. Abriu a porta com um empurrão. Estava vazio. Correu de novo para dentro da casa. Entrou na cozinha; o fogo se consumia aos poucos, como um fim inatingível. Saiu para o corredor e subiu as escadas para o andar de cima. Chamou à porta do quarto de seus pais, que somente sua mãe ocupava, e entrou, tentando não fazer barulho. A janela de madeira estava aberta – sua mãe nunca a fechava – e uma luz gélida e titubeante se filtrava no quarto.

A mulher estava encolhida embaixo dos cobertores. Absorta em seus sonhos, pensou Fernando por um instante.

Acercou-se até o vulto que seu corpo formava e a tocou suavemente. Sua forma lhe pareceu um beco sem saída, uma excrescência imóvel na nublada tela do dia. Sacudiu-a levemente, mas a mulher não respondeu a seus toques.

Então Fernando começou a falar, apressadamente, em japonês. Estupidamente.

*Kokop-da*!!! – Estou aqui! – *Doko ni ikunda*? – Aonde vais?

Mas suas palavras galgaram as paredes do quarto como lagartixas que trepavam impassíveis para o teto e ninguém respondeu. Seu monólogo desconexo foi um estrondo inútil ante a impassibilidade da morte.

Os olhos se encheram de lágrimas. Não lembrava da última vez que tinha chorado porque, felizmente, em geral não tinha motivos para fazê-lo. De repente, as lágrimas escorreram por seu rosto caudalosamente. Teriam bastado para encher um pântano. Era como se saíssem de um tanque escondido atrás de seu rosto, que tivesse sido esquecido durante anos, repleto dessas pequenas gotículas de água salgada, com sabor de óxido, que lhe empaparam os lábios.

Pouco depois, em fevereiro de 1968, Fernando instalou-se em Madri com um dinheirinho que, a duras penas, conseguiu arrancar de seu pai. Estava disposto a abrir caminho no mundo, a ser outra pessoa, o orgulhoso possuidor de um relógio apropriado para um homem de ação.

Para sua surpresa, o pai dele raspou o bigode e voltou a casar-se dois meses depois do enterro de sua mãe, com a viúva de um sargento de artilharia, residente também em Melilla. A herança de sua mãe foi parar no bolso de seu pai e da alegre viúva, que Fernando nem sequer chegou a conhecer, e que se havia convertido em uma madrasta, da qual nunca quis saber muitos detalhes. De alguma forma, agora estava livre, consolou-se. Poderia fazer o que bem entendesse. E tinha muitos desejos guardados sob chave, como animais bem alimentados que lutam para sair ao ar livre, ao campo aberto, que sabem que, mais dia menos dia, vão consegui-lo.

Mal chegou em Madri, alojou-se em uma pensão barata perto de Atocha. Propôs-se a entrar na universidade, apresentou-se ao exame de revalidação e a começar uma carreira, embora fosse muito velho para isso. Estaria com estudantes uns anos mais jovens que ele, mas não se importava. Tinha um rosto jovem e moderno, pouco habitual para um espanhol da época; poderia até passar por estrangeiro (isso lhe diziam as mulheres em sua aldeia, quando era pequeno). Talvez fosse.

Procuraria algum trabalho noturno para poder manter-se até que concluísse os estudos e encontrasse algo melhor. Alguns de seus primos que viviam em Aluche lhe haviam dito que poderia descarregar mercadorias em Santa Maria de la Cabeza, no mercado. Pagavam razoavelmente bem. Ele o faria. Era forte e não tinha medo de trabalho duro, apesar de que sua mãe tivesse passado a vida tentando afastá-lo dessas atividades. Durante dois anos, no entanto, tinha feito religiosamente os exercícios de ginástica, aqueles que seu livro favorito recomendava e, embora não tivesse conseguido o mesmo aspecto que os homens, tão amados por ele, das fotografias, conseguiu, porém, colocar-se em forma quase sem perceber.

Fernando era jovem, ainda não se havia pervertido, e estava convencido de que a vida poderia ser simples e agradável, se alguém se limitasse a seguir as instruções adequadas. Entretanto, não estava consciente de que nem sempre se segue os procedimentos adequados e que precisamente aí reside uma das muitas dificuldades da existência.

Começou a frequentar a universidade como ouvinte – queria matricular-se em Letras, caso fosse aprovado no exame pendente – e foi assim que conheceu Fábio.

Fernando não estava realmente a par do que acontecia no mundo. Em sua aldeia não tinha o hábito de ouvir rádio ou ler jornais (o jornal chegava com um dia de atraso e sempre pensou que, estando assim as coisas, não valia a pena o esforço). Informava-se pela televisão, mas tampouco fazia muito caso. Tinha o suficiente com seus próprios problemas, que sentia pendendo de seus ombros como um pequeno e irritante surrão. Não sabia, portanto, que na Universidade de Madri o ano havia começado com a polícia fechando a Faculdade de Ciências Técnicas por causa de um protesto dos estudantes contra o regime de Franco. Em meados de janeiro, o governo fechou a Faculdade de Filosofia e Letras (na qual aspirava graduar-se) e a de Economia e Ciências Políticas, pelo mesmo motivo. Tampouco sabia quem era Bob Dylan, nem que havia reaparecido depois de ausentar-se do público durante mais de um ano por causa de um acidente de moto que quase lhe quebrou o pescoço. A música que ouvia, em seu toca-discos estéreo 1008 de quatro velocidades (16, 33, 45 e 78 r.p.m.), ou em seu cassete superportátil 909, era muito mais clássica, ou do tipo "seleções musicais hispano-americanas (o melhor do México, bossa nova), história da valsa, ou música de grandes filmes (Casablanca, Charada, Zorba o grego, Lawrence de Arábia, Horizontes de grandeza, Lili...). Por isso corou diante de sua própria ignorância e suas bochechas ficaram da cor de um desses ovos de gema vermelha que sua falecida mãe comprava quando Fábio, que dava aulas de Literatura Espanhola Contemporânea, perguntou-lhe em sala de aula, à queima-roupa, como se fosse uma pergunta de exame, apesar de que Fernando nem estava matriculado ainda, se tinha gostado do disco de Bob Dylan. Não sabia o que responder. "Ainda não pude escutá-lo", murmurou, fazendo um verdadeiro esforço para reconhecer sua ignorância; custou-lhe tanto extrair as palavras de sua garganta que cada sílaba lhe parecia um dente arrancado sem anestesia.

Mais tarde, Fábio falou na lanchonete da faculdade, diante de um grupo de estudantes, entre os quais estava Fernando, sobre as novas canções de Dylan. "Simples e suaves, seres errantes e vagabundos com implicações morais ou com sotaques religiosos", garantiu diante de alguns garotos boquiabertos, ansiosos por um líder a admirar e que os conduzisse à liberdade, à revolução e ao supremo conhecimento. (Até muito tempo depois, Fernando não sabia que Fábio estava citando quase textualmente a crítica que *Time* havia feito do último disco do cantor.)

Esse mês de maio estava sendo agitado em muitos lugares do mundo. Fernando ficou sabendo por Fábio, que o introduziu na política estudantil da Faculdade e o arrastou para a vida noturna de Madri, quando seu trabalho de estivador o permitia, o que não acontecia com muita frequência.

Foi Fábio que lhe emprestou o livro *Revolution in the revolution*, versão inglesa do ensaio de Régis Debray, um jovem intelectual francês fascinado pela revolução cubana. Pela primeira vez, Fernando estava feliz por saber idiomas e isso o fez sentir-se um pouco melhor. Desde que havia chegado a Madri, sentia-se intimidado por um tremendo complexo de inferioridade toda vez que punha os pés na Universidade e tinha a sensação de que até mesmo suas roupas estavam fora de moda (o que, aliás, era verdade). Foi Fábio também que o iniciou na leitura de Hermann Hesse, um pacifista alemão que o seduziu com seu romance *O lobo das estepes* e que o convenceu de que devia ser "filho de uma nova era", como quem ganha um paroquiano para uma insólita religião. Fernando, envolto na embriaguez do mundo que começava a descobrir, deixou-se levar por Fábio e pelo inebriante ambiente estudantil, dando tombos, movido por um impulso de emulação, de afirmação e de ruptura com seu passado. Suas raízes. Sua pobre mãe morta. O homem de ação, que sempre havia desejado ser, estava nascendo diante de seus olhos.

Deu uma olhada em seu relógio Citizen enquanto caminhava pela Cuesta de Moyano, observando os livros de segunda mão dos sebos, e sorriu satisfeito. Era jovem e, à luz do dia, bonita. As nuvens pareciam um rasgo no azul malogrado do céu. Fazia um pouco de frio, mas a primavera atravessava o ar e o fazia sentir a emoção do mundo em cada respiração. Havia ficado com Fábio. Logo iriam reunir-se com outros colegas em casa do "mestre" – assim o chamavam muitos – e, mais tarde, em um café em Callao.

Alguém garantiu que, em 1968, todo o mundo queria ser poeta. Fernando voltou a sorrir, feliz como uma criança com um prato de batatas fritas, porque disse para si que ele já o era, que possuía uma arte que muitas pessoas aspiravam, inclusive Eugene McCarthy, senador e candidato à presidência dos Estados Unidos. Havia mostrado alguns de seus poemas a Fábio. Santo céu!, ninguém jamais poderia imaginar o medo que passou aguardando o veredicto dele. A vergonha lhe havia forrado por dentro o estômago com uma camada fria e opaca de fuligem. Sentia-o borrado com marca-texto, como o rosto de uma dessas meninas que desfilaram no dia primeiro de maio em Praga (Fábio lhe havia mostrado uma foto publicada por um jornal francês) carregando um cartaz que dizia "Clube de *soul* dos hippies da Tchecoslováquia", e que tinham o rosto lambuzado com flores de traçado infantil.

Depois de duas semanas, Fábio lhe devolveu o manuscrito. Sua boca esboçou uma careta que talvez pretendia ser natural e afável, mas Fernando teve a sensação de que a haviam golpeado com uma série de socos.

— O que achas? – atreveu-se a perguntar, fazendo um penoso

esforço.

Por um momento, pensou que Fábio ia cuspir. Fernando o tinha em enorme consideração. Estimava tanto sua opinião que se teria cortado as mãos, se ele tivesse afirmado que nem mereciam ser olhados. Não o conhecia de modo suficiente para ter perdido o respeito por ele, ainda.

— Não são maus... – concedeu Fábio.

— Verdade? Estás falando sério? Ouvi dizer que és também editor. Que tens uma pequena editora com um sócio que... Não sei, talvez... Talvez, se assim te parecer, poderias ver se...

— Sim. Hmmm... Não estão *de todo* mal. – Acariciou o cavanhaque; estava deixando crescer a barba, como Fidel Castro, embora os cabelos não saíssem com força, e dava a impressão de que lhe irritavam a pele, porque se coçava seguidamente. – O que não entendo, permite-me dizer-te, companheiro, o que não compreendo é por que escreves poemas de amor e falas “dela” o tempo todo. “Ela” isso, “ela” aquilo. “Ela” uma e mais uma vez...

Fernando fitou-o, desconcertado.

Fábio continuou falando.

— Nota-se à distância que és gay – disse. Sua voz tinha um eco irritante e baixo. Aproximou-se do ouvido de Fernando, arfou um pouco e, em seguida, disparou: – Assume, boneca, pedaço de meninota. “Bonequita linda”.

Então roçou-lhe a orelha com a língua, uma lambida macia e úmida, que lhe deixou a pele coberta de saliva quente e o pulso acelerado de um bezerro de joelhos diante do açougueiro. Fernando ficou plantado no meio do corredor da Faculdade, com as folhas manuscritas com lindíssima letra de colegial pendendo de sua mão como um ramalhete de flores murcho.

Fábio deu meia-volta e foi embora sem olhar para trás. E a partir de então, Fernando não deixou mais de pensar nesse contato físico. Nunca havia tido semelhante intimidade com ninguém. Jamais havia beijado na boca outro ser humano. Era virgem, e estava convencido de que a Deus não lhe pareceria mal que o fosse, por causa de suas preferências sexuais. Mas depois daquele beijo – pois, chegou a considerá-lo um beijo, o primeiro de sua vida –, não conseguia mais pensar em outra coisa senão na língua de Fábio.

Os hindus – Fernando informou-se disso lendo um livro da Biblioteca Nacional – acreditavam que existiam diferentes tipos de beijos: beijo nominal, palpitante, terno (próprio de jovens esposas, de modo que esse não poderia ser seu caso, ou talvez sim, mas, bem...). Para certos poetas orientais havia quatro tipos de beijo: direto, inclinado, invertido e apertado. O jovem passou noites inteiras de insônia quase febril, tentando classificar o seu, aquele que Fábio lhe havia dado, *seu* beijo, não percebendo de que talvez não se tratasse mais que de uma simples lambida com toque mais ofensivo que acariciador.

Consumiu horas a fio pensando em Fábio, apelando para a razão e a lógica, dizendo-se, entre biquinhos próprios de uma "meninota": "Ele não é desses, tu o sabes, tu o pressentes no fundo de teu coração. Não dês um passo errado com ele, ou te arrependerás..." Mas afinal seu desejo superou sua sensatez, como muitas vezes acontece com a juventude, e não só com ela.

Agora Fernando andava para cima e para baixo na Cuesta de Moyano, esperando por Fábio, perguntando-se se realmente o amava e se seu amor o haveria de ofender. O amor era uma espécie de doença contagiosa – uma psoríase, uma sífilis do sentimento – que não evitava infeccionar o olhar. Qualquer um que reparasse nele perceberia que estava apaixonado, só ao reparar em seus olhos.

Nesse dia, Fernando nem sequer suspeitava de que terminaria por aborrecer Fábio lentamente, por converter-se em objeto preferido de seu sadismo. O que aconteceu nessa noite, junto com ele, foi somente o começo de uma longa e desagradável série de incidentes de humilhação que o deixou exausto e ressentido como um velho cão que apanha com regularidade durante anos.

Quando Fábio chegou, decidiram ir para sua casa, onde havia ficado mais tarde com outros colegas da Faculdade. Morava em um apartamento alugado, na praça Oriente, minúsculo, com umidade, sem elevador e, na maioria das vezes, sem água quente, mas de onde podiam contemplar os jardins de Sabatini e as estátuas dos reis, cansadas de ver passar a seu lado o tempo e os erros da civilização.

Fernando chegou antes ao quinto andar. A escada era escura e cheirava a pintura mofada. Fábio ofegava quando se dispôs a abrir a porta.

— Estás em boa forma, "menininha" – disse. Escapou-lhe um sorriso apático e seus dentes recobraram vida contra o fundo sombrio da porta enquanto girava as chaves para abrir.

Fernando lhes havia dito, a Fábio e a seus colegas, como ganhava a vida ("Trabalhar não é nenhuma vergonha, mas a vida se torna mais agradável quando não tiveres de dar-te o trabalho de cansar", dizia sua mãe em vida, suspirando). Ele o fez com certo temor, porque a maioria que frequentava a Universidade tinha famílias que podiam pagar seus estudos ou bolsas de estudos com que iam levando. Poucos, como ele, descarregavam caminhões de frutas à meia-noite, na esperança de poder pagar a matrícula quando chegasse a hora. Era normal que tivesse músculos, pensou, "não paro de levantar pesos; se continuar assim por muito mais tempo, acabarei parecendo-me realmente com os homens de meu livro". Por outro lado, viviam uma época de comunhão ideológica entre operários e estudantes, e supunham que, juntos, fariam uma revolução. Não acreditou que sua situação econômica fosse uma vergonha para os outros, mas, muito pelo contrário, talvez servisse até para estimular seus sentimentos de companheirismo para com ele, o bicho raro do interior, recém-chegado ao mundo. O operário caipira.

— Psiu, já sabes... Estou nesse trabalho há quatro meses. São muitas caixas carregadas nos ombros, e muitas noites... – Fernando olhou a ponta de seus sapatos, abatido, minimizando sua condição física.

Fábio meneou a cabeça e mandou-o entrar. Sua voz não soou como um convite, mas como uma ordem que Fernando se apressou a obedecer.

— Bem, já estamos aqui. Senta-te onde puderes. Queres preparar-te um cigarro? Oh, não, não fumas... Se eu parasse de fumar, seria mais forte que tu. Mas não quero deixar.

Dirigiu-se para a pequena cozinha, embutida em um canto da sala, e colocou água no fogo. Perguntou-lhe se tomaria um chá e Fernando assentiu, enquanto revolvia algumas almofadas no chão, procurando acomodar-se. Finalmente, conseguiu sentar-se, mas o chão estava cheio de saliências.

Fábio aproximou-se do círculo de almofadas sujas, na frente do balcão, e começou a recitar Philip Larkin. Fernando havia observado que tinha uma grande memória. Era capaz de passar o dia recitando. E citando, sem declinar a fonte, embora Fernando ainda não soubesse disso.

— "... Quando estava deitado na desconjuntada cama, dizendo-se a si mesmo que aquela era sua casa, sorridente e trêmulo, era capaz de desembaraçar-se do angustiante pensamento de que a maneira como vivemos dá a medida de nossa verdadeira natureza e que o fato de que em sua idade só poderia gabar-se de uma morada alugada era a prova mais evidente de que não merecia destino melhor..."

Fernando interrogou-o com o olhar.

— Philip Larkin, caipira. Penso nestes versos cada vez que entro nesta casa. Não fiques com essa cara de assustado, caramba. Quando me olhas sinto que estás invadindo minha vida privada... – Fábio deixou-se cair sobre duas enormes almofadas, sacudindo a cinza acumulada na ponta de uma delas. – Muito bem, o que te ocorre? – perguntou com essa afetada candidez que era a máscara de seu destempero gratuito, como em breve Fernando haveria de descobrir. – Nada mais tens a fazer que remexer o traseiro, dói? Por que será?!

Fernando se encolheu no chão como um caracol pisoteado. Apesar de tudo, olhou-o com adoração, através de suas pestanas de menino, e em seu rosto se desenhou seu clássico sorriso de idiota enlevado. O gesto se estendeu pelo rosto como uma mancha.

Fábio tirou uma sacola de plástico debaixo da pilha de almofadas.

— Oh, olha só. – Abriu a sacola e olhou dentro dela. Deixou-a de lado e tomou um gole em sua taça de chá. – Isso foi o que Maria Carmen deixou aqui. – Fernando não disse palavra, Fábio continuou: – Nada mal, essa menina. Embora, pensando bem, o nosso não podia funcionar, visto que, dela, só aprecio suas glândulas mamárias.

Então começou a tirar as coisas da sacola. Parecia um menino mimado e maníaco, cansado de presentes na noite de Natal.

— Olha. Hoje em dia, as mulheres modernas não se borram tanto o rosto. Preferem o natural. Nada de pinturas nem de sutiãs.

Concordo plenamente no tocante aos sutiãs. Mas essa mulher tem a mania de arrumar-se como um palhaço e usa um corpete como minha avó. "Cruzado Mágico", como se pertencesse à puta Ordem dos Templários, a tão... – Apanhou um objeto, olhou-o e atirou-o para um lado. Era um frasco de rímel. – Para que tudo isso? Além de tudo, se depila. Depila tudo, com mais afinco que um caminhoneiro de Kentucky. O nosso não poderia durar. Minha Mary Carmen é mais antiga que a micção matutina. Com sujeitinhas desse tipo ninguém pode mudar o mundo, caramba.

— Gostaria de seduzi-lo – atreveu-se a dizer Fernando.

Fábio coçou a barba.

— Seduzir-me? Sim, talvez tenhas razão. Mas, até onde sei, isso acontece comigo e com qualquer um. Quanto a elas, o que conta é a maquiagem.

— E o amor...

— O amor, ah, isso... Grande tema. Lord Byron começou a escrever poemas aos doze anos, ardentemente, com a louvável intenção de seduzir uma priminha de sua idade. A poesia serve para conquistar. Com uns bons versos, uma garota bastante boba à mão e um pouco de sorte, tua cama nunca estará vazia. – Pensou por um momento e acrescentou: – Claro que, em teu caso... Lord Byron tinha a língua presa, mas arranhava como um tigre, esse camarada, de pernas tortas e tudo. Graças principalmente à sua pena, que era muito diferente da tua, claro... – Seus lábios se curvaram com escárnio, uma expressão que para Fernando se tornaria dolorosamente familiar. – E tu, quem pretendes seduzir com teus poemas, boneca?

— Eu... Não sei. Bem, eu os escrevo. Saem de mim e pronto.

— Saem de ti e é isso... Não sejas simples. Dizes muitas bobagens. Nada *sai e pronto*.

— Para mim, sim. Acho que sim.

Fernando levou o chá aos lábios e derramou um pouco.

— Relaxa, linda, que ainda vais ter um febrão. – Arrastou-se para as almofadas e se aproximou de Fernando, que pôde sentir seu hálito cheirando a ervas e a tabaco, algo masculino, mas também enjoativo, suave. – Tens cara de menina. Já te disseram isso alguma vez? Nem sequer barba deves ter. Deixa-me tocar. – Acariciou-lhe a bochecha com dois dedos, enquanto Fernando sentia intensamente o modo arrítmico com que seu coração batia. – O que eu estava dizendo, nem costeletas tens. – Retirou a mão bruscamente e arranhou o queixo de Fernando.

— É que acabo de barbear-me, há pouco, antes de sair.

— Estou pensando... – Tomou a frasqueira esquecida e escolheu alguns produtos –, estou pensando que só te falta um pouquinho de ajuda dessas pomadas para tornar-te uma boa mulher.

Brandiu um bastão de batom no ar.

— Que dizes? – queixou-se Fernando – por favor...

— Não tenhas medo, *tola*. Vem cá. Nesta vida há que provar de tudo. – Pôs uma mão sobre o peito de Fernando, que se agarrou na parede e tentou desvencilhar-se, embora o contato daquela mão lhe apetecesse mais do que havia imaginado. Vem cá, anda...

Era mais forte que Fábio, isso era evidente; ambos sabiam que bastaria um empurrão de sua parte para jogá-lo contra a parede oposta, como uma bola. Apesar de sua cara de menina, sentia que os músculos latejavam sob sua pele e se sentia seguro com eles. Apesar de tudo e apesar de que Fábio estivesse forçando sua vontade, deixou correr.

Quando terminou de maquiá-lo, Fábio recuou um pouco e contemplou sua obra. Fernando tinha um aspecto ridículo e entristecido. Fábio deixou escapar um longo assobio de admiração.

— Que beleza! – exclamou. – A noiva elefante.

Fernando fechou os olhos, pensando que assim apagaria sua grotesca imagem do mundo.

— Não digas bobagens... – Fez menção de levantar-se. – Vou lavar meu rosto agora mesmo.

Fábio o deteve com firmeza. Sabia que estava no comando da situação.

— Conheces a poesia de Alberto Lista y Aragón? Obviamente que não, que conheces tu... Bem, era realmente um imitador muito refinado. Na arte, querida, tudo ou quase tudo é imitação, não há muitas novidades debaixo do sol. Lope dizia: "Como posso escrever?, lendo, do que leio, imitando, do que imito, rabiscando, do que rabisco, escolhendo, do que escolho, escrevendo..." Não houve um só grande artista que não fosse excelente imitando. Lista era bom imitador, mas um artista medíocre. O que se pode fazer.

Às vezes não se pode ter tudo nesta vida, não é? Muitas vezes não podemos ter nem sequer uma parte. E de qualquer maneira, a arte é um assunto corrupto e burguês; seria necessário acabar com a sacralização da mesma, com seu elitismo capitalista e entregá-la ao povo para que se conforte com seus restos mortais. – Contemplou Fernando com doçura. Ele estava tremendo como um rato recém-nascido, cego ainda. – Com essa cara, mereces uns versos de Lista à maneira de São João da Cruz. – Lançou-se em cima do corpo meio estendido de Fernando; suas cabeças estavam uma frente à outra; roçavam-se o nariz. – "E logo ao despertar, aroma pedirás, pedirás flores, e com gemido suave, te queixarás de amores, e exalarás a vida em meus louvores."

E então Fábio o beijou. De verdade. Na boca. Língua com língua, misturando a respiração e a saliva. E, de forma rápida, ansiosa e torpe, aconteceram outras coisas ainda.

Meia hora depois, quando tudo havia acabado, chegaram os outros, um grupo de sete rapazes e moças da Faculdade. Fernando não teve tempo para esconder-se no banheiro e lavar o rosto. De fato, Fábio o agarrou por uma manga e o deteve quando tentava escapulir.

— Aqui está ela: a noiva elefante. Não está linda, a bicha...? – disse-lhes, subjugando o rosto borrado de batom e ruge de Fernando, para que todos pudessem vê-la.

Os recém-chegados começaram a rir em coro. O estrondo da gargalhada quase rompeu os tímpanos de Fernando. Ficou sem forças e, quando conseguiu soltar-se do abraço, correu escadas abaixo, tropeçando a cada passo contra a vetusta grade.

Essa foi a primeira de uma longa série de degradações, mortificações e desprezos com que Fábio obsequiou Fernando como toda resposta a seu amor, e que só terminaram quando Fernando fez as malas depois de concluir a carreira com muito esforço, e foi para os Estados Unidos com a intenção de não voltar mais.

Uma vez na rua, Fernando cuspiu nas mãos e esfregou o rosto, tentando remover a maquiagem com que Fábio o havia borrado por todos os lados, quase arrancando a pele.

Percebeu que a barba incipiente lhe raspava as pontas dos dedos. Não fazia ainda quatro horas que se havia barbeado e já estava crescendo de novo.

# *O JANTAR DOS TREZE. TOLEDO. ABRIL DE 2007*

Quando Fernando deu por encerrada sua narrativa, Nacho teve uma leve, mas persistente dor de cabeça e pediu desculpas ao homem, alegando que no quarto havia pouco espaço e devia fazer algumas chamadas em seu telefone celular.

— Vou sair um pouco para o jardim – disse, e levantou. Estava entorpecido e sentia as articulações dos braços retesadas e solidificadas como nós na madeira de seu corpo.

Fernando tomou seu próprio telefone e o contemplou com olhar inquisidor.

— Bem, eu tenho uma, duas, três linhas. Podes chamar do meu, se quiseres – alegou. Aquele homem era um falastrão laborioso.

— Se não te importa, prefiro fazê-las do meu. – Nacho se manteve firme. Normalmente, custava-lhe contrariar as pessoas. Não gostava de discutir e era mais cômodo deixar-se levar pelos outros, permitir que o resto do mundo amenizasse sua agenda. Mas havia vezes...

— Está bem, nos veremos dentro de pouco tempo – concedeu Fernando, pondo-se de pé lentamente e puxando um cigarro. – Outra coisa que nunca irei perdoar ao defunto é que me incitou a beber e a fumar. Eu não fumava antes de conhecê-lo. Sempre fui um atleta. O fumo é um vício asqueroso, não por causa do câncer, mas porque amarela os dentes. – Pôs o cigarro entre os lábios ao estilo de um velho cowboy. – Creio que nos levarão todos em um micro-ônibus para o restaurante. Ou até mais perto possível dele, porque em Toledo há ruelas nas quais não cabe nem o vento, muito menos um troço de Mercedes repleto de versos livres, como o nosso. Vem um motorista do ministério com cara de anunciar que a festa acabou. Não sei o que acontece, mas neste país todos parecem irritados na maior parte do tempo. Nos Estados Unidos, país de grandes defeitos, mas também de muitas coisas boas, no entanto...

Nacho o interrompeu abrindo a porta e indicando com um gesto para que saísse para o corredor.

— Está bem, logo o verei, meteorologista.

Desceu até a cozinha e saiu para o jardim. Observou as cores do céu, a floricultura das nuvens e prendeu a respiração por um instante em sinal de reconhecimento diante do espetáculo. Soltou o ar lentamente e percebeu que anoitecia, o velho formulismo do sol, prova irremediável de sua existência.

Não se podia ver ninguém no jardim e dirigiu-se, com passos curtos, para o local do crime.

Como Fernando lhe havia referido, havia muita gente que não se teria importado em empunhar a arma homicida para acabar com a vida de Fábio Arjona, inclusive o próprio Fernando. Perguntou-se por que o homem era tão sincero confessando com clareza, com essa alegre sinceridade, diante de um desconhecido, porque Nacho não deixava de ser um estranho recém-chegado para todos os habitantes do Cigarral, que pareciam conhecer-se há muito tempo, em sua maioria; tinham histórias em comum, segredos compartilhados, lacerações correspondidas entre si. Será que, como havia confessado, pretendia contribuir para o esclarecimento do delito? Ou foi porque seu peito ardia em raiva e necessitava despejá-la sobre o mundo para aliviar sua carga? Devia tomar nota de tudo o que havia contado, em qualquer caso, e enviá-lo à tia Pau e a Rodrigo para que elaborassem uma composição aproximada da figura do falecido Fábio e daqueles que o tinham conhecido.

Olhou para a área isolada pela polícia. Estava cercada por uns arbustos variados, de diferentes cores, que começavam a perder suas belas propriedades cromáticas e ameaçavam tornar-se completamente verdes. Nacho especulou para si mesmo que o jardineiro não era muito cuidadoso, pois, não havia se preocupado em cortar os ramos maus antes que estragassem o resto das plantas. No chão, debaixo de uma miniatura de banco de ferro, carregado de volutas torneadas, via-se um par de áreas escuras que marcavam tenazmente o solo. Manchas de sangue do morto, imaginou. Havia marcas de pegadas ao redor, mas eram tantas que custava distingui-las. Supôs que a polícia já havia feito o trabalho de investigação exigida, se é que tinha conseguido levantar algo com clareza dessa confusão de sinais. Algumas roseiras que cercavam o local davam mostras mais que evidentes de abrigar entre suas folhas uma pequena colônia de moscas brancas. Disse para si que aquele panorama horrorizaria sua tia Pau, mais do que o crime, pela negligência do jardineiro.

Suspirou e tirou o telefone do bolso de suas calças jeans. Aproveitaria para chamar tia Pau. Assim, se Fernando o estivesse espiando de uma janela, veria que cumpria sua promessa de fazer chamadas. Enquanto abria o telefone, repreendeu-se a si mesmo por ser tão complacente, por fazer invariavelmente o que os outros esperavam dele, por esforçar-se tanto em não decepcionar as pessoas que bem poderiam não importar-lhe em nada. Pensou que essa fraqueza de seu caráter se devia à tia Pau, que havia insistido durante sua infância que ele sempre devia agir como se alguém o estivesse olhando. Pensou que sua tia havia sido uma influência escandalosamente importante em sua vida e supôs que isso se devia por sofrer da "síndrome do órfão", como ele mesmo a chamava. Certa vez, em um dos poucos recitais de poesia a que tinha sido convidado, ele conheceu um escritor que, além do mais, chamava-se como ele, Ignacio, Ignacio Gómez de Pisón, com o qual simpatizou imediatamente, porque percebeu que ele também sofria dessa feliz síndrome. Pisón era órfão de pai (Nacho, de pai e mãe), e havia chegado para o ato acompanhado de uma amiga poetisa, que também recitava. Já não lembrava mais o nome da menina, só que era loira, jovem e desalinhada, e que todos os seus movimentos tinham um atraente poder sinuoso, talvez de natureza sexual. Sua aparência era um presente em um mundo desolado, onde geralmente prima a feiúra, e via-se a léguas de distância que não tinha planos com Pisón. Deveria ter prestado mais atenção à menina, mas concentrou-se em sua empatia com Pisón, porque logo calou fundo essa orfandade nua e valente em seus olhos, como duas fontes claras em que se poderia jogar moedas.

Ligou para a tia Pau e ela respondeu no terceiro toque.

— O que há de novo? – perguntou a mulher.

— O jardim da casa tem um canto que virou um desastre. Ficarias horrorizada – respondeu ele. – E isso que tem muitas possibilidades. É uma beleza desperdiçada. Apenas um par de arbustos de *Potentilla fruticosa* se salvou da negligência generalizada. Também um que outro cipreste, agora que penso. – Virou a cabeça em direção ao contorno das árvores que se desenhava diante do rio, que então assumia a tarefa de arrastar as sombras do anoitecer, misturando-as com a água. – E não encontro ninguém aqui que gostasse do falecido Fábio Arjona.

Contornou a área isolada até um canteiro feito com dormentes de ferrovia, que abrigava uma desbotada *Aucuba japonica* que dividia o espaço com vários azevinhos que saíam do pedregulho espalhado pelo chão. Eram como duas pessoas mal dispostas lado a lado, apesar de que seu porte contrastava tanto que, de alguma forma, compunham um jogo.

— O fórum do clube está berrando, Nacho. Falam de conspirações, de vinganças, de sicários... Não imaginas que panorama. Gostaria de estar aí contigo.

Sim, era o que faltava, pensou ele.

— Ninguém gostava muito dele, pelo que vou entendendo. Já leste o que te enviei? Vou te mandar outras notas mais tarde. Tive uma longa conversa com um de seus colegas. Ele o conhecia desde os anos 1960 e o detestava à morte.

— Percebes que poderias estar dividindo o teto com um assassino? – Nacho notou a excitação de sua tia do outro lado da linha, que certamente ia direto para o céu, atravessava um satélite de telecomunicações e logo voltava a cair em frangalhos, a poucos quilômetros de distância de onde ele estava agora. Em telefonia, a distância mais curta nem sempre era a linha reta.

— É possível – conjeturou o sobrinho. – Agora tenho de desligar, gostaria de lavar-me e arrumar-me um pouco antes de sair para jantar. Eles nos levarão para um restaurante dentro de pouco.

Encaminhou-se para a porta da cozinha, mas pensou melhor e foi dar uma olhada em seu carro. Estava estacionado entre outros quatro e, à primeira vista, continuava tal como o havia deixado ao chegar. Aproximou-se dos vidros e vasculhou o interior.

Estava concentrado observando uns jornais atrasados que se acumulavam debaixo do assento traseiro quando ouviu um pigarro atrás dele. Virou-se imediatamente, com a néscia sensação de ter sido apanhado espiando uns noivos que se abraçavam no interior do veículo.

— Oh, oi, Nacho. – Era Cecília Fábregas, que o observava com uma pitada de divertido interesse. Perguntou-se se fazia muito tempo que o observava. Provavelmente; se assim fosse, teria chegado à bizarra mas lógica conclusão de que era imbecil.

— Oi, Cecília, isso... Bem, olá.

— Eu te vi passeando pelo jardim. Eu também adoro jardins. Como moro em Madri, passava muito tempo sem ver um pouco de verde, de modo que um ano atrás comprei uma casa em Annecy, na margem leste, com vista para o lago. Não sei se conheces Annecy. – Nacho negou lentamente com a cabeça, como se lhe custasse reconhecer algo assim. – Na França, na Alta Saboia. Eu me disse: caramba, tens dinheiro, por que não começas a gastá-lo em algo que te dê prazer?

Riu de uma maneira que a Nacho pareceu extravagante, mas cálida, soltando uma espécie de gritinhos semelhantes a uma leve tosse.

— Ah, muito bem – foi tudo o que lhe ocorreu comentar.

— Não demorei em dar-me conta de que a casa é grande demais só para mim e para meu sogro, que somos os habitantes mais assíduos. Minha filha já segue sua vida e... Enfim. Está lá também a empregada, claro. Mas é que a casa tem onze cômodos. Onze! Dá para imaginar? É linda, mas enorme. – Passaram a caminhar juntos em direção ao terraço ladeado de ciprestes, de onde se podia ver o rio, ajustando seus passos na mesma direção sem ter se posto previamente de acordo, afastando-se do improvisado estacionamento e também da cena do crime.

— Talvez deveria dizer meu ex-sogro, mas... bem, na verdade é como meu pai, a esta altura.

— Ah, bom...

— É um lugar perfeito, do qual se pode avistar o lago em toda a sua extensão, prateado pela lua durante as longas noites de primavera, como esta que já se anuncia. – Cecília aconchegou o xale sobre o peito; talvez sentiu um calafrio ao olhar para a água do rio, esparramada e calma. – Gostarias da casa, tenho certeza. Estás convidado para quando quiseres. Sobra espaço – acrescentou, e voltou a rir alegremente.

—Obrigado, é uma honra que me fazes.

—Li teus poemas – confessou Cecília. – No início, surpreenderam-me. Quero dizer... utilizas a linguagem quase da mesma maneira que eu.

— De que maneira?

— Bem, nós dois somos cientistas.

— Ah, é? Não sabia. Pensava que esta casa estava repleta de filólogos sisudos que conjugavam até as vogais, nuas e cruas. – Embora, pensando bem, Nacho lembrava de ter lido algo a respeito na internet.

— Estás vendo que não é assim. Ha, ha...

— Alegro-me muito em sabê-lo. Não li todos os teus livros, mas sim alguns poemas aqui e ali...

— Queres dizer que encontraste textos meus na internet. Confessa... – Seus lábios estavam um pouco arroxeados; não estavam com batom. Nacho perguntou-se se a mulher teria passado frio ultimamente. Talvez tivesse estado exposta às intempéries ali, em sua casa na França. – Os jovens se inteiram de tudo por meio da internet, começa-se a perder esse belo costume da bibliofilia.

— Oh, não, não é por isso. – Nacho se justificou como pôde. – E eu não sou tão jovem, né? É que não posso comprar todos os livros que gostaria. Meu salário não dá para muito. Ainda moro com minha tia. Poderíamos dizer que nem sequer me tornei independente, aos quarenta anos completos. De modo que... estou economizando para comprar uma casa um dia. – Sentia um arroubo confessional, do qual mais tarde se arrependeria, como sempre lhe acontecia quando falava demais. Mas que diabos... – O que acontece é que tampouco gosto da ideia de deixar minha tia sozinha. Sua casa é grande. Estamos bem juntos. É a melhor companhia que pude conseguir sem ter que pagar. – Dessa vez foi ele quem riu por conta disso.

— Comigo acontece o mesmo, com meu sogro: estamos bem juntos.

— Então, estou certo de que me entendes.

Houve um silêncio entre eles, enquanto olhavam o suave escorrer do rio e as luzes que começavam a brilhar na cidade, que se acendia aos poucos com as frágeis estrelas amareladas e artificiais da iluminação pública.

Cecília rompeu a calma do momento, murmurando algo. Pensando em voz alta, especulou Nacho.

— Os rios deram tanto ao mundo... – disse ela.

A frase soou um pouco afetada, mas Nacho pressupôs que esse, precisamente, era o tipo de enunciado que alguém esperava um poeta formular.

— Sim, sem dúvida.

— Temos de voltar, creio que vamos sair para jantar dentro de poucos minutos.

— Certo. – Nacho olhou para as janelas da cozinha, atrás das quais se vislumbrava atividade.

— Gostaria de falar contigo depois do jantar – disse Cecília, e fez uma pausa, "cênica", pensou Nacho – ... sobre Fábio Arjona. Suponho que seu assassinato te interessa, de modo que vais querer saber coisas sobre ele. Posso contar-te minha experiência. Talvez te sirva para desenhar sua figura; assim poderás ter, aos poucos, uma ideia dos motivos pelos quais o mataram. Porque o assassinato sempre tem um motivo, e neste caso... – agarrou-o pelo braço suavemente; Nacho sentiu seus dedos frios ao toque –, garanto que não careço deles, se tenho de ser sincera.

— Como?

— De motivos para ter matado Fábio Arjona.

O meteorologista se surpreendeu. Será que ninguém tinha

nada a dizer de cordial sobre a vítima? Contariam também entre eles seus traumas com Fábio Arjona, seus lamentos, seus velhos ressentimentos e animosidades? Falariam entre si como o faziam com ele, ou o haviam escolhido porque era novo, afeito em agarrar delinquentes, porque a seus ouvidos tudo era novidade, porque ele não conhecia a vítima, porque não lhe devia nada, porque talvez todos pensavam que seria interessante ouvir o que para eles já eram histórias desgastadas e vividas ao abrigo da desgraça que Arjona, ao que parece, havia despejado generosamente sobre suas vidas? De onde vinha essa necessidade que quase todos deixavam transparecer no Cigarral de expressar-lhe seus motivos para odiar Fábio? Estariam se justificando? Estariam se acusando inconscientemente, porque tinham má consciência? E, se tinham má consciência, qual era a causa?

— Quando quiseres. Evidentemente – não teve outra escolha senão responder assim, resignado. A hipocrisia, ou seja, a boa educação que a tia Pau defendia de capa e espada, porque acreditava que era o pilar da civilização, um dia deveria lhe custar caro. Por ora, lhe roubaria horas de sono.

— Quando voltarmos para a casa, depois do jantar. Não te esqueças – repetiu Cecília.

De repente, deu meia-volta e começou a correr para a mansão, sem despedir-se.

Quando saíram no micro-ônibus, havia vários jornalistas a postos na porta, que correram para o veículo, disparando flashes e perguntas que ninguém conseguia ouvir através dos grossos vidros coloridos do Mercedes.

Dona Agustina estava sentada, muito tensa, esfregando as mãos sem parar, ao lado do motorista que, tal como Fernando havia dito, parecia um impassível replicante. "Uma extensão do GPS – disse para si Nacho –, tecnologia de ponta; o sujeito é tão expressivo como um circuito integrado."

Haviam-se acomodado como estudantes que fazem uma excursão ao zoológico. Nacho se recolheu, pensando que talvez haveria também canções e alvoroço ("para ser motorista de primeira, acelera, aceleraaa..."), e movimentos nervosos do pescoço do motorista em direção do retrovisor. Mas temia que era improvável.

Tinha a sensação de que, por haver assentos mais que suficientes no ônibus, a maioria teria sentado sozinho. Bem, talvez Richard Vico e Rocío teriam sentado em dois assentos, um ao lado do outro. E Fernando Sierra, que andava agarrado a suas coxas como um short de lycra, incomodando a todos com seu palavrório impertinente sobre sua vida universitária americana e sobre como era mau Fábio Arjona já no ano de 1968. Mas os demais... Pascual Coloma estava sentado bem erguido na primeira fila, olhando fixamente para a nuca do motorista ("só fala com os servos" – havia comentado Fernando a respeito de Pascual –, subalternos, vassalos e feudatários, a multidão em geral, que o fazem sentir-se mais alto; e mais esticado do que é, que se diz pronto. E só se digna fazê-lo para distribuir instruções").

Mas Fernando havia descuidado-se na hora de embarcar no ônibus e, quando olhou ao redor, percebeu que Nacho já tinha companhia: compartilhava assento com Cristina Oller.

Sim, a ex.

*Cris*-ti-*na* O-*ller*.

Trocaram algumas frases de cortesia (ah, a maldita gentileza; algum dia Nacho morreria de um ataque de amabilidade). Sentiu o perfume da mulher, que lhe pareceu mais próximo a um aromatizador de um banheiro de cavalheiros. Mas, no geral, Cristina lhe pareceu agradável e propensa a confidências. "Se lhe puxar um pouco a língua, certamente esta também se expandirá em histórias sobre o falecido", observou mentalmente Nacho. Ainda que levaria pouco tempo para comprovar que nem sequer era necessário convencê-la, porque ela já estava mais que decidida em contar sua parte.

Fernando não teve alternativa senão sentar-se junto de Miño Castelo, que examinava o teto, aborrecido, com cara de não ter contemplado nada mais sem graça em sua vida.

— Senta-te a meu lado, meu amigo – Nacho ouviu que Miño dizia, dirigindo-se a Fernando. – Sim, aqui a meu lado, rapazinho. Mas claro que já nos cumprimentamos; outro dia, lembras?, desde que não me dês a mão, porque sou um homem muito ardente...

Fernando dirigiu-lhe um olhar irascível e acomodou-se a seu lado, com cara de prisão de ventre.

— Em quinze minutos, chegaremos ao restaurante. Esta cidade

é pequena, como bem sabem todos os que a conhecem, que é a maioria de vocês, imagino – falou Dona Agustina pelo microfone. Porque essa miniatura de meio de transporte *tinha* microfone. Alguém havia previsto que os passageiros nem sempre guardariam um respeitoso silêncio diante do guia, cujo lugar era ocupado agora pela anfitriã do encontro. Mas esse não era o caso, pois, excetuando as saudações de Miño, nada mais se ouvia a não ser o monótono ruído do motor e o zumbido insistente do ar-condicionado, muito quente. – Entraremos no restaurante por uma entrada que pouca gente conhece, para despistar os jornalistas que havia na porta do Cigarral e que, sem dúvida, têm muita vontade de seguir-nos. Um suspiro de inquietação perpassou no estéreo. – Comeremos bem, espero que todos desfrutemos do jantar. E... nada mais para o momento, queridos amigos.

Ouviu-se um estalido que soou como uma batida ao fechar a porta, quando Dona Agustina desligou o microfone.

Pascual Coloma, ao lado de Maurício Blanc, relembrava a estátua de um velho patrício romano. Seus cabelos brancos, à luz fraca do carro, parecia formado com pilhas de migalhas emboladas cuidadosamente.

Cecília Fábregas estava ao lado de Rilke Sánchez. E Jacinta Picón e Torres Sagarra haviam sentado juntas.

Chegaram cedo ao restaurante, apesar das ruas de traçado endiabrado e das dificuldades de tráfego que oferecia uma cidade imperial, eclesiástica, administrativa e antiga como Toledo.

Felizmente, no restaurante haviam colocado umas plaquetas com o nome de cada comensal, que indicavam com explícita perspicácia onde devia sentar-se cada um. Isso poupava a Nacho a incômoda tarefa de procurar um assento por sua conta. Sempre tinha a impressão de que não seria bem recebido na companhia de estranhos.

O estabelecimento se chamava El Cardenal, nome mais que apropriado para um lugar que deveria ter tido, em outros tempos, mais clérigos rondando as esquinas de suas ruas que o próprio Vaticano. Estava embutido nas muralhas, perto da porta Alfonso VI, e os garçons receberam o grupo com grandes manifestações de boas-vindas. Especialmente para Pascual Coloma, que era conhecido inclusive pelas garçonetes de vinte anos (certamente que ocultavam *piercings* no umbigo, sob o discreto uniforme, sorriu Nacho, imaginando-as nuas). Acomodaram-nos no jardim, rodeados de flores e arranjos verdes, onde estariam sozinhos em um "ambiente discreto, romântico e de bom gosto", como salientou Dona Agustina por repetidas vezes. O dono da casa a agradeceu pelo elogio, curvando-se várias vezes diante da senhora, como um passarinho que bebe água de uma poça de rua.

— Servirão assados em forno a lenha, de caça ou de carne tradicional. Salada de ervas aromáticas e mistura de vinagres de funcho, da casa – explicou um engravatado senhor com grandes entradas no cabelo. – Se houver algum vegetariano entre nossos ilustres hóspedes, podemos satisfazê-lo igualmente.

— Fico feliz em saber que podem satisfazer-me – ronronou Miño, sentado à esquerda de Nacho. À direita deste estava, naturalmente, Fernando. – Penso em vir amiúde por aqui...

Serviram-lhes umas entradas e todos se lançaram sobre os pratos com diferentes graus de avidez.

Nacho serviu-se de um pedaço de presunto de Jabugo, recortou a beirada de toucinho e deixou o presunto na borda do prato, como se fosse um resíduo.

— Não comes o presunto? – sondou Fernando.

Nacho deu de ombros.

— Caro meteorologista, colhes os espinhos e deixas as rosas..., assim nunca chegarás a ser candidato ao Prêmio Nobel...

— Nem sequer me deixaste tempo para comê-lo – resmungou Nacho, enquanto reparava em Fernando, que mastigava com apetite o naco de presunto que tinha deslizado de seu prato sem pedir licença.

— Não gosto de gente melindrosa com a comida. Isso costuma ser sintoma de problemas graves em seu metabolismo espiritual. Eu comi tudo nesta vida: aranhas, escorpiões, cobras... Não digo que gostei, mas não me causaram nojo. Meu karma é saudável, observa o que te digo. – Fernando limpou seu cavanhaque com o guardanapo até quase tirar-lhe o brilho. – Pois bem, quem de vocês assassinou o pobre, o pobrezinho Fábio Arjona? – exclamou com um alegre gorjeio e se remexeu na cadeira como se fosse levantar--se.

Pascual Coloma lançou-lhe um olhar sombrio, duro como a pedra de um estilingue, mas absteve-se de fazer qualquer comentário.

Foram ouvidas algumas risadinhas à mesa. O garçom, que nesse momento servia o vinho, ergueu uma sobrancelha a tal ponto que parecia estar saltando de seu rosto.

— Estás sendo muito rude, querido Fernando – recriminou-o Torres Sagarra.

— A frigideira disse à concha: "Retira-te, porque me sujas"... – O aludido levantou a voz, virando o rosto para o braço de Nacho, que julgou perceber um leve aroma de uísque misturado com seu perfume. Claro que tinha enchido um pouco a cara antes de sair.

— Bem, está mais do que claro que foi alguém – atreveu-se a comentar Pedro Charrón.

Pedro era um homem alto e magrela, passando já da meia-idade, com olhos de aspecto doentio, escuros e murchos, desses que dão a impressão de serem incapazes de produzir lágrimas, nem mesmo para lubrificar o globo ocular. Tinha um humor intempestivo, que estourava como um balão cheio de óleo fervendo, quando ninguém esperava, recarregando-o totalmente de risos cavernosos e roucos, sem motivo aparente. Estava vestido de maneira improvisada (quase sempre usava meias diferentes e alguns afirmavam que o viram participar de uma recepção com o rei, usando um sapato de cada cor). Morava em uma aldeia de quarenta habitantes, sozinho, onde cuidava de sua horta e de suas galinhas. Gastava menos que um isqueiro, segundo Fernando, embora estivesse podre de dinheiro. Alguns anos atrás havia publicado seu único livro de ensaios, intitulado *O Universo para um poeta*, que se tornou imediatamente um best seller. Ninguém jamais pôde explicar o sucesso desse livro, tão distanciado do *aegrum vulgus*, um livro que era qualquer coisa, menos acessível às "mentes mais simples", quando parecia que todos estavam de acordo em que o dedicado às massas carece de "excelência", de *aretè* (esta estava reservada, claro, para aqueles que se permitiam opinar assim), que a delicadeza das coisas se perde ao transformar-se em produtos de alcance de uma maioria, à qual sempre se atribui uma necessidade vulgar de alimentar sua ingenuidade e sua candura embrutecida.

— Acho que foi alguém. Alguém dentre nós. Incluo-me a mim mesmo e a Pascual Coloma; com perdão, reverência – voltou a falar Fernando, dessa vez sem a boca cheia, e fazendo uma ridícula genuflexão com a intenção de que parecesse como que tirar o chapéu em homenagem ao futuro Prêmio Nobel.

— Não, não, não... – resmungou Maurício Blanc. – Não digas bobagens, caro amigo. Nós somos pessoas lidas, ilustres. Não somos assassinos.

— Acaso não existem criminosos sofisticados? Será que a cultura é um obstáculo para a violência, uma vacina contra a maldade?

— O que está claro é que a incultura *não* o é – apostrofou Rocío Conrado, sentada ao lado de Richard Vico. – É mais fácil que alguém que não é civilizado se dedique a matar do que o fato de que o faça uma pessoa que tenha conhecimentos e um espírito distinto.

— Já estamos metidos nisso! – Miño Castelo balançou a cabeça. – Acreditamos que, por termos lido muitos livros e termos escrito alguns outros, nos elevamos acima da média, que estamos muito acima dos néscios, da gente vulgar. Isso cheira a elitismo! Que é feito do bom selvagem? Será que já notamos a inocência dos bárbaros?

Tu não és melhor que Carlos, o imigrante que arruma nossas camas todos os dias. E Ulisses não era melhor que seu porqueiro.

— O que eu quis dizer... – tratou de corrigir-se Rocío.

Nacho pensou que estava lindíssima, com aqueles olhos que pareciam dois pedaços do céu embutidos atrás de sua íris, e o vestido negro, leve e suave, que deixava à vista um decote branquíssimo e tentador.

— És muito reacionária, menina, sendo tão jovenzinha – acrescentou Miño.

— Não sou uma menina.

— Comparada comigo, sim.

— Vai *p'al carajo*, como dizem em Cuba, Miño. Com todos os teus afluentes – respondeu furiosa Rocío, aludindo mordazmente ao nome de seu companheiro.

— Na Bodeguita del Medio, ah, em Havana... – explicou Rilke Sánchez em tom circunspecto e doutoral –, há um cartazinho pendurado que diz que cada um "carregue seu peso". – Abriu a boca e mostrou uns dentes branquíssimos, como um cachorro tentando abocanhar uma bola. – Todos temos um. Um peso, quero dizer. E não estou falando de ninguém em concreto, claro. Digo, explico-me. Apenas no caso, ah. É somente algo que me pareceu que cabia no caso.

Nacho viu como Richard punha a mão no cotovelo de Rocío, tentando acalmá-la.

— Sem insultar, linda – arremedou Miño.

— És tu que começaste a insultar-me. Tu me chamaste de elitista e infantil. Se seguires falando assim, vais atrair as moscas.

— Calma, por favor, não discutamos... – Dona Agustina levantou a mão de uma das cabeceiras da mesa (a outra era ocupada por Pascual Coloma). – Temos bastantes problemas para continuar altercando entre nós.

— Lê Santo Agostinho, Schelling, Kant, Rousseau e o Marquês de Sade, antes de falar – continuou Miño. Seus olhos começavam a enrubescer e tinha um rastro de saliva misturada com vinho tinto rebordando seu lábio superior.

— Estás me chamando de inculta, acaso? – Rocío voltou-se em direção de Miño.

— Sim, visto que puxaste o tema. Que eu saiba, nem sequer terminaste o ensino médio. Não sei por que diabos agora queres dar-te ares de culta e de "espírito distinto". Por favor...!

— Que dedo-duro! – Rocío fez um trejeito manhoso. – Sai de cena, querido. Agora cabe a mim soltar meu solilóquio de obviedades...

— Venerada Rocío, jovem gênio do mercantilismo editorial, consultaste teu exorcista de cabeceira ultimamente? – provocou-a Miño. – Não seria nada mau visitá-lo o quanto antes.

— Que engraçado! Fico feliz em ver que chegaste a tua idade com todas as tuas faculdades intactas: a esclerose e o astigmatismo.

— Desculpa, mas não posso continuar falando contigo, porque não trouxe meu desfibrilizador pessoal.

— Vejo que no tocante a tuas faculdades era somente uma impressão errônea. Isso é o que me acontece por julgar as pessoas por seu mau aspecto, sem perceber que a beleza está no interior, como se costuma dizer! – Rocío fechou a cara. – Para teu bem, espero que seja verdade que a beleza está no interior, porque, o que está por fora, não se vê em lugar algum.

— Rocío, que andas dizendo... – sorriu Torres Sagarra, com as bochechas inchadas de comida.

– Eh, gente! Está bem! – Richard Vico assomou por detrás de sua franja. Parecia desconfortável e envergonhado. – Parem com isso.

— Sim, vamos deixar isso - concedeu Rocío com as faces coradas. – Tentar falar com esse cara é como tentar curar a AIDS com aromaterapia. – Voltou-se para Richard e segurou-lhe o braço com ternura. – Desculpe-me, não quis...

— É indiferente – respondeu Richard, sacudindo a cabeça. – Deixa disso, está bem?

– Estamos todos muito nervosos – admitiu Maurício Blanc. – Seria melhor continuar comendo, sem falar.

– Essa ranhenta acredita que tem umas *lettres de cachet* do próprio Deus que a facultam dispor a seu bel-prazer da vontade dos outros – cochichou Miño em direção de Nacho, que se fez de surdo. – Vende-se muitos livros dessas bobagens que escreve sobre meninas bruxas e vampiros com problemas hormonais, na Alemanha ou na China, pouco estou me lixando. Isso não a transforma em alguém tão notável quanto ela se julga.

— O mal... O mal é parte da liberdade moral do ser humano – disse Pascual Coloma, surpreendentemente. Eram as primeiras palavras que Nacho o ouvia pronunciar, além das quatro frases de cortesia que trocava como saudação, ou para dirigir-se aos garçons, e quase esteve a ponto de sofrer um choque ao ouvi-lo.

— Certamente, certamente – assentiram Rilke Sánchez e Pedro Charrón. Faltou-lhes acrescentar "amém", mas se contiveram.

Fernando havia emudecido de repente, concentrado em seu prato de comida, e poderia muito bem ter passado por uma personagem deprimida de Gérard Lauzier.

Nacho estufou o peito e disse para si que havia chegado a hora de mudar de assunto. Mas não lhe ocorria nenhum apropriado.

Rocío mantinha a cabeça baixa e os dentes cerrados, à maneira de um soldado preparado para morrer ou para matar. Nacho gostava dela. Era irrequieta como um cão pequeno, o que também significava que carecia de autocontrole, mas é que não se pode ter tudo nesta vida.

Richard havia acendido um cigarro e afugentava a fumaça que se espessava em torno dele como uma auréola, com uma mão descarnada. Cristina Oller não comia. Olhava a furtadelas para seus companheiros de mesa e parecia estar pensando.

— Nacho, tens um endereço de correio eletrônico? – perguntou-lhe por fim a mulher. – Quero pedir-te alguns poemas para uma revista com a qual colaboro.

Nacho, impressionado por sua consideração, escreveu-o diligentemente em uma folha que Cristina lhe alcançou por cima da mesa, junto com uma caneta Montblanc da cor de vinho tinto, e devolveu-lhe o papel quando terminou.

— Todos haveremos de concordar que a morte de Fábio foi uma perda lamentável – disse Maurício, sacudindo a cabeça. Nacho julgou ver uma nuvenzinha de caspa voando até seus ombros protegidos por um sóbrio casaco azul marinho.

— Sim, uma grande perda. Especialmente para ele – assentiu Jacinta Picón.

Jacinta Picón tinha trinta e sete anos e uma beleza peculiar. Nacho havia lido em um jornal uma entrevista que haviam feito com ela havia alguns anos e na qual falava sem pudor de sua vida privada. Dizia: "Quando abandonei meu marido, o pobre homem ficou arruinado, doente, psicótico e deprimido. Gosto de fazer com os homens o mesmo que se faz com os apartamentos alugados: deixá-los como estavam antes de eu chegar." Confessava-se poetisa, mas em sua vida privada, manifestava categoricamente que era mais realista que dono de cartório de registro de propriedade. De fato, visto que quase ninguém pode viver da poesia, ela havia ganho a vida durante muito tempo como assistente de um tabelião, em Benidorm. Fazia alguns anos, para a surpresa de muitos, transformou-se em uma estrela da mídia. Tinha um programa de livros na televisão, que era bastante divertido, para o que costumavam ser esses espaços, e que não ia nada mal de audiência, apesar da hora inconveniente de exibição (em plena madrugada). Era uma "modesta celebridade", como ela mesma se havia definido em uma ocasião, rindo às gargalhadas.

Nacho a olhou, fascinado por seu aprumo e sua figura bonita, especialmente da cintura para cima. Julgou que Jacinta piscava para ele e sorriu tão satisfeito como agoniado.

Quando terminaram de jantar, a maioria deles estava de um humor de funeral. De volta ao Cigarral, não havia mais jornalistas na porta, já era tarde demais, inclusive para eles, de modo que puderam entrar sem problemas. Cada um foi para seu quarto, entrando previamente de acordo com seus colegas de andar para usar por turnos o banheiro.

Nacho lembrou-se de que Cecília Fábregas queria falar com ele e abafou um bocejo. Deu-se conta de que estava começando a desfrutar as intrigas de seus companheiros. Não eram tão divinos como ele havia imaginado, mas humanos. Demasiado humanos. Assim como ele.

Despediu-se com um atento "boa-noite" daqueles que o rodeavam e foi para seu quarto com o pulso excitado, como quem se encaminha para o coração secreto de uma mansão mal assombrada.

# *O QUE CECÍLIA FÁBREGAS CONTOU A NACHO. CIGARRAL DE LA CAVA, TOLEDO. 2007*

Nacho escutou Cecília Fábregas sem quase abrir a boca, enquanto ela se desabafava com ele. Mais cedo, perguntou se poderia gravar suas palavras e a mulher não fez nenhuma objeção. O meteorologista tirou um minúsculo gravador e o ligou. O aparelho nem sequer precisava de fita, porque tinha uma espécie de chip de memória; tinha-lhe custado trabalho aprender a usá-lo, não era tão simples como os velhos gravadores de cassete, com os quais se pode simplesmente limitar-se a contemplar como giravam. O artefato apenas ronronou quando pressionou a tecla de gravação. "Assim não preciso tomar notas", pensou, e recostou-se na cadeira, disposto a ouvir educadamente a mulher:

A primeira vez que surpreendi meu marido lendo um romance rosa foi em uma tarde tranquila de maio, há muitos anos, muitos anos. As nuvens se acumulavam no céu e, vistas de minha janela, pareciam a ponto de cair sobre o asfalto. Havia sido uma estranha forma de chuva, mas não aconteceu nada semelhante. Eu pensava às vezes que a vida transcorria do outro lado das janelas da casa, da mesma maneira como ocorre por trás dos vidros de um carro, desperdiçando de certo modo suas forças, ficando atrás, rompendo os fracos vínculos que a uniam com minha pequena realidade, a única que contava para mim, afinal de contas.

Sixto estava sentado, em mangas de camisa e com as pernas esticadas sobre o chão de madeira. Lia com uma concentração infantil, quase temerosa. Não parecia descontraído. Em seus olhos se adivinhava certa preocupação difícil de dissimular, algo que borbulhava e fumegava como água fervendo.

Foi então que me disse que me abandonaria.

Ainda me lembro do título do livro que estava lendo: *Bela na névoa*, de May McGoldrick. Não sei se é muito popular. Na capa haviam desenhado um barco que parecia surgir de uma penumbra suja e azulada. Duas figuras – creio que uma delas feminina e outra masculina – se predispunham a enfrentar-se corpo a corpo sobre essa espécie de fundo de abismo que era o convés do veleiro.

Sixto ergueu os olhos da página que estava lendo e me olhou no rosto. Seus olhos pareciam tão grandes como a palma de minha mão.

— Estou indo embora de casa – disse-me e enfiou os dedos entre as páginas do romance para evitar que se fechasse e o fizesse perder o fio da leitura.

— Tens que sair agora? – perguntei, sorrindo.

Aproximei-me lentamente dele com a intenção de beijar-lhe a cabeça, raspada como o fundo de uma panela. Seu cabelo havia cortado os laços que o prendiam à vida havia muito tempo. Sua calva reluzia sob o resplendor da luz refletida, refletia-a como faria uma lua de porcelana rosa.

— Quero dizer para sempre.

Olhei-o sem pestanejar.

— O quê?

Sixto respirou com a dificuldade de um homem que está prestes a afogar-se. Pensei que o ar tinha a espessura da água nesse momento, e por isso custava-lhe respirar, o mesmo acontecendo comigo.

— Vou embora, Cecília. Vou te deixar. Nosso casamento acabou. – Agarrava o livro com determinação, como se suspeitasse que eu poderia tomá-lo dele.

— O que é isso? Estás brincando?

— Não, não estou brincando. Infelizmente.

— Desde quando lês essas coisas? – Tentei desviar a conversa para outro lugar mais aprazível, tinha a estúpida impressão de que uma conversa pode ser como um móvel que, às vezes, não está no local adequado e basta deslocá-lo uns centímetros para que tudo volte a parecer harmonioso e proporcional, belo, em seu devido lugar.

— Desde que era adolescente – respondeu. Seu olhar era desafiador e mostrava uma nítida sensação de alívio.

— Lês romances... *rosa*? Nunca o teria imaginado! – Suponho que minha voz soou como uma recriminação. Com um misto de censura, zombaria e impertinente incumbência. – Não sabia.

— Sim, há muitas coisas que não sabes. Mas agora, não importa.

Ele se levantou. É quase trinta centímetros mais alto que eu. Sua sombra me cobriu. Um e um são normalmente dois, mas muitas vezes falta a conjunção "e". De repente, senti-me terrivelmente só.

Tentei não perder os nervos, tratei de deixar-me levar pela higiênica conduta da sobriedade e pela circunspecção. Observei-o com curiosidade, mas seus olhos não abrigavam nenhuma indulgência. Devolveram-me o mesmo sereno desapego que o clima à terra.

Naquele momento lembrei-me de um pôster que havia no consultório de meu marido. Sixto era, e continua sendo, veterinário. Na sala de espera havia pendurado vários pôsteres com motivos caninos, principalmente. Os animais funcionam na decoração contemporânea como naturezas mortas na pintura do século XIX. Manjares analgésicos do precário sentimentalismo humano. Os donos dos cachorros acreditam que os cães os amam. Os cachorros, no entanto, querem fundamentalmente comida e proteção e qualquer dono lhes serve para tanto. O pôster era uma foto das vísceras ensanguentadas de um cachorro doente. A foto tinha uma legenda que dizia algo como: "Previna seu cão de uma doença fatal. Saiba que o mosquito comum pode transmitir-lhe o "verme do coração" (dirofilariose), uma doença que pode causar-lhe a morte." Gostei da metáfora: o verme do coração. Mas senti calafrios de medo. Eu disse a Sixto que deveria removê-lo, mas ele deu de ombros e o pôster ainda continua em seu lugar.

Enquanto esquadrinhava o rosto e os gestos de meu marido, perguntei-me se ele também teria contraído a doença, se no trato com os cães teria sido contagiado pelo verme do coração, se o verme estava agora mesmo enroscado em seu coração, acariciando-o como os dedos que pousam com determinação sobre as teclas de um piano.

— Há outra mulher, não é? É isso... – Comecei a perceber que minha voz não se encaixava em minha garganta. As palavras saíram com dificuldade, manchadas de ferrugem, carregadas de argumentos contra o mundo.

— Não, não há nenhuma mulher. Só tu – disse-me e eu não sabia se mentia. Pela primeira vez não era capaz de intuir seu pensamento. Ou talvez nunca tinha podido intuí-lo, ao contrário do que sempre acreditei.

Era pouco depois das 16h, embora eu tivesse a impressão de que, além da janela, o céu havia começado a organizar um pequeno crepúsculo em minha homenagem e o oferecia para mim com a mão estendida. Os telhados da cidade se amontoavam no horizonte, formando montículos de tons ocres, eram um gigantesco jogo de construção que algum deus impertinente tinha ordenado ao acaso para manter ocupados os seres humanos em tarefas arbitrárias, instáveis e cerimoniais. E, fundamentalmente, fúteis.

Deixei-me cair no sofá, na frente dele.

— Que história é essa, então? – perguntei depois de reunir um pouco de forças para continuar falando.

— Já me ouviste.

— E nosso casamento? Dezessete anos juntos... Vais jogar tudo isso fora? – Fitei a capa do livro que meu marido segurava carinhosamente nas mãos. O barco da ilustração era, talvez, uma metáfora de nossa relação e agora estávamos ambos frente a frente, em uma embarcação que balançava no meio da tempestade, ameaçando um e outro como as duas figuras do desenho, apenas duas sombras hostis, tentando manter o equilíbrio. Já sei que a metáfora pode ser irrelevante, mas se ajusta à verdade.

Será que tudo na vida acontecia assim, tão de repente?

Senti que minhas pernas tremiam. Levei os dedos à boca e comecei a arrancar a pele de meus lábios. Costumava fazer essas coisas quando estava nervosa. Tenho os lábios sensíveis, de tal modo que sempre parecem estar doentios. Mortos de frio.

— E que vai ser de tua filha, de nossa filha? – Engoli em seco. – Tem dezesseis anos e precisa de ti.

— Saberás arranjar-te com ela, não te preocupes – disse ele.

Perguntei-me se aquela cena íntima que estávamos vivendo nesse momento era o preço do amor. Tomei nota mentalmente de que tinha de lavar as cortinas.

— E que vai ser de teu pai? – Comecei a sacudir a cabeça ou a tentar encaixá-la em meu corpo, da mesma forma que se gira a de uma boneca. – Está morando conosco, *conosco*... Não podes ir embora e deixá-lo aqui comigo. Não poderei seguir em frente se tenho que cuidar de uma adolescente meio pirada e de um ancião completamente doido, eu sozinha, sem tua ajuda.

Sixto dirigiu-se para a porta da sala.

Olhei suas costas e lembrei-me de que nunca tinha sido otimista, que nunca havia acreditado no progresso.

— Talvez mande alguém para recolher minhas coisas – murmurou Sixto entre dentes.

Eu o vi encaminhar-se para o corredor e, alguns instantes depois, ouvi a porta de entrada fechar-se com uma batida seca. Meu marido acabava de ir embora e, como toda a bagagem, havia levado consigo o romance *Bela na névoa*, de May McGoldrick, que certamente estaria repleto de paixões desenfreadas, amantes taciturnos e viris, heroínas indômitas, mas virginais, e grandes propriedades com vista para algum precipício. Talvez esse título fosse um presságio de algo. Embora o mais terrível de tudo foi que nunca me teria ocorrido na vida pensar que Sixto pudesse gostar desse tipo de histórias.

Comecei a entender melhor o mundo no dia em que percebi, sem necessidade de que alguém me dissesse, que a beleza das flores não tem como objetivo alegrar a vista dos seres humanos com seu encanto, mas atrair os insetos e permitir-lhes assim reproduzir-se, fazendo com que esses seres estranhos e alados levem o pólen do estame de uma flor para o estigma de outra. O pólen, um pó amarelado ou avermelhado que consuma a fecundação do reino vegetal.

Da mesma forma que um inseto carrega a semente da vida sem saber, assim também a realidade começou a abrir espaço em minha cabeça, enchendo-a de sementes de inquietação.

Sixto havia ido embora e eu me sentia como um ginkgo, ou um bambu, percorrida pelos grilos, pelas vespas e pelas tesourinhas de meus presságios. A realidade – meditei, e meu coração acelerou um pouco – precisa ser transportada de um lugar a outro para poder criar-se um espaço no mundo. A realidade, como o pólen, pode percorrer longas distâncias à mercê do vento. A iúca se serve da borboleta para multiplicar-se. Eu me havia servido de Sixto, meu marido, para dar de cara com minhas circunstâncias. Meu marido... Ou acaso já não era meu marido? Era suficiente expressar em voz alta o desejo de não ser meu marido, como Sixto tinha feito, para deixar de sê-lo?

Passei a tarde sentada na penumbra da sala, olhando como o sol se punha, entrincheirado por trás de algumas nuvens. Por um momento, quando a luz começou a render-se atrás das janelas, senti que o mundo me havia aprisionado em seu interior. Estive por várias horas petrificada. Não movi nem mãos nem pés. Não via muitos motivos para desdobrar tanta atividade.

Pouco antes do jantar, ouvi que a porta de casa se abria. Seguiu-se um ruído de metal chocando-se contra porcelana, com o cair de algumas chaves na bandeja de louça que descansava sobre o móvel da entrada – um velho console de cerejeira, todo arranhado –, onde toda a família costumava deixar suas chaves logo depois de entrar.

Pouco depois, Samuel, meu sogro, assomou com a cabeça na sala. Seguiu-a todo o seu corpo cansado, de andar cambaleante.

— Ser velho é uma merda! – disse, e se aproximou de mim claudicando.

Quase pude ver como uma onda esférica de choque saía de sua boca ao mesmo tempo que suas palavras, a uma velocidade de *Mach 1*, e crescia com toda desfaçatez até bater nos móveis e nas paredes. A energia restante retrocedeu e se introduziu em meus ouvidos, fazendo com que me revolvesse finalmente no sofá, um pouco irritada. A voz de Samuel certamente havia elevado a temperatura das cortinas.

Não lhe respondi e ele ficou me olhando por alguns segundos, com interesse, assim como faria um abelhão com um crisântemo. Então ele foi para o estéreo e tentou entrar em sintonia com um programa de notícias de rádio. Fazia tempo que se havia desativado a função de sintonização automática. Ele gostava de girar o botão com seus próprios dedos, dizendo que lhe relembrava sua juventude.

O aparelho deixou escapar um alegre chiado enquanto a agulha percorria o espaço assinalado para as diversas estações. Durante uma fração de segundo, ouvi um silvo seguido de um ronronar chiante e agudo. "São galáxias. Estamos ouvindo o barulho que fazem as galáxias moribundas... – pensei, mas eu não disse nada; – antigas galáxias que desaparecem e que estão explorando lá longe, que esgotaram seu combustível, que se abrem como flores em uma fabulosa explosão final e que estão enviando sua poderosa radiação de partículas na amplidão do espaço e do tempo enquanto morrem, porque elas também são mortais. Estamos ouvindo o ruído que as galáxias fazem, ao morrer, pelo rádio..."

— Não consigo sintonizar nada de bom – disse Samuel. Deu de ombros e sentou-se no sofá, longe da janela. – Não é de estranhar, já não tenho mais pulso nem para mudar de canal com o controle remoto.

Eu continuava incapaz de falar. Alguns desses sussurros que saem do rádio devem vir de um raio que caiu na Austrália, no meio de um campo de cereais. Seu som percorreu o mundo até chegar a nossos ouvidos, mas somente Samuel presta atenção a ele. Não é justo – pensei –, não é justo.

— Paula me disse hoje que eu sou um velho – resmungou meu sogro – o, que, aliás, eu já suspeitava. Ela me disse que não estou atualizado. Perguntei para que alguém quer manter-se atualizado. Quem pode ter *tanto* interesse em ficar atualizado? A menos que alguém seja um calendário, é claro...

— Sixto foi embora. Disse-me que me abandona – respondi, sacudindo levemente os ombros. Teria gostado de utilizar alguma palavra relativa ao amor, ao fruto de nosso antigo vínculo, para explicar a Samuel o que acontecia, mas não consegui.

Meu sogro remexeu-se com dificuldade no sofá até fitar-me no rosto. Olhei para o chão. Observei meus sapatos e depois dirigi ao homem um olhar rápido. Samuel ajeitou os óculos e seus olhos me pareceram cerzidos com negligência sob as lentes.

— De que estás falando? – perguntou. Sua voz tinha dobras de seda entre os agudos piques de seu tom habitual. Deixou cair os braços ao longo do corpo. – Não fales besteiras. Está na hora do jantar, se acaso não te dás conta.

— Não preparei o jantar esta noite.

— E não haverá jantar? Queres me matar de fome? É dessa forma que a sociedade paga a seus velhos, aos que construíram este país com seu esforço e seu suor? Suei muito ao longo de minha vida, sabes, filha? Acho que mereço pelo menos um jantar de vez em quando. Considero que um jantar por noite é bastante razoável.

Ele desabotoou a camisa e pôs-se a esticar o pescoço como alguém que abre um guardanapo.

— Estou te dizendo que teu filho foi embora. – Levantei-me lentamente. – Ele nos abandonou. Não só a mim, mas também a ti e a tua neta.

— Estás falando sério?

— Sim, acho que sim.

— Que canalha! Que te disse?

— Não muito, realmente. Só que ia embora e talvez ia mandar alguém para recolher suas coisas.

— E para onde foi?

— Não sei. Para um hotel. Ou talvez já tenha uma nova casa esperando por ele.

— Uma casa...? Tu te referes a...? Não teria sido capaz! – Tomou um impulso e se levantou do sofá na terceira tentativa. – Não te preocupes. Vou procurá-lo e vou matá-lo com minhas próprias mãos. Um pai tem o direito de fazer algo desse tipo com seu filho quando seu filho é *esse* tipo de filho.

— Não fales assim, Samuel, por favor.

— Tenho sido muito mole com ele, esse é o problema. Não o tratei com dureza suficiente. Nunca deveria ter concordado que estudasse para veterinário. Que tipo de profissão é essa para um homem, veterinário...? – Deu-se um golpe seco no peito. – Pelo que sei, os animais servem para serem comidos, não para curá-los quando se machucam.

— Vou preparar algo para jantar. Não comeces, vamos!

— Devia tê-lo obrigado a entrar no exército, como eu fiz em minha época. A esta altura poderia ser capitão, pelo menos. Estaria do lado dos valentes. Se fosse capitão, nunca teria abandonado-te. Deixar uma mulher é o tipo de coisa que faria um veterinário.

— Lê romances rosa; confessou-me isso antes de ir embora. – Comecei a caminhar para a cozinha.

— Romances rosa? – Samuel me deteve, agarrando-me pelo braço; enrugou tanto a testa que me causou o mesmo efeito que um desses anúncios de filmes de terror. – Romances de, de...? Queres dizer...? – Passou a língua nos lábios, respirou fundo e deixou transcorrer um desses silêncios metafísicos que só seriam entendidos em um mundo mais evoluído. – Referes-te a romances de... "beijinhos"? – Fechou os olhos e senti que era como se os comandos de uma caldeira se desligassem. – Vou encontrá-lo. Terá de me ouvir. Vai me ouvir, o moleque. Meu Deus, como fez falta o quartel... Desde Alexandre Magno, sempre tivemos alguns bichas no exército, mas, apesar de tudo, até nossos invertidos são mais machos que meu próprio filho.

— Samuel...!

— Vamos jantar qualquer coisa. Estou com fome.

Deu meia-volta e encaminhou-se para a cozinha, mancando.

Na manhã seguinte, formei uma imagem de mim mesma um pouco resumida, como faço às vezes quando penso em algo que não consigo compreender, como o universo. Eu me considerei uma partícula, uma partícula humana sem outras propriedades que a posição e o instante. Do mesmo modo que se faz com o universo – porque é mais fácil analisar o estado de uma partícula e, em seguida, de duas, antes de tentar abarcar o universo inteiro – considerei meu estado. Claro que na física clássica não é desaprovado discorrer ao mesmo tempo sobre a posição e o momento de uma partícula, mas na mecânica quântica é proibido por causa do "princípio da incerteza", e eu me considerava uma mulher da era quântica, não da clássica. Meu estado quântico era como um livro de brilhantes respostas a qualquer dúvida que pudesse acontecer comigo. Não me ocorreu, contudo, nenhuma pergunta.

Pensei nas histórias alternativas do universo, na narração de uma sequência temporal de sucessos e, finalmente, me deparei com uma questão que nem sequer era original: qual seria a possibilidade de que tivesse acontecido minha história, a passada, a presente e a futura, em vez de outras que também poderiam ter sido certas? Meu marido havia abandonado-me. Talvez voltaria para mim, talvez não. Essas duas possibilidades eram mutuamente excludentes, porque somente uma delas podia ocorrer, e eram ao mesmo tempo exaustivas, porque uma delas inevitavelmente aconteceria.

Antes de levantar-me, e enquanto refletia nesses termos, abri os olhos e deixei que a escuridão do quarto me enchesse por dentro. Olhei a luz do despertador piscando e percebi que era muito cedo. Nunca tinha gostado de madrugar, embora adorasse ver o amanhecer. As poucas vezes que tinha conseguido presenciar o espetáculo do amanhecer tinha sido por ocasião de alguma viagem ou de alguma pequena enfermidade. Amava o nascer do sol porque, entre outras razões, para mim era a maneira que os céus tinham de dizer-me: "Calma, ainda não estamos cansados."

De qualquer forma, tinha organizado a vida para não ter que levantar cedo. Desde que deixei o colégio, pode-se dizer que não me sentia obrigada a levantar cedo. Quando ingressei na universidade, pedi o horário da tarde e, salvo uma temporada de experiências de laboratório, ninguém conseguiu fazer-me pular da cama antes das dez. Em seguida, eu me casei com Sixto e tudo continuou nos mesmos termos, se excetuarmos os cinco primeiros meses de vida de minha filha Paula: passou-os em um contínuo estado de excitação. Dormia de dia e berrava de noite, como se não conseguisse habituar-se a estar no mundo, como se pensasse que nascer havia sido um erro, que começava a lamentar profundamente. No mesmo dia em que completou cinco meses, seu sono se regularizou e começou a dormir dez horas seguidas todas as noites.

Pouco depois comecei a dar aulas na universidade (fiz doutorado durante a gravidez), mas logo descobri que a vida universitária não era feita para mim. Eu era apaixonada pela pesquisa; não obstante, não acredito ser capaz de ensinar nada a ninguém. Tampouco encontrei nas salas de aula muitos que quisessem realmente aprender. A ignorância me irritava e comecei a suspeitar, como George Bernard

Shaw, que a educação é uma tolice, que ninguém pode transformar uma lebre em um cavalo de corrida mediante a educação.

Enquanto Paula crescia um pouco mais, tornei-me dona de casa. Continuava estudando, terminei uma licenciatura em Biologia, que pelo menos me serviu para entender que minha gravidez havia convertido-me em alguém útil em termos evolutivos e, lendo, mas não tinha trabalho fixo. Sixto mantinha nosso lar. Nunca se queixou por fazê-lo.

Sou boa em coisas técnicas (doutorei-me em engenharia elétrica antes de ser mãe), e um belo dia projetei uma pequena tampa que patenteei porque assim haviam ensinado-me a fazer na faculdade, mas não dei a mínima importância ao achado. Minha tampa era, e continua sendo, de uma elegante simplicidade. Disse para mim mesma que assim deveria ser uma provável teoria unificada do universo: como minha tampa, como um obturador simples e belo que, ao abrir-se, tudo explica e resolve. Naquela época, eu inventava coisas para ter a sensação de que minha mente ainda estava ativa, de que a maternidade não havia acabado com qualquer vestígio de inteligência que estivera em mim antes de minha barriga dedicar-se à tarefa da reprodução animal.

Um ano depois de registrar minha tampa, eu a vendi a uma empresa que embalava e distribuía água mineral pelo mundo, e depois, quando a licença de exclusividade dessa empresa caducou, vendi-a a outras que se apinhavam, esperando à minha porta. Dois anos mais tarde me dei conta de que era rica e de que nunca tinha trabalhado para sê-lo, que só tinha necessitado aplicar um pouco de criatividade para dar forma a um pedaço de matéria e, em seguida, deixar-me arrastar suavemente pela maré de uma economia de mercado que exclui muitos, mas que, quanto a mim, sempre desejou-me loucamente.

Sixto e eu decidimos que o melhor era colocar os assuntos econômicos nas mãos de profissionais que conduzissem meus negócios e que se ocupassem em fazer investimentos sensatos com o dinheiro que continuava sendo depositado na conta corrente. Foi estranho, porque durante muito tempo tive a sensação de viver de empréstimos, como se estivesse dilapidando uma vida que não me cabia. Às vezes me sentia como uma intrusa, parava na metade do corredor de casa e escutava atentamente: temia que, mais cedo ou mais tarde, tocariam a campainha e me obrigariam a devolver todos os meus privilégios, acusando-me de ter me apropriado deles sem direito.

Acho que não ter que madrugar nunca me fazia sentir-me culpada, uma caloteira. A sucessão de dados sobre minha vida formava um esquema de bela complexidade e eu não deixava de assombrar-me com isso. A minha era uma riqueza misteriosa, sem os passos da fama e da notoriedade, embora Sixto e eu tenhamos decidido continuar levando uma tranquila vida de classe média. Isso sim, compramos uma casa no campo e um grande apartamento de tetos altos no centro de Madri, o mesmo em que vivíamos juntos quando ele decidiu abandonar-me.

Fazia poucas horas que isso ocorrera – seu abandono –, mas eu tinha a impressão de que tinham transcorrido mais de mil anos. A meu lado, a cama estava vazia, uma fonte de arbitrariedade do mesmo tipo que a disposição e o entendimento que, mil anos atrás, Sixto e eu tínhamos compartilhado.

Resolvi levantar-me, apesar da hora e apesar de não ter conseguido dormir muito. Pus o pé no chão e percebi claramente como as vibrações que meu peso provocava se deslocavam como ondas em um pequeno tanque de água até comprimir as paredes, e logo toda a casa, todo o edifício com seus pilares do décimo nono andar e seus longos corredores. Fiquei ciente de que meu peso adicionado ao solo conseguia que tudo a meu derredor se constrangesse, se elevasse, caísse, ricocheteasse e se estatelasse de novo contra o chão. Minha presença era importante, pelo menos para as vibrações que percorriam a casa.

Corri as cortinas da janela e quase pude ver com meus próprios olhos a chuva elétrica habitual das primeiras horas da manhã, suas partículas de ar com carga elétrica, os detritos invisíveis da radioatividade que as paredes do imóvel desprendiam e, lá em baixo, na rua, o concreto das calçadas. Tive vontade de abrir as janelas, pôr a cara para fora e submergir em cheio nos duzentos volts dessa suavidade incorpórea, mas a perspectiva de enfrentar a poluição matutina me levou a desistir de meu propósito. Logo a luz inundaria tudo.

Fui ao banheiro, vesti um roupão por cima do pijama e fui até a cozinha para preparar o café. Algo, porém, me fez parar. Pela primeira vez em minha vida senti a necessidade de escrever algo. Versos. Poesia. Nunca soube muito bem de onde veio esse impulso, embora logo ficasse sabendo que provinha do abandono que acabava de sofrer, e do qual nunca me recompus. Fábio Arjona me ajudou a compreendê-lo de uma maneira muito pouco agradável.

Explico-me.

Escrevi meu primeiro poema nessa manhã e continuei escrevendo versos durante os dois meses seguintes. Todos os dias um poema, dois, às vezes três. Deixei-me possuir por uma espécie de euforia. Não tenho uma educação humanista, fui uma mulher de ciências durante toda minha vida. Se pensavas que eras o único poeta daqueles aqui reunidos, ou dos poetas em geral, proveniente do mundo da ciência, vês que estavas enganado. Eu era de ciências puras, como dizia antes. De ciências experimentais, como dizemos nós, cientistas, muito mais modestos com a linguagem que os filólogos e os humanistas. Gostava de ler e acho que aprendi alguns versos de cor no colégio, porque quando eu era menina ainda se estudava essas coisas, agora não sei. Lia especialmente romances, não rosa, claro, mas nunca me havia interessado por poesia. Aquele impulso me desconcertou, mas também me purificou. Posso dizer que a poesia salvou minha vida. Verdade. Sem ela, provavelmente teria terminado por suicidar-me. Não é brincadeira. Sixto me deixou demolida. E assim continuo, de certa forma.

Um belo dia, percebi que os livretos com meus poemas tinham crescido como uma família de ratinhos roliços. Aí, pensei que, com uma pitada de imperdoável vaidade, havia um livro. O que leva os poetas a publicar é a vaidade, caro amigo, nunca duvides disso. Então pus mãos à obra e entrei em contato com um editor que tinha, e continua tendo, reputação de raro e requintado. Ainda é meu editor, e já passou muito tempo, como te disse. Para minha surpresa, aceitou publicar meus poemazinhos em uma pequena edição de quinhentos exemplares. Eu me senti tão orgulhosa que me olhava no espelho todas as manhãs, desde que aceitou meu livro até que viu a luz, e me achava até mesmo bonita. E podes ver que não o sou em absoluto. Não, não faças caretas de desacordo nem queiras fazer amáveis objeções. Sei o que sou. Sempre o soube. Minha cabeça me compensou durante toda a vida das deficiências de meu corpo. Não tenho nada a recriminar a meu DNA. Estou conformada. Além do mais, seria estúpido não estar a essa altura. Uma mulher de minha idade...

Bem, o fato é que meu livro foi publicado. Eu achava que era um milagre e imagino que o foi. Foi intitulado, agora vais rir, suponho, *Bela na névoa*. Nem sequer pus esse título como vingança nem como piada triste. Simplesmente sentia que tinha de ter esse título. Informei-me a respeito e descobri que não há *copyright* dos títulos. Poderias perfeitamente publicar amanhã um livro de poesia intitulado Cancioneiro cigano, ou A destruição ou o amor, ou A realidade e o desejo, e ninguém poderia reclamar. Nem mesmo os suscetíveis herdeiros de algum velho poeta falecido perante uma meticulosa, influente e rica fundação. Ou seja, muito menos esperava eu que May McGoldrick viesse reclamar alguma coisa. Entre outras coisas, porque acredito que não é uma só pessoa, mas duas, que escrevem novelas românticas a quatro mãos, e que estão casadas. Bem, para o bem delas, espero que coloquem em sua vida conjugal tanto ou mais empenho do que na redação de seus romances, aos quais meu ex-marido, Sixto, era tão afeiçoado. (Não sei se continua sendo.) É engraçado, mas, antes que meu marido me deixasse, pensava que a novela romântica era aquela que se escrevia no Romantismo. Enfim, que diferença faz.

Quem se lembra do crítico René Dumic (é assim que se chamava?) e da conferência que lançou como uma pedra com o estilingue de sua língua contra um pequeno auditório, no dia 16 de abril de 1898, escarnecendo parnasianos e simbolistas, zombando de Baudelaire e de Verlaine, fazendo piada do Soneto das vogais de Rimbaud...? Ninguém. Bem, sim, acabo de lembrar, como suponho que farão tantos autores vítimas do cruel bisturi de um censor literário de sua época. Mas ninguém sabe quem é esse tal de Dumic hoje em dia, enquanto Baudelaire, Rimbaud e Verlaine... Enfim, quero dizer que ainda estão conosco. Seu silêncio atravessado por anjos e mundos continua sendo o "nosso".

Não aspiro alcançar tanto renome. Nem sequer necessito dele.

Não estou me comparando com eles; podes crer, se te garanto que o da posteridade me revitaliza. Conheço muito pouco, mas o suficiente do mundo físico, do mundo material, para não me deixar levar por vãs ilusões a respeito. Preocupar-se pela posteridade me parece coisa de ignorantes, algo próprio de mentes frívolas. Ou talvez uma questão de fé, como a religião. E eu sou ateia.

A verdade é que, naquela época, Fábio Arjona escrevia resenhas de livros de poesia no suplemento cultural de um jornal nacional. A sua faceta de autor, pois, ele estava convencido de que o era, acrescentava a de crítico, porque as publicações no jornal contavam para seu currículo acadêmico, como podes supor. Concretamente, publicava no ABC, onde, segundo soube mais tarde, entrou ansiosamente recomendado por alguém que talvez lhe devia um favor. Muita gente devia favores a Fábio Arjona e ele costumava cobrá-los. Não perdoava nenhum. Tinha uma página ímpar semanal, que geralmente utilizava para fazer política: glorificava a quem pretendia usar em seu proveito e caluniava e humilhava aqueles que, para ele, careciam de substância ou de relevância. Eu, claro, era dos últimos. Uma semana antes de sair minha resenha, publicou uma recensão vergonhosa sobre um livro de alguém que foi nomeado ministro logo depois. Escreveu sobre ele floreios tão lisonjeiros que as palavras, no papel, cheiravam tanto a incenso que meu editor chegou a dizer-me por telefone: "Isso não era uma crítica, era uma *fellatio*; querida Cecília, não te compares, por favor. O teu é poesia, e não comércio de carne..."

A recensão de meu livro saiu no sábado seguinte, em termos tão ofensivos que mal posso recordar. Começava ironizando meu aspecto físico. Tínhamos posto uma fotografia minha no alto, onde eu era vista, receio, tal como sou, ou como era então. Dizia que, em vez de *Bela na névoa*, meu livro deveria ter o título de Besta na névoa, de acordo com o aspecto que meu rosto apresentava. Depois continuava com uma gororoba teórica que aludia à "remoção onírica da extensão do eu" (como o ouves), à "mística sobrenatural do caduco e pernicioso cristianismo", à "carência total de um composto metafórico", à "utilização de uma linguagem científica para expressar emoções deixa o leitor tão frio como se lesse um poema em que se explicasse o funcionamento de um motor de trator"... entre outras pérolas do estilo, para acabar apelando a Breton e ao governo de Vichy (sim, sim, não me olhes com essa cara, estou sendo textual, tanto quanto me lembro) para justificar sua opinião de que minha poesia se reduzia, segundo ele, "às sandices pré-menopáusicas de uma sentimentaloide de meia-idade, nada agraciada física nem poeticamente, recém-abandonada por seu marido, a quem todos compreendemos. O marido, não a ela, bem entendido..." (de alguma maneira soube qual era minha situação pessoal, provavelmente porque meu editor o comentou com alguém que o disse a um terceiro, e... já sabes). Citei literalmente, e não por completo, porque já não me recordo bem de tudo. Tentei esquecê-lo, embora seja evidente que não consegui. E te asseguro que fiz muitos, muitos esforços.

Finalizava seu artigo censurando o editor, *meu* editor – de quem tornei-me sócia depois de dois anos, certamente injetando dinheiro em sua empresa, que agora está sanada –, instruindo-o para que se abstivesse posteriormente de publicar meus "detritos" ou qualquer coisa parecida que lhe apresentasse no futuro alguém como eu.

Quando perguntei a Victor, meu editor, se lhe ocorria alguma explicação para tanto furor contra meu livro e contra minha pessoa, não soube o que responder. Embora, depois de um tempo, ele me comentasse que talvez o que tinha irritado Fábio era a originalidade de minha linguagem "científica" aplicada à poesia, tendo em conta que ele, Fábio Arjona, era um poeta não muito pessoal, para dizê-lo com um eufemismo.

Eu te asseguro que, se pudesse ter topado com ele cara a cara na época, esse tal de Fábio Arjona, eu o teria estrangulado com minhas próprias mãos. Não podes imaginar o ridículo, e a depressão, que cheguei a padecer. Isso durou meses. Nada conseguia apagar a afronta que acabara de receber. Nem sequer as, pelo menos, duas dúzias de críticas que ainda saíram em outros jornais e revistas, muitas delas entusiastas, sobre meu livrinho. Eu não conseguia esquecer as repugnantes palavras de Arjona, postas preto no branco naquela folha amarelada de jornal, como pequenas fezes de cão sarnento.

Claro que o tempo tudo pode. E a mim me fez esquecer aquele episódio oneroso, porque o tempo é também esquecimento. Ruínas. *Translatio temporum*. Vazio. Fugacidade. *Evidentia*.

Niels Bohr dizia que existem duas classes de verdade: as triviais, donde o oposto delas é obviamente absurdo, e as profundas, que se reconhecem porque sua oposta é também uma intensa verdade. Esse assunto, para mim foi, no fundo, uma trivialidade. Não obstante, foi também uma verdade profunda que me levou a obcecar-me pela poesia.

Embora tenha apagado isso de minha memória até que, anos depois, topei cara a cara com o senhor Fábio Arjona. E então aconteceu algo que...

Mas isso é outra história, se quiseres vou contá-la amanhã. Ou depois.

Não, não insistas. Agora, não poderia continuar. E tampouco tem muita importância, ainda que possa ilustrar o caráter de Fábio. Mas... é tarde demais, não quero entreter-te, gostarias de descansar e, além do mais, estou com uma dor de cabeça terrível.

# *SEGUNDO DIA NO CIGARRAL*

# *EXPOSITIO*

## *CRISTINA OLLER. CIGARRAL DE LA CAVA, TOLEDO. 2007*

Em seu segundo dia de estada no Cigarral de la Cava, Nacho abriu os olhos, pouco depois das sete da manhã, como de costume. Nem precisava de despertador. Acordava impelido por uma espécie de fenômeno físico premente.

Ainda assim, esperou que tocasse a campainha do relógio de viagem e só então resolveu sair da cama e olhar pela janela. O quarto estava frio, mas o dia parecia claro. Os cirros se deslocavam de oeste para leste, impelidos pela corrente de vento da região, embora houvesse também nuvens baixas que poderiam deixar alguns chuviscos ao longo do dia.

Abriu as janelas e esticou os braços, deixando escapar um longo suspiro contínuo, enquanto sentia como ainda flutuavam em sua cabeça, misturados com os restos de um sonho que não conseguia recordar, os ecos da voz – por vezes firme, outras carcomida e truncada – de Cecília Fábregas, e sua história de humilhação pública por obra de Fábio Arjona.

Espiou o céu e passou a tremer só de pensar nas distâncias que abrigava. Coçou a barba com os dedos e notou que estavam colados às pontas deles migalhas de sono.

Depois abriu o computador e conectou seu servidor para controlar o correio eletrônico. Na página de entrada havia três mensagens, uma de sua tia Pau, outra de "coller@hotmail.com" (supôs que se tratava de Cristina Oller), que trazia um documento anexo, e uma terceira de Dominique Kane, que provavelmente insistia em vender-lhe novamente Viagra barato. Nenhuma de Rodrigo. Esperava, para seu bem, que o rapaz não estivesse perdendo tempo. Ou iria ouvir.

Apagou o e-mail de Dominique, quem quer que fosse aquele pássaro que abusava dos tradutores automáticos da rede, com um sorriso cruel, sem sequer abri-lo. Clicou naquele de sua tia e o leu, enquanto coçava seu peito.

> **De:** paulinadepra@telefonica.net
> **Assunto: Encontraste o assassino, ou não?**
> **Data:** 18 de abril de 2007 05.56.17 GMT + 02.00
> **Para:** ignacio.aran@telefonica.net
>
> Meu querido:
> Vejo que teus dotes de detetive são péssimos, a esta altura tua pobre e decrépita tia tinha suposto que já terias o malfeitor localizado, algemado e posto em boa custódia. Tua falta de notícias a respeito me desanima uma barbaridade. Vê se deixas de borboletear e te iluminas de uma vez. Dá-me notícias e deixa de sonhar com teus versinhos e todo o resto. No clube, todos os Baskerville esperamos ardentemente que nos surpreendas.
> TKM, tia Pau.

Nacho respondeu ao e-mail escrevendo precipitadamente umas frases irônicas, e logo apertou a tecla "enviar".

Logo depois, abriu a mensagem de Cristina Oller.

> **De:** coller@hotmail.com
> **Assunto: Como te disse...**
> **Data:** 18 de abril de 2007 01.23.37 GMT + 02.00
> **Para:** ignacio.aran@telefonica.net
>
> Nacho, aqui tens algumas palavras que escrevi há

alguns meses, certamente muito antes de Fabio morrer. Comprovarás ao abrir o anexo que isso não tem nada a ver com versos, mas com rancor. Eu te dei essa desculpa porque não queria que os outros soubessem de que desejava contatar contigo para tarefas não precisamente poéticas. Deverás ter percebido que a maioria de nós é intrometida e um pouco maledicente. Não serei eu que vou alimentar esses passatempos. Envio-te estas linhas para que te sirvas delas em tuas investigações (todos nós sabemos que as estás fazendo, tua tia o conta na revista, embora não esteja sendo muito explícita). Espero que te ajudem a entender o tipo de bicho que era Fábio. Por uma vez em sua vida, "vítima". Quem diria!

Escrevi o texto faz tempo, como te disse, pouco depois de meu aniversário de quarenta anos; se tivesse escrito estas linhas agora, talvez seriam muito diferentes. A morte sempre estimula o nascimento de certo confuso sentimento de pena, até mesmo para nossos piores inimigos. Passamos nossa vida odiando - sim, que horror, odiando, alguns somos capazes de juntar forças para isso - e quando o objeto de nossa repulsa desaparece da face da terra, descobrimos que na realidade em nosso coração há espaço para um panteão dinástico de vítimas de nosso rancor. Um Westminster, um Escorial, um Saint-Denis, ou até os Capuchinhos de Viena cabem em nosso peito, carregado com os mausoléus de nossa aversão.

Por ter sido escrito enquanto Fábio estava vivo, minha raiva é mais notória. Vim a este congresso estimulada pelo ressentimento e pela animosidade para com ele, porque sabia que ele estaria aqui e queria vê-lo baixar o olhar para o chão, envergonhado por tudo o que me fez. A esperança, como pude comprovar, era inútil, porque nos dois dias, antes que tu chegasses, que compartilhamos aqui, ele passeou pelo Cigarral com a arrogante e soberba atitude de uma vítima. E assim o comentou secretamente com alguns dos presentes: "Sou vítima dessa mulher malvada - disse-lhes - não podem nem imaginar a dor..."

Pois bem, finalmente foi "vítima" de verdade. E eu me alegro, embora soe fatal. Agora, uma vez que sei que ele está morto, sinto-me menos beligerante, não unicamente com ele, mas com o mundo inteiro. Agora só espero que meus inimigos não me odeiem mais e que meus amigos não gostem menos de mim. Meu coração está tranquilo como um cemitério. E pouco me importa que agarrem ou não o culpado de sua morte: agradeço-lhe muito o que fez. O culpado. O assassino. Sinto gratidão por um assassino, vê só que barbaridade...

Desculpe-me se tomo essa liberdade contigo. Não sei se já te disseram alguma vez, mas há algo em ti que convida à confidência. Tens semblante de homem bom, belo e bom, e além disso és um bom poeta. Se minhas circunstâncias fossem outras, tentaria seduzir-te (ai!).

Obrigada por ler estas páginas, Nacho, e te deixo também aqui um beijo e uns versos de *Garcilaso:*

*Perto do Tejo, na solidão amena,*
*de verdes salgueiros há uma espessura,*
*toda recoberta de hera e cheia...*

Cristina O. (em amena solidão)

Nacho deu uma olhada em seu relógio e depois nas páginas do documento. Dispunha ainda de quase uma hora antes de descer para o café. Se fosse rápido a assear-se primeiramente, daria tempo para lê-lo. Uma ducha o deixaria mais desperto e poderia enfrentar mais lucidamente a leitura.

Mas ainda não era a vez dele no turno do banho, lembrou. Olhou de novo o relógio: 7h10. Se bem o recordasse, a essa hora não estava previsto que os convidados o utilizassem. Se talvez se aproximasse do banheiro pudesse ter sorte e pudesse usá-lo sem ter que esperar que começasse o início dos turnos. E se alguém ouvisse o rumor das torneiras e se incomodasse, certamente o diria, se queixaria e ele não voltaria a fazê-lo. Nos dias seguintes, esperaria chegar sua vez.

Fechou o computador e deixou-o cuidadosamente sobre um enorme estrado de veludo que havia por trás do biombo. Apanhou sua toalha de banho e o estojo de higiene pessoal e saiu para o corredor. Tudo estava em silêncio, embora o sol começasse a entrar pelas sacadas, abrindo espaço laboriosamente através das vidraças e das cortinas, aquecendo as telhas próximas até que a passagem de uma nuvem transformava seus raios em sombra frígida que se derramava no corredor como gigantescas pinceladas de neblina.

Caminhou na ponta dos pés para não acordar ninguém, até a porta do banheiro com painéis de vidro transparente na parte superior e, uma vez diante dela, se dispôs a agarrar a maçaneta para tentar abri-la, quando percebeu que dentro havia luz. Certamente provinha de uma pequena lâmpada de vidros opalescentes de Tiffany – desenhada pela própria Clara Driscoll, segundo lhes havia dito Dona Agustina, com o objetivo para que tivessem cuidado em não quebrá-la por descuido ou negligência – que estava pousada sobre uma cômoda antiga que enriquecia com sua presença o enorme banheiro.

Nacho pensou que alguém tinha deixado a luz acesa e, quando ia abrir a porta finalmente, ouviu algo. Um arrepio percorreu sua coluna vertebral e pressionou a toalha contra seu estômago.

Eram soluços, de mulher, em um tom baixo e tênue, mas estremecedor. A mulher que chorava, não havia dúvida, estava abatida pela dor e pelo sofrimento. A voz se mitigava a cada poucos segundos, Nacho pensou que, quem quer que fosse que estava chorando, enterrava o rosto em uma grossa toalha, como ele mesmo acabava de fazer ao apertar a sua contra o ventre, e abafava contra ela seus gemidos. Sentiu uma profunda sensação de mal-estar e angústia e deu meia-volta, procurando não respirar, em direção a seu quarto. Esperaria que chegasse sua vez para retornar.

Uma vez em seus aposentos, como os chamaria sua tia Pau, deixou-se cair novamente na cama com o computador debaixo do braço. Repassou mentalmente as mulheres que havia em seu andar. Havia cinco quartos e desses contou um, dois, três... céus!, engoliu saliva. Acabava de dar-se conta de que todos os ocupantes de quarto nesse andar eram mulheres, menos ele, claro. Já havia estranhado que o banheiro estivesse geralmente tão limpo, quando não tinha visto ninguém limpá-lo. Nem sequer havia reparado nos nomes escritos na porta, com as horas de uso atribuídas a cada um. Recriminou-se por seu descuido, impróprio para um bom investigador, sempre atento aos detalhes.

Nacho não tinha reconhecido a voz que soluçava por trás da porta. Fosse quem fosse, fazia esforço para não chamar a atenção nem ser reconhecida.

Repassou os nomes de suas vizinhas do andar: Cristina Oller, Rocío Conrado, Jacinta Picón e Torres Sagarra (que, por seu aspecto rude, ninguém diria que fosse muito propensa ao choro, embora fizesse muito tempo que Nacho aprendera a desconfiar das aparências) .

Abriu o computador e clicou no documento de texto RTF que Cristina lhe havia enviado. Leu do princípio ao fim, concentrado a tal ponto que esqueceu durante o resto da manhã o incidente do banheiro:

> Fui uma menina precoce, em todos os sentidos. Não só na poesia. Ser uma menina prodígio na poesia, ou em qualquer outra coisa, é um fardo difícil de carregar por toda a vida. Quando se deixa de ser menina, parece que tenha de parar também a febre do prodigioso. Porque ser um prodígio é algo como um febrão que não pode manter-se por muito tempo e, finalmente, desaparece, deixando o corpo aliviado ou exânime. Quando uma menina prodígio cresce, vai perdendo a lista de adjetivos que a adornavam. Publiquei meu primeiro livro de poemas aos dezessete anos, quando recebi o Prêmio Adonais.
>
> Nasci como Cristina Sánchez Oller, em 1966, *anno mundi*, em Barcelona, e cresci no bairro Raval, na rua Joaquim Costa. Filha de uma catalã e de um operário de Extremadura, que manteve minha mãe grávida por duas décadas, até que a natureza, muito mais sábia que meu progenitor, decidiu que já era hora de transformar minha mãe em uma tranquila matrona inútil para a reprodução. Em minha casa, meus irmãos e eu comemoramos a menopausa de

minha mãe com festa. Éramos dez irmãos. Dois deles morreram logo após o nascimento, no início dos anos cinquenta. Os oito sobreviventes avançamos com relativa sorte. Tenho um irmão engenheiro rodoviário (o mais velho, nascido em 1949); uma irmã com uma empresa de restauração; outro que trabalha no porto, na alfândega; outro ainda é funcionário do governo da Catalunha; minha irmã Cláudia é proprietária de uma agência de viagens especializada em trajetos de aventura; Joan se formou em direito e entrou na política; Albert é professor e trabalha em Andorra; eu sou a caçula e ganho a vida em uma universidade particular, em Madri. Minha mãe está feliz com seus filhos. Vive ainda e às vezes vem me ver e passa um bom tempo comigo. Apesar de uma gravidez atrás de outra, ela viveu mais que meu pai, que morreu há quinze anos. Com o salário de um operário, foram capazes de dar-nos estudos universitários a quase todos (exceto minha irmã Dolores, mas porque nunca teve muita cabeça para os livros). É verdade que a maioria de nós estudou com bolsa de estudos e porque somos filhos daquele que se definia antes de tudo pela "igualdade de oportunidades". Não obstante, continuo achando que foi um milagre que meus pais tenham conseguido fazer de nós o que esperavam que fôssemos. Não houve nenhum drogado entre meus irmãos, nenhum bala perdida, nenhum malvado... Todos têm uma vida familiar convencional e gratificante; acredito que são felizes. Todos menos eu, claro. E isso é um espinhozinho que minha mãe tem cravado no peito. Mas tudo se resolverá... Espero.

Fui, e continuo sendo, mãe solteira (que triste rótulo é este; continua tamborilando tenebrosamente, tão atroz como no século XIX). Engravidei sem querer. Nem sequer consigo explicar como aconteceu. Bem, sim, eu posso explicar, mas não consigo elucidar a cadeia de acontecimentos que me levaram, sem minha previsão, a conceber minha filha. Bem, é isso, eu a tive. Não gostava especialmente de seu pai, um norte-americano alto e desatento, um *cajun* (crioulo) de Nova Orleans, que falava inglês com um delicioso sotaque afrancesado, com a cabeça cheia de cachos e pássaros com seus respectivos ninhos; embora, pesando tudo, não era mau como simples macho fecundador. Tinha bons genes, que minha filha herdou (não estava com excesso de peso, nem tendência a vícios).

Agradeço-lhe o detalhe e espero que nunca saiba que é o pai de minha filha e venha a perturbar-nos.

A poesia, ganhar aquele prêmio sendo tão jovem, me abriu muitas portas em minha vida pessoal e profissional.

Pagaram-me generosamente. Levaram-me para a televisão. Convidaram-me em universidades estrangeiras. Proferi conferências que me pagavam esplendidamente, quando ainda era um arremedo e não tinha ideia do que era dar uma conferência. Nem sequer havia assistido a nenhuma como ouvinte!

Lembro-me daqueles anos. Tenho centenas de fotos, entrevistas em jornais, fitas de vídeo com gravações de televisão... Não costumo vê-los, mas se alguma vez caio na tentação da nostalgia e lanço mão de meus troféus, como os chamo, revivo tudo isso com a mesma vivacidade como se tivesse acontecido ontem.

Sinto a arrogância de minha juventude metendo a cara no mundo, a força que sentia correndo em minhas veias, o *giovenile errore*, como diria Petrarca, de meus versos, que, no entanto, os dotava de graça, de nervos e de frescor. Foram anos lindos e agrestes. Viajei muito, minha mãe não conseguia manter-me no cabresto, como dizia ela. Não tinha completado dezoito anos ainda e já era independente financeiramente e, se tivesse algum problema, sempre poderia voltar para casa, em Barcelona, porque era ainda uma menina, por assim dizer, e sabia que meus pais esperavam ansiosamente que eu voltasse, porque sempre queriam que voltasse. Apesar de minhas idas e vindas, consegui terminar o curso de Filologia Hispânica, suspeito que graças à amável cumplicidade de meus professores, a quem deixava boquiabertos com meus versos e especialmente com minha aparência física (não quero ser orgulhosa, mas não tenho escolha; faço-o com certa amargura inevitável, ressentida, sim, visto o que, depois de minha vida com Fábio, aconteceu com esse corpo e esse rosto, outrora tão belos). Sim, posso dizer que vivi anos que não foram tão ruins assim. E continuei fazendo isso até não muito tempo atrás. Acho que até o dia em que conheci Fábio. A partir daí tudo mudou para mim. Minha vida enlouquecida, bela e livre, a sensação de imortalidade de minha juventude, nas palavras de William Hazlitt (ele sim que era um crítico, e não Fábio, mas isso é outro assunto), que perdurava em mim, mesmo tendo ultrapassado a metade dos trinta anos, e sendo mãe; a certeza de que minha vida se abria a um imenso jardim de frutos inesgotáveis; a segurança que me conferiam meu corpo e meu rosto, desejados por muitos... Tudo isso, e a alegria, talvez até mesmo a poesia, tudo isso morreu lentamente, foi apodrecendo irremediavelmente em meu interior durante os anos que vivi ao lado de Fábio.

Nunca havia acreditado seriamente na existência do mal. Nunca antes. Haviam-me ensinado, suponho, que as coisas de nenhum modo são brancas ou pretas, que todos nós estamos tingidos por dentro em diversas tonalidades cinza. Pensava que até os criminosos tinham algo bom, algo humano, algo que os redimisse de ser o que eram. Quando via um filme onde o vilão, no final, se salva por um gesto de honra, de generosidade, porque o impele a isso um resquício de humanidade, me emocionava até as lágrimas. Não, eu jamais havia dado crédito à maldade. Argumentava que isso era típico de gente conservadora, intolerante, desconfiada ("pensa o ladrão..."), e com vocação, dessa vez sim, de gente má.

Aqueles que me conheciam havia anos ficaram surpresos ao ver a acelerada e inegável deterioração física que sofri enquanto convivi com Fábio. Fui ficando feia, não é curioso? Talvez, além das traições, os enganos, a paranoia e a angústia, o que nunca perdoei a Fábio é isso: que me tivesse transformado em um ser fisicamente penoso, quase assimétrico. Eu, que havia protagonizado manchetes nos suplementos dominicais de vários jornais (encantavam-lhes a arrogância de meus gestos de *enfant terrible*, meu aspecto de jovem e moderna rebeldia, minhas sardas no nariz e nos ombros, meus lábios carnudos e o brilho de meu cabelo), de repente um dia olhei-me no espelho e descobri uma mulher que se encaminhava de maneira categórica a uma dolorosa e pouco elegante meia-idade, com os quadris crescendo de maneira insolente, curvando-se para o chão, os peitos caídos e flácidos, as rugas cercando a comissura de uma boca que outrora fora cativante e agora transluzia o gesto amargo de uma mulher condenada à morte, e os olhos esquivos e apagados, aparecendo por trás do cabelo descolorido e grisalho como o de um animal que abre as fauces entre as moitas. Vivi com Fábio a passagem de uma borboleta que se transforma em lagarta, e que está ciente de que seu caminho deveria ser o oposto.

Deixei de ser a *Frineia diante do areópago*, de Jean-Léon Gérôme, e transfigurei-me em *A duquesa feia*, de Quentin Massys.

Não o perdoarei nunca e por isso o amaldiçoo onde quer que esteja.

Minha filha, Maria, ainda era um bebê. Eu vivia com ela em Barcelona, onde havia conseguido uma bolsa de pesquisa na Universidade Pompeu Fabra, quando a maternidade surpreendeu-me e tive de enfrentar suas exigências, que são muitas. Felizmente, minha mãe estava sempre pronta a ajudar-me. Tem muitos netos, mas cuidava de minha filha sempre que o pedia, sem nunca dar desculpas. Minha mãe é uma dessas mães à antiga, graças cujo sacrifício o mundo gira diariamente, e às quais as mulheres como eu deveríamos reconhecer que devemos nossa liberdade. Uma avó escrava, mas de bom grado. Criou oito filhos e vários netos. Todos a adoramos, não poderia ser de outra forma.

Estava me dedicando a meu trabalho e a minha filha, concentrada em minha preocupação mais premente: como solucionaria uma situação de trabalho instável, quando me convidaram para aquele congresso sobre "Literatura e pirataria" nas ilhas Seychelles, um extravagante e delicioso evento do British Council, do qual participou, de forma tangencial e quase simbólica, o Instituto Cervantes, meu anfitrião. Viajei por meio mundo graças ao Instituto Cervantes (Líbano, Grécia, Magreb, Estados Unidos, América Latina, Turquia, China...). Tenho um amigo que designa essa modalidade, muito acertadamente, "turismo ministerial". Devo admitir que normalmente é muito gratificante. Só há um segredo para isso: o escritor não deve definir-se politicamente, porque se o fizer e logo ocorre uma mudança de governo, zera sua pontuação e nunca mais voltam a chamá-lo. Claro que na Espanha são raras também as mudanças de governo. Enfim, convém prevenir-se. Para um poeta, é melhor que esteja "em seu mundo" e não fazendo política por aí; e, caso seja inevitável que o faça, porque o assunto em questão é uma tremenda boca, eu recomendaria, se quiser viajar sob qualquer vento político com o Cervantes, que se declare comunista; trotskista, se possível. Algo que seja bem visto por todo o mundo ou que, pelo menos, não incomode ninguém.

Ali conheci Fábio, em Victoria, na ilha de Mahé.

Meu primeiro livro de poemas, intitulado *Portulanos*, foi um percurso fascinado e adolescente, de um pós-romantismo punk, por meio das figuras do mundo clássico da pirataria. Acho que minhas leituras de Borges, Defoe, Oexmelin, Júlio Verne, Robert Louis Stevenson, J. M. Barrie e também Rafael Sabatini fizeram com que me obcecasse por um tema feroz, extravagante e formoso, repleto de ilhas, mares distantes, velhacas utopias, *bad boys*, tesouros enterrados e aventuras sem fim. Uma ordem selvagem fora da ordem estabelecida, tão de acordo com minha puberdade subversiva e turbulenta. O tema foi crescendo comigo e especializei-me nele. Ainda continua me entusiasmando. Como continuo a estudá-lo, sinto que ainda não morreu ou, pelo menos, não de todo, a garota que fui.

Apaixonou-me imediatamente a ideia de viajar para as Seychelles, onde nunca havia estado. Embora nada ateste que as ilhas foram o refúgio de piratas na época, como realmente o foi a costa de Madagascar, esses pedaços de paraíso, de corais, de areia e de granito, desgarrados da Índia ou da África há milhões de anos, excitaram imediatamente minha imaginação. O Índico, santo Deus! As noites sutis do Índico, quando a escuridão se arrasta ao longo das praias como um rufião com a cabeça envolta em um gorro de estopa, disposto a assaltar o leito de uma amante confiante. Não hesitei. Disse que sim imediatamente quando me chamaram de Madri. E logo "consultei" minha mãe.

— Cuidarás de Maria? - perguntei-lhe, esperançosa; tinha uma babá em casa, mas não poderia partir, deixando minha filha sozinha, unicamente aos cuidados daquela garota. - Serão somente dez dias e pensa que é uma grande oportunidade para minha carreira. Meu currículo, nestas circunstâncias, precisa...

Minha mãe sacudiu a cabeça, resignada, como de costume.

— Circunstâncias. Conjuntura. Sempre dizes coisas assim. Já decidiste, não é? - disse-me como toda resposta. - *Déu meu*, menina. Fazes comigo o que realmente te dá vontade.

Desse modo preparei as malas (sou prática em fazer malas) e, em um anoitecer de outubro, aterrissei no Seychelles International Airport, em Victoria, em um voo da Air Seychelles. Tinha embarcado em Madri. Recebi a umidade do ambiente como um batismo, como uma iniciação que celebraram em torno de mim os rumores da noite.

Passei as formalidades aduaneiras. Tive que declarar meu perfume Insolence, de Guerlain, que havia comprado em uma loja do duty--free de Barajas. E quando apanhei a mala e saí para o salão central, descobri com agradável surpresa que, tal como me haviam informado (nem sempre acontece assim), havia um homem à minha espera para me levar ao hotel Le Méridien Barbarons, onde teria lugar o encontro. Cumprimentei-o, entreguei-lhe minha bagagem, troquei um pouco de dinheiro em rúpias e subi no Mini Moke conversível que transferiu--me confortavelmente a meu destino. O vento agitava meu cabelo. Naquela época eu o tinha encurtado um pouco, depois de dar à luz minha filha. Ainda assim, sentia-o roçar meu rosto, acariciando-me como fios de seda, como finos raios de luz das constelações que me gradeavam docemente o rosto, que me davam as boas-vindas.

Claro, meu quarto era standard, sem vista ampla para o mar nem frente de luxo para a praia e muito menos uma *ocean suite*. Mas, levando em conta que as despesas de alojamento eram pagas pelo Instituto Cervantes, me pareceu o Jardim do Éden, embora não tivesse vistas para a árvore do bem e do mal. Para o oceano Índico, pelo qual suspirava desde menina.

O congresso foi semelhante a todos os congressos internacionais. Um burburinho de gente de diferentes nacionalidades, todos falando em um inglês tortuoso com sotaque que às vezes o tornavam indecifrável. A maioria dos assistentes sumia quando não fosse sua vez de apresentar uma palestra (a praia era tentadora; o jardim Botânico e suas tartarugas gigantes, uma isca). Havia somente três conferencistas espanhóis, embora vários latino-americanos se ocupavam para que a língua de Cervantes ecoasse claramente na piscina do *spa*, passando por La Cocoteraie, o restaurante onde era servido o almoço.

Nunca soube muito bem o que Fábio fazia ali, nem sequer qual era o título de sua palestra. Conhecendo-o como o conheço agora, certamente se inscreveu porque o destino exótico o atraía, não porque soubesse um mínimo que fosse sobre pirataria.

Naquela época, eu estava livre, sentimentalmente falando. Tinha tido uma filha, sozinha, e embora me tivesse recuperado relativamente bem da gravidez e do parto (exceto porque me caía muito cabelo e pelas duas cáries que o dentista me havia tratado depois do parto), tinha a imperiosa necessidade de sentir-me desejada. Queria fazer experiências com o desejo, como quem faz bricolagens com pretensões de *chinoiserie* com um quiosque em seu jardim.

O clima era excitante e convidava ao amor, a deixar-se levar pelo prazer de ser só carne humana palpitante, sem outras pretensões nem significado. Precisamente nesse ambiente, não me sentia uma intelectual, mas uma mulher simples, faminta de carícias. Suponho que Fábio soube ler essa necessidade em meus olhos, em minha pele, que ia gritando isso para quem quisesse ouvir. Nem era necessário ser muito perspicaz para perceber.

Uma noite, depois de uma tarde de visita à suposta cova do tesouro do pirata Olivier Le Vasseur, a representante do Instituto Cervantes, uma mulher pequena, loira e eficiente como poucas que já conheci, que se encarregava de acompanhar-nos durante nossa permanência, auxiliada por um motorista local, nos reuniu para um jantar de comida crioula, os espanhóis e latino-americanos, no restaurante Le Corsaire, uma agradável cabana de juncos diante da arrebentação do oceano. Era meu terceiro dia na ilha e já me haviam apresentado a Fábio, embora não tivesse visto nele nada de chamativo, exceto sua testa perenemente franzida, tão típica de certos mentirosos compulsivos, e seus olhos rutilantes de rato ansioso. Nas Seychelles não são muito propensos a servir álcool, mas alguém havia levado consigo algumas garrafas de rum ("ho, ho, ho, uma garrafa de rum!", cantamos em em dado momento), e creio que abusei da bebida. Com a gravidez e a lactação, tinha deixado de beber - nunca fui tampouco muito propensa a isso - e aqueles tragos foram demais para mim. Mas, que seja, não quero pôr a culpa na bebida. Apesar da frouxidão e do aturdimento que o rum me causou, sabia muito bem o que estava fazendo. E lembro-me de que queria ser "tocada", acima de tudo. Sentia necessidade urgente de ser amada. E Fábio estava ali, muito perto de mim, disposto a me agradar. E o resto dos homens na mesa não me atraía muito, apesar dos olhares sonhadores que me dirigia de soslaio um guatemalteco tristonho e hipermetrope, com a deprimente voz de um calafate marinho resfriado.

Quando voltamos para o hotel, insistiu em acompanhar-me a

meu quarto e, ao chegar à porta, convidei-o para entrar. Flutuava em uma nuvem etílica, minha mente estava carregada de tesouros fabulosos, de águas paleo-orientais, de profundezas marinhas. De álcool. De objetivos sensuais.

Foi um amante insolitamente atento e cavalheiresco, por isso apaixonei-me por ele. Não é fácil encontrar um homem que deixe uma mulher satisfeita na cama. Segundo minha experiência - e tive mais amantes do que gostaria de relembrar -, os homens não sabem o que é o prazer feminino e, em geral, não se preocupam muito em descobri-lo.

Fábio sim o sabia. E eu fiquei louca com ele. Além do mais, me recitava poemas, enquanto estava fazendo amor. E me escrevia poemas depois de fazer amor comigo.

Disse-me que seria fácil amá-lo, apesar dos mais de vinte anos de diferença que havia entre nós.

Minha última experiência sentimental depois de engravidar (embora não estivesse ciente então de meu estado) havia sido das mais amargas e decepcionantes; envolvi-me brevemente com um indígena latino-americano que morava no Texas. Tinha o mesmo aspecto que imagino que teria possuído o índio Joe de *Tom Sawyer*, um tipo feroz e sinistro. Embora, na realidade, possuísse apenas musculatura, como logo comprovei decepcionada, pois, era enfermiço e flácido, e se queixava tanto de sua hérnia que fui eu que tive de carregar suas malas quando fui recebê-lo no aeroporto. Exibia uma melena de comanche de filme, dessas que parece terem sido cortadas com um machado, e uma voz profunda e cavernosa que me fascinava. Convidei-o para visitar-me em Barcelona. Derretia-me e achava enternecedor seu hábito de barbear-se todas as manhãs até sangrar-se todo, especialmente considerando que era imberbe (geneticamente, os índios mesoamericanos o são). Durante o segundo dia de sua estada em minha casa, saímos com alguns amigos e o cara embebedou-se e cheirou uma quantidade considerável de cocaína. Ao voltar para casa, expulsou-me a "pontapés", literalmente, de meu próprio quarto; não queria que dormisse com ele na cama, e essa foi sua maneira de dizê-lo. Passei a noite no chão, em um saco de dormir, no corredor. O tipo pediu desculpas no dia seguinte e com isso pretendeu que "não tinha acontecido nada", que tudo ficava esquecido e perdoado pela arte de um formulismo de polidez. Deixou-me de cabelos em pé e suspirei de alívio, entre calafrios de horror, logo que o perdi de vista para sempre.

Assim é que fiquei sabendo que, por aí, nem sempre há bom material, em questão de homens.

Sim, Fábio pareceu-me uma maravilha, comparado com alguns que havia conhecido. Não se importou com o fato de eu ter uma filha. Já o sabia: as pessoas me conhecem nos círculos poéticos e acadêmicos, por algo sou uma "velha menina prodígio" que viveu pública e ruidosamente, não faz tanto tempo, sua pequena glória precoce, de modo que suponho que comentam coisas a meu respeito, como fazemos todos, eu também, com as pessoas que tratamos de forma habitual ou que pertencem a nosso círculo profissional.

Não sei se foi ideia sua ou minha, mas o fato é que decidimos que eu iria a Madri para viver com ele. Que deixaria tudo para ficar a seu lado. Prometeu-me que cuidaria de mim e de minha filha e, embora soe ameno e muito sentimental, confesso que o abracei chorando. Com exceção de meus pais, jamais alguém me havia falado assim.

Quando regressamos a Madri, juntos, dessa vez no mesmo avião e com assentos colados (tivemos que trocar as passagens, mas ele se encarregou de tudo), estava convencida de que tinha encontrado o amor de minha vida. Amor do bom, desse que tiveram meus pais: para toda a vida.

Eu não sabia que aquilo que começava então era um ódio eterno.

Meu chefe na universidade me olhou com olhos lânguidos, quando lhe comuniquei que ia embora.

— Tens certeza? - perguntou-me. - Estás renunciando à oportunidade de uma carreira promissora. Deste muitos solavancos, se me permites que te fale assim. Agora começavas a encaminhar bem tua vida profissional.

Devolvi-lhe o olhar com uma faísca desafiadora nos olhos.

— Claro que tenho certeza.

— Vou colocar-te em contato com um colega da Universidade

Carlos III e com outro de uma particular americana em Madri, nunca se sabe. - Contemplou absorto alguns papéis que tinha em suas mãos. - Seria uma pena que jogasses fora tua carreira, talvez possas fazer algo em Madri.

— Obrigada - respondi.

Não queria decepcioná-lo, mas não tinha intenção alguma de entrar em contato com alguém em Madri, de sua parte.

Já estava com Fábio, de minha parte. O resto não me importava.

Nós nos instalamos, Maria e eu, na casa de Fábio.

— Agora és minha mulher - disse-me, enquanto beijava-me ferozmente.

Invariavelmente beijava-me com uma força estranha; quando me acariciava, era como se ele se esfregasse contra mim. Achava engraçado, até mesmo enternecedor. Mas, com o passar do tempo, chegou um dia em que sua maneira de me manusear me intimidou.

Fábio tinha comprado, havia muitos anos, um chalé isolado em Las Rozas, ao norte de Madri. A casa era grande. Estava cheia de livros, de maçãs que ele comia sem cessar, muitas delas podres, de teias de aranha e de flores artificiais (glups!), com as quais a faxineira a havia decorado, em uma horripilante tentativa de dotá-la de algo semelhante ao calor do lar, o que certamente não tinha. Fábio tinha como empregada uma mulher espanhola, de idade (bem, da idade de Fábio aproximadamente), de pernas inchadas percorridas por varizes que se desenhavam em sua pele com a discordância de caudalosos rios amazônicos com todos os seus afluentes em um mapa do exército, que se deslocava pela casa com uma auréola de teimosia e um espanador na mão, que nunca chegava a utilizar, pelo menos nos lugares certos. Quando me conheceu, olhou-me com ar cansado e me disse:

— Muito prazer, senhorita Marta.

Marta era o nome da ex de Fábio. Ele me havia dito que seu casamento havia terminado há mais de um ano, mas a mulher da limpeza informou-me pontualmente que a tal de Marta vinha seguidas vezes à casa para deixar ou levar livros e para que ela lhe passasse as roupas.

— Ela me traz alguns vestidos para que os passe. Não muito

limpos, devo dizer - explicou-me, enquanto agitava suas carnes flácidas pela sala. - É natural, tantos anos junto com o senhor Fábio! Mas não se casaram, vocês se casarão, ou não?

Voltei-me, morta de vergonha por sua desfaçatez, e agarrei minha filha em meus braços com tanta força que ela se queixou e puxou meus cabelos. Fiquei perturbada elucubrando que aquela mulher talvez estivesse pensando quanto tempo faltaria para que eu também me apresentasse à porta da casa de Fábio, segurando uma camisa decotada, enrugada e cheia de manchas de café, entregando-a e pedindo-lhe o favor para que a passasse a ferro e para que, se possível, removesse também as manchas de gordura do tecido.

Foi uma imagem intolerável de mim mesma e senti que meu peito se inchava de raiva. Identifiquei-a em seguida como o início de um mundo interior. O mundo interior do ciumento. "Não há criatura sem amor, nem amor sem ciúmes perfeitos, nem ciúmes livres de enganos, nem enganos sem fundamento", dizia Tirso de Molina. Percebi que acabava de abrir a porta para uma dimensão desconhecida. Um lugar que eu nunca tinha frequentado, alimentado pela dúvida, essa carniça do coração.

Eu nunca tinha sido ciumenta. Estava acostumada a ser objeto de desejo. Fazia quase vinte anos que a tônica de minha vida era encontrar homens que deixavam outras mulheres por mim. De nenhum modo havia habitado em mim a ânsia do proprietário, que vigia e espreita para que não lhe roubem o que é seu. Nesse momento, o senti. E isso era apenas o começo.

A convivência não foi fácil, já desde o início, mas reconheço que Fábio tinha paciência, comigo e com a menina, e que durante mais de um ano preocupou-se com nosso bem-estar. Desvelava-se para me agradar. Tanto que dispensou a mulher da limpeza, que trabalhava na casa dele fazia mais de vinte anos.

— Não a suporto - eu lhe disse. - Ou ela se vai ou eu me vou. Disse-lhe mil vezes que meu chamo Cristina, mas ela insiste em chamar-me Marta. Ela o faz de sangue ruim.

— Por favor, querida, não ligues para ela. Vê só! A pobrezinha não pode mais arcar com seu corpo, não sabe nem como ela mesma se chama, queres que se lembre de teu nome...? - respondia-me

Fábio, acariciando minha coxa, roçando em meu pescoço.

— Sim, quero que aprenda meu nome. Que se esqueça do seu antes que do meu.

— Não digas bobagens, meu amor.

Mas acabou dando-me razão e disse à mulher que, daí em diante, como eu não trabalhava fora de casa, eu mesma assumiria as tarefas domésticas.

Não lhe mentia. Eu tinha um bebê para proteger e queria que a casa estivesse sempre limpa. Como a senhora não fazia nada - limitava-se a rebolar de um lado a outro com aquele odioso espanador, arfando e gemendo como se estivesse muito doente e eu tivesse decidido obrigá-la a trabalhar até que arrebentasse - nem sequer passava a ferro, era eu que me encarregava de varrer, lavar, engomar e regar. Não necessitava dela para nada. Assim economizaríamos, pensei.

Fábio aproveitou um dia, em que saí de casa com a filha por várias horas a fim de visitar duas creches, para despedi-la. Não sei o que lhe teria dito, mas a mulher nunca mais voltou.

Durante um ano, fomos vivendo a vida. Fábio adorava Maria, que chegou a chamá-lo de pai, para minha vergonha, mas também para minha mais íntima satisfação.

Não procurei trabalho. Fábio e eu estávamos de acordo em que eu devia concentrar-me em minha poesia e em minha filha.

Claro que não era nada fácil conciliar as duas tarefas. Eu não vivia em uma torre de marfim, mas no recipiente de um liquidificador.

Habitualmente me sentia tão cansada - não estava nada acostumada a fazer de mãe vinte e quatro horas seguidas, nem ser cozinheira, nem criada - que, quando podia dispor de um par de horas para mim, só tinha forças para ficar plantada na frente do televisor e tragar alguma daquelas espantosas séries importadas do Cone Sul, em que os personagens sofriam muito, choravam muito, se amavam muito, se odiavam muito e, acima de tudo, gritavam muito.

O fantasma do ciúme continuava engordando em meu interior, alimentando-se de minha solidão e cumulando-se com minha inveja: desde que cheguei em Madri, entre a menina, a casa e Fábio, mal tinha tempo de ver meus amigos; além disso, vivíamos nos subúrbios e eu não dirijo; a tal Marta trabalhava com Fábio na universidade, viam-se todos os dias, enquanto eu estava ociosa, ou melhor: vassoura na mão, reclusa em uma casa que nem sequer sentia como minha e na qual encontrava diariamente provas da existência de outra mulher que a havia ocupado antes de mim (umas calças desbotadas no fundo de uma gaveta; um vestido fora de moda atrás de uma cômoda; até um diafragmal, no maleiro dos armários). Uma tarde percebi que a casa de Fábio, na realidade, não tinha somente vestígios da passagem de Marta por lá, mas de muitas outras mulheres, antes dela, que tinham deixado suas marcas ao longo dos anos. Umas pegadas que ninguém tinha se preocupado em apagar, até minha chegada. A casa de Fábio era um sítio arqueológico de sua vida amorosa, cheio de camadas de diferentes épocas, transbordando de restos materiais de laços sentimentais já desaparecidos. Eu poderia, se quisesse, dedicar o resto de minha vida fazendo prospecções, escavações, trabalho de laboratório, dendrocronologia e estudos osteológicos das mutantes etapas que o amor de Fábio havia atravessado, de seus períodos muito diferentes. Por exemplo, o sutiã murcho, sem aros e incolor, e as algemas enferrujadas que tirei, tapando o nariz, naquela tarde, de uma caixa que permanecia misteriosamente fechada com cordas e celofane na sala da máquina de lavar, poderiam ser classificadas como pertencentes ao período Marta, ou do VI a. de M. (do ano 6 antes de Marta), se é que não eram dela e ainda não havia sido catalogada a ocupante de mencionada era.

Agora percebo que tudo isso era lógico: Fábio era um homem que logo completaria sessenta anos, tinha vivido seu tempo e sempre na mesma casa. Eu, que tinha apenas trinta e sete, também carregava em meus ombros uma volumosa bagagem sentimental (muitos pares, mais ou menos instáveis, de diversas cores e nacionalidades), mas, ao contrário dele, nunca havia tido uma casa que tivesse sido testemunha de minhas expedições amorosas, porque tinha passado a vida fazendo malas, morando em apartamentos compartilhados, residências estudantis no exterior, apartamentos para professores visitantes... Havia-me faltado um centro de operações e os vestígios de meus amantes tinham sido apagados pelas empresas de mudanças e pelas bagagens perdidas nos aeroportos.

Mas então não vi nada disso. Só conseguia pensar nos fantasmas que rondavam a casa, a cama em que dormia, e meus sonhos.

Conforme minha paranoia aumentava, também meu relacionamento com Fábio foi mudando. Para pior. Nossa vida sexual, que tão gratificante me pareceu no início, foi diminuindo de intensidade e satisfação. Eu estava engordando e ficando feia rapidamente. Vivia ali trancada, em uma casa cheia de fantasmas, e minha pele e meus nervos foram se tornando cada vez mais finos e propensos a estropiar-se. Como uma ave do paraíso que vai perdendo sua plumagem, engaiolada, enquanto sente terrivelmente saudade das florestas da Nova Guiné.

Notei que Fábio bebia demais e que seu caráter se azedava. Já não era terno comigo e tinha ficado impaciente com a menina, muitas vezes gritava com ela sem motivo, porque sua presença simplesmente o aborrecia.

Foi por essa época que começaram a chegar as primeiras cartas anônimas. Eram enviadas por correio postal e por correio eletrônico. Insultavam-me ("cadela, puta barata, cara de sapo asquerosa" e qualificativos desse tipo eram os mais finos de que me lembro), me ameaçavam com enfermidades atrozes e com morte iminente, para mim e para minha filha.

Fiquei muito assustada.

Vivia preocupada com minha filha, que ia a uma creche próxima, e tinha pesadelos todas as noites. Fábio, longe de tranquilizar-me, alimentou meu desconsolo com várias teorias conspiradoras, nas quais transformou em protagonistas o pai de minha filha (eu lhe havia contado quem era, mas isso dava no mesmo, porque nem eu sabia por onde andava a essa altura, em que parte do mundo, nem me importava), um professor de meu antigo departamento (coitado, quando penso que acreditei nisso, e que até lhe telefonei para recriminá-lo, deixando-o tão estupefato e confuso que ouvi como deixava escapar alguns soluços por telefone...) e um de meus irmãos (aquele que se dedica à política, que não era santo da devoção de Fábio).

Durante meses me hospedei em um pesadelo que poderia ter

assinado, e filmado, David Lynch.

Logo vieram as suspeitas de engano. Os ciúmes, abastecidos pela paranoia que as cartas anônimas me criavam, prosperaram como porcos em um pasto fértil. Fábio se ofendia muito com minhas suspeitas.

— Estás louca! - gritava. Cada dia levantava mais a voz. - Completamente louca! Isso tem de parar ou eu fico louco também por tua causa.

No entanto, e talvez porque todos os meus sonhos foram se tornando realidade, inclusive os pesadelos, uma noite tocou o telefone na casa. Eu estava sozinha, porque Fábio partira para uma de suas viagens, na Suécia, acho. A menina estava dormindo em seu quarto, ouvia-a respirar tranquila pelo intercomunicador infantil que havia na sala, conectado perto da cabeceira de sua caminha.

— Alô - respirei apática. Não esperava nenhuma chamada a essa hora, nem sequer de Fábio.

— És Cristina? - disse uma voz de mulher. Soava tensa, frívola e arrogante.

— Sim, fala.

— És a... m-u-l-h-e-r de Fábio Arjona?

Pensei que era sua amante, sua querida, que não tinha chegado nunca a sentir-me sua mulher. Que ainda tinha visões de mim mesma chegando à porta da própria casa com uma roupa manchada e enrugada, procurando desesperada por alguém ali dentro que pudesse passá-la para mim.

Fiquei calada.

— Cristina Oller? - insistiu a voz.

— A própria.

— Bem, escuta, olha... Verás. Eu te telefono - respirou entrecortadamente. - Olha, isso não é fácil, mas estou ligando porque quero dizer-te, porque *tenho* de dizer-te, que fui a amante de Fábio nos últimos nove meses.

Cortou minha respiração também. Creio que liberei um gemido por muito tempo sufocado em meu peito. Não sei se ela me ouviu. Aparentemente não, porque continuou falando como se lhe tivessem dado corda.

— Olha, verás. Estive com ele e me deixou, sabes? Ele me fez muito, muito mal e quero devolvê-lo a ele, mesmo que seja por meio de ti. Desculpa, está bem? Não é nada pessoal contra ti, mas que, além de tudo, estive ontem no médico e... ou seja, estou com sífilis. Essas coisas - soltou umas risadinhas tão estúpidas que me deu a sensação de que me havia salpicado a orelha de baba através do telefone -, bem, parece que voltaram, não é estranho? Só queria dizer-te que te cuides, que vás ao ginecologista...

Eu estava muda de horror, não podia sequer mover a mão com a qual segurava o fone. Minha mão se havia transformado em uma garra de pedra ou em um gancho.

— ... Não sei se sabes que hoje em dia ninguém mais morre de sífilis, fica tranquila. A única coisa ruim é a dor dos ossos, e ainda que caem muitos cabelos, mas...

Para mim, havia caído muito cabelo após minha gravidez. Agora, de qualquer modo, continuava caindo. E Fábio... A Fábio, muito mais. Iria cair todo, pensei, abatida como uma lebre no campo de caça.

— Mas tem cura, sabes? Com penicilina e tudo mais. O médico me disse que há muita. Sífilis. Não é tão rara, ao que parece, e... Escuta, estás aí?

Demorei alguns segundos para responder.

— Sim.

— Se quiseres provas de que estive com Fábio, posso enviá-las a ti - me disse; sua voz se havia abrandado e agora era mais séria e concentrada. - Tenho e-mails, fotos e vídeos com a data, recibos de hotel, não sei...

Mas não precisei de nenhuma prova, porque no dia seguinte fui ao médico e, poucas horas depois, telefonaram-me do hospital para confirmar-me que, de fato, estava acometida de sífilis.

Quis abandonar Fábio depois daquilo, mas ele não consentiu. Ajoelhou-se e rastejou a meus pés, literalmente.

Ele me prometeu e jurou, implorou por perdão. Pôs sua vida em minhas mãos, como me disse, com os olhos devastados pelas lágrimas. Durante dois meses vivemos um drama diário em que ele se humilhava e eu o insultava e desprezava.

Suponho que, por esgotamento, acabei cedendo e decidi dar-lhe outra chance. Disse para mim mesma que estava fazendo a coisa certa, principalmente por minha filha, que se havia afeiçoado tanto a esse homem, porque a menina precisava de estabilidade, um lar sólido, um pai que construíra bem sua vida, e uma mãe atenta a seus cuidados. Ao mesmo tempo, eu estava cansada, e a doença me havia deixado mais fraca do que queria admitir; não tinha forças para voltar para casa, ao lado de minha mãe - que não iria dizer nada e isso me causaria mais estragos ainda - para começar de novo. Não tinha dinheiro, nem emprego. Não estava casada com Fábio. Não tinha direitos. Não saberia o que fazer nem para onde ir.

Tentamos começar de novo, mas foi como quebrar uma dessas delicadas jarras de grés esmaltado da dinastia Song e, em seguida, tentar colar os pedaços. Sempre serão vistas as fraturas deixadas pelos destroços. A jarra nunca ficará igual.

O tempo passou, a duras penas. No dia de meu quadragésimo aniversário, Fábio chegou em casa, de volta da faculdade. Deixou as chaves na entrada e me olhou nos olhos de uma forma que quase me machucou.

— Arruma as malas e vai embora desta casa - disse-me.

— O quê?

— Arruma tuas coisas e as de tua filha e vai embora. Nunca mais quero voltar a ver-te.

Minhas pernas tremiam e tive que sentar.

Havia uma semana, em um exame ginecológico, me haviam dado a inesperada notícia de que estava grávida de novo, de dois meses. De Fábio. Estava esperando o dia de meu aniversário para dar-lhe a notícia. Tenho o mau costume de ficar grávida sem pretendê-lo. Voltara a acontecer outra vez, mas pensei que isso poderia unir-nos, a Fábio e eu, poderíamos tornar a ser aqueles que havíamos sido nas Seychelles, três anos antes. Queria ver sua cara de surpresa quando lhe desse a notícia. Queria ver a alegria brotar de seus olhos como algo material e palpável. Queria que fosse feliz e que voltasse a encarregar-se de minha felicidade.

— Estou grávida - respondi, e comecei a chorar.

— Se com isso, pensas que vais me segurar, estás enganada. Se estás grávida, saberás quem é o pai. Eu, certamente, não sou. - Tinha a testa franzida e sua boca se curvava como a de um censor, como a de são Domingos, o Seboso, iluminado pelo Espírito Santo, dando ordens ao verdugo.

Fiquei com medo e cobri o rosto com as mãos.

— Vou sair desta casa agora mesmo - continuou ele, impassível - e voltarei amanhã. Ao regressar, não quero que fiquem vestígios teus por aqui. Deixa as chaves na caixa de correio. De qualquer forma, vou mudar a fechadura, para que não tentes reaparecer. Se amanhã, a meu regresso, não tiveres ido embora, chamarei a polícia.

Deu meia-volta e saiu.

Maria apareceu na ponta do corredor que levava para a sala. Chupava um dedo ansiosamente e sorria para mim com rosto cheio de baba.

Sequei meu rosto e, como pude, devolvi o sorriso.

Era meio-dia. Dei de comer à menina e a pus a dormir no sofá da sala para que tivesse sua sesta. Comecei a chorar de forma torrencial ao subir a escada. As lágrimas me impediam ver e todo o corpo estremecia, sem que eu pudesse controlá-lo. Tinha soluços, dor de barriga e sentia náuseas. Entrei no quarto e procurei pela mala no armário embutido. Enchi-a com tudo o que pude. Enfiei o resto em sacos de lixo e desci até o pátio, com a intenção de levá-los, antes de ir embora, para os recipientes de lixo na rua. Não queria que minhas coisas passassem a fazer parte do acúmulo de estratos sentimentais da casa daquele homem. Fiz o mesmo com os livros que tinha seguido comprando durante aqueles anos. Pensava despejá-los no recipiente de papel. Em uma maleta com rodas, que roubei de Fábio, pude colocar alguns papéis, meu laptop e alguns livros que resisti em jogar no lixo. No quarto da menina, fiz uma seleção de suas roupinhas e de seus brinquedos. Então me lembrei que poderia chamar os Trapeiros de Emaús para que, ao menos, nossas coisas não terminassem em um aterro sanitário. Poderiam servir para alguém e assim retiraria dali nossos móveis.

Telefonei, disse-lhes que tinha roupas, livros, CDs, brinquedos e móveis de que queria me desfazer. Responderam-me que iriam passar no dia seguinte. Respondi que era muito tarde, que fosse nesse mesmo dia, mesmo à noite, ou nunca. Descrevi tudo o que tinha e concordaram em passar, embora um pouco relutantes.

— Vou ver o que posso fazer - disse-me a moça que atendeu

o telefone.

No fim de pouco mais de três horas, todos os nossos pertences, os de Maria e os meus, haviam desaparecido daquela casa cheia de fantasmas. Inclusive os móveis que havia comprado durante minha vida com Fábio, por exemplo, o quarto completo da criança, um sofá de couro e os móveis de teca do jardim dos fundos.

Compreendi como é fácil desprender-se das coisas, que o importante é sempre o que não se pode roubar de alguém. Não sentia saudades de nada, de nada em absoluto.

Apanhei minha filha. Tinha duas malas e uma maleta, além da menina, quando o táxi que chamei por telefone tocou a campainha da porta. Não pensava em ficar e passar a noite ali.

As chaves caíram, mas me agachei para ajuntá-las. Tinha a menina nos braços, deixei-as jogadas no corredor e larguei a porta da rua aberta.

— A senhora não vai fechar a porta? - perguntou-me o taxista enquanto me ajudava a carregar as malas até o carro.

Pensei na infelicidade e nos fantasmas que deixava para trás.

— Não se preocupe, há gente lá dentro - respondi e continuei andando até a rua com passos firmes.

Passamos a noite em um hotel em Madri, perto de Atocha. Um NH de três estrelas, econômico, mas agradável. Tinha o cartão de crédito da conta corrente de Fábio, mas sabia que ele não demoraria em bloqueá-lo. Paguei adiantado uma semana de hotel. Comprei duas passagens de avião pela internet, ida e volta, na ponte aérea para Barcelona. Fiz vários telefonemas por celular (esperava que Fábio não o cancelasse tampouco até o dia seguinte), pedindo trabalho. Ainda guardava em minha agenda os contatos de meu antigo diretor de departamento em Barcelona. Sim, ainda continuavam trabalhando ali, não se incomodaram que lhes telefonasse em torno das vinte e três horas e marcaram hora para os próximos dias.

Quando Maria adormeceu, desci por um momento à rua e saquei dinheiro de três caixas eletrônicos. O máximo que me permitiram. Na primeira hora da manhã seguinte, pensava repetir a operação. Em uma conta corrente em meu nome também havia algum dinheiro, não muito, mas achei que era suficiente para ir levando durante algumas semanas.

Comi metade de um hambúrguer em um local aberto toda a noite, perto do hotel. Não estava com muita fome porque me doía o estômago, mas me obriguei a engolir alguns bocados. Subi para o quarto, preocupada com Maria. A menina estava dormindo tranquila. Suspirei aliviada.

Fui ao banheiro para tomar uma ducha. Despi-me. Tinha as calcinhas encharcadas de sangue. Fiquei tão chocada que meu primeiro impulso foi telefonar a Fábio. E o fiz.

— Fábio, meu Deus, estou sangrando! - procurava chorar baixo, não queria acordar minha filha.

— Não voltes a chamar, nunca mais em tua vida. Já te disse que não vou acreditar em nenhuma de tuas mentiras. Dá tua barriga para outro. E me deixe em paz! - grunhiu ele e desligou o telefone, colérico e indignado.

Por trás de seus gritos, julguei ouvir os de outra voz. Feminina.

Semanas depois, alguém me informou que estava saindo com uma mulher fazia meses. Que a identificou com a portadora de sífilis. E comigo. Mas ela estava comprometida e Fábio esperou para que largasse o marido, a fim de abandonar-me a mim. Aquele que me contou tudo isso - sempre há uma alma caridosa disposta a ser porta-voz de más notícias - disse-me que a ideia de deixar-me no dia de meu aniversário provavelmente não havia sido de Fábio, mas de sua nova namorada, uma aspirante a poetisa que ainda não deslumbrou o mundo com seu talento. "Ele não é tão ardiloso, acredita em mim - disse-me - mas ela... Perdoa-me que o diga, mas quando as mulheres decidem ser más são muito piores que os homens. Não te ofendas, nem me venhas com a veia feminista, por favor, vai adiante, sorri..." Eu sorri para ele e me calei, porque não tinha nada a dizer. Essa história já não me importava bulhufas.

No dia seguinte, procurei uma menina nas páginas amarelas para cuidar de Maria durante algumas horas. Em uma clínica perto de Callao examinaram-me. Ficava perto da rua Ballesta, esquina com a rua do Desengaño (que ironia!), e na porta rondavam prostitutas, mendigos, imigrantes desempregados e drogados. Também policiais. Quando a atravessei, tinha o pulso acelerado e uma inquietação incontrolável cortava-me a respiração. Não parava de sangrar e a barriga doía como se alguém estivesse empenhado em arrancá--la de dentro, empurrando sem parar para fora. Era um aborto espontâneo. Disseram-me que as causas mais frequentes são deficiências genéticas do feto, do organismo materno ou doenças sistêmicas ou infecciosas (diabetes, traumatismos graves, toxoplasmose, sífilis, hepatite B, Aids...). Fizeram uma curetagem. Uma enfermeira tentou consolar-me, dizendo que talvez a gravidez não teria progredido de qualquer modo. E que ainda tinha tempo para tentar novamente.

— Sim... - respondi, dolorida e exausta, mas principalmente triste, tão triste como não me lembro de ter estado em toda a minha vida. - Acho que vou tentar novamente.

Paguei com cartão de crédito da conta de Fábio, que funcionou, graças a Deus.

Não demorei muito para levantar-me da maca e voltar para o hotel de táxi. Sabia que minha filha estaria impaciente, esperando em nosso quarto, passando o tempo ao lado de uma desconhecida.

# *LEMBRANÇA DA MORTE*

Aí está, outra mulher abandonada – pensou Nacho quando terminou de ler. – Qualquer um diria que são invariavelmente os homens que abandonam suas amantes, disse para si. Não demoraria muito para perceber que nem sempre é assim.

Decidiu passar rapidamente pelo banheiro e descer em seguida para tomar seu café. Sua cabeça estava repleta de pressentimentos, envolta em uma espessa nuvem de dor incipiente. Julgava sentir a pressão atmosférica da terra inteira comprimindo em um ponto entre suas sobrancelhas. Um observador atento provavelmente veria sair isóbaras de suas orelhas em vez de cabelos.

Tomou um ibuprofeno e soube que não iria cair bem com o estômago vazio.

O refeitório já estava com o café da manhã pronto, à maneira dos hotéis de ambiente familiar, que são recomendados em revistas femininas. Sucos mais ou menos naturais, café a gosto, chá, bolos, ovos, torradas, geleias sortidas e cereais.

Carlos e sua mulher, Alina, giravam em torno da mesa com toalha, onde estavam dispostos os pratos, muito sérios e formais, perguntando a todo momento se os convidados desejavam mais alguma coisa. "Todos queremos mais, sempre", resmungou Nacho para si mesmo e disse "Bom-dia!", em voz alta. Somente alguns dos presentes responderam.

Rocío estava sentada sozinha, afastada dos outros, entre duas cadeiras vazias. Usava óculos de sol e tinha o aspecto de uma adolescente mal-humorada, que não perdoa o madrugador. Não se aproximou dela, porque julgou que não seria muito bem recebido.

Richard Vico não estava à vista.

Cristina Oller aproximou-se de Nacho com um gesto de cumplicidade nos lábios. Enquanto se servia de um café, com muito leite dessa vez, a mulher se encostou tanto nele que pôde sentir a forma de seus peitos roçando seu cotovelo. Retirou-o com delicadeza, mas rapidamente.

— Bom-dia. Enviei-te um e-mail – disse ela. – Já o viste?

— Hã? Ah, sim. Obrigado.

Fitou-o, enquanto se servia de leite e de um copo grande de suco.

— Bem, e...?

— Agradeço-te a confiança, Cristina. Não deve ser fácil desabafar assim com um estranho.

— Não és um estranho para mim – negou com a cabeça e Nacho supôs que aquilo que acabava de fazer, enviando-lhe sua confissão particular, era, acima de tudo, um exercício terapêutico. – Eu te conheço. Li todos os teus poemas. Inclusive dois inéditos que apareceram alguns meses atrás na revista da FNAC.

— Ah, olha só! É muita gentileza de tua parte. Mas... Não sei como dizer-te isso, mas gostaria de mandar teu texto a minha tia e a um amigo. São de confiança; por isso quero pedir tua permissão.

Cristina sorriu. O sorriso acudiu a seus lábios como alguém que se precipita para abrir uma porta, embora em seus olhos quase se podia ler um cartaz de "Proibida a entrada". Seu pescoço de mangusto prematuramente envelhecido moveu-se de um lado a outro.

— Podes mostrá-lo a quem quiseres. Já o publiquei.

— O que dizes?

— Que o publiquei. Apenas tive que mudar os nomes, e o publiquei. Pediram-me um texto para um livro coletivo, de várias autoras. O tema era a mulher hoje em dia. Grande bobagem, mas pagavam bem. Ultimamente me pedem muitas colaborações em prosa e trato de aproveitar tudo o que tenho escrito. Estou pensando inclusive que não seria má ideia redigir um livro de contos. Sobre piratas ou sobre poetas. Em resumo... Não descarto dar o salto para a narrativa. Algum dia gostaria de deixar de ser uma assalariada. Poder viver do que escrevo é o sonho de minha vida. – Soltou um desaforo e encolheu os olhos tentando enfocar a vista. – Estou farta. Cansada de dar aulas e conferências. Quero ser como Matilde Asensi e mostrar minha cara somente na contracapa de meus best sellers.

— Ah, bem, então não há problema, suponho. Se já tornaste público o documento...

— Além do mais, confio em teus dotes de detetive, de modo que podes usá-lo como quiseres. – Apanhou um doce de creme e com ele apontou para Nacho. – Quero somente assegurar-me de que saibas de quem estamos falando, do tipo de pessoa que era... o morto.

— Bem, mas ninguém merece morrer dessa maneira, acho. Apunhalado e... Há outras formas de fazer justiça.

Pareceu a Nacho que a Cristina que agora lhe falava era outra, diferente daquela que havia escrito o documento que acabara de ler. Mais prosaica, mais rude e direta, se lhe cabiam os adjetivos, e isso apesar de que confessava que sentia em seu coração a paz de um cemitério, que o assassinato a havia deixado tranquila. Não dava essa impressão. O ódio que sentia por Arjona não se havia diluído ainda entre o resto de suas emoções, aguçando-as com sua dose de amargura, mas também conseguindo que desaparecesse essa paixão infrutuosa e daninha como um torrão de açúcar que se dissolve na água. Nacho podia ver esse ódio ainda incrustado nos olhos da mulher, impedindo a paz de espírito.

Não gostou do pensamento e desviou o olhar.

— Sim, claro. Não... Hitler merecia morrer no *bunker*, onde estava passando sua lua de mel com Eva Braun, ambos tão felizes? E Lenine, merece que não se tenha dado um enterro cristão a seus restos mortais aos oitenta e três anos depois de sua morte, merece que a cada quinze meses lhe deem um banho de acetato de potássio e de cloreto de quinina com a naturalidade daquele que vai recuperar-se em um *spa*? E Benito Mussolini, merecia ser suspenso de cabeça para baixo, já cadáver, em um posto de gasolina da praça Loreto, em Milão? E o assassino dessa menina de sete anos –

sete anos! – cujo corpo apareceu violentado e desmembrado em um depósito de lixo, alguns meses atrás, mereceu morrer com o ânus sangrando nos banheiros de uma prisão? "Não, não, não me olhes assim, Nacho. Eu sei: coi-ta-di-nhos...

— Em qualquer caso, Cristina, a comparação me parece um pouco exagerada. Fábio Arjona não era...

Cristina segurou-o com força pela manga. Nacho esteve a ponto de jogar um copo no chão.

— Tu não sabes quem era esse homem. Não o sabes!

Deu meia-volta e caminhou até a outra ponta da imensa mesa. Nacho deu de ombros e continuou servindo-se de algo para comer.

Fernando dirigiu-se imediatamente para seu lado, quando já se havia sentado, como um cãozinho fraldiqueiro que deita aos pés de seu dono. Nacho se preparou para ouvir uma longa diatribe recriminatória contra o mundo e seus demônios logo no início do dia, mas, para sua estranheza, o homem se limitou a murmurar um "bom-dia" sufocado e a comer com indiferença, com ar de entediado.

Dona Agustina não tardou em aparecer.

— Bom-dia a todos! - Tentou dar um toque de alegria à sua voz, mas até os criados se deram conta de que fazia um grande esforço para sobrepor-se à desmoralização e à angústia que se havia apoderado do ambiente do Cigarral.

— Gostaria de ir para casa – disse finalmente Fernando –, para Nova Iorque. Lá é meu lar. Moro em um apartamento em Coney Island, no Brooklyn, perto da praia. Comprei-o por quatro tostões quando meu pai por fim morreu e, em seguida, a segunda viúva, que pelo menos não tinha filhos, de modo que não só recuperei a herança de minha mãe, mas também a de meu pai e a daquela senhora desconhecida que o entreteve em seus últimos anos. Eu o adquiri quando ainda se podia fazer essas coisas. Hoje não poderia fazer algo assim. Há três quartos luminosos e um salão com lareira. Tens que vir visitar-me um dia. – Fechou a boca e mastigou um pouco. – Nem sequer sei por que estou aqui. Isso é passado, caramba.

Nacho lhe deu uns tapinhas nas costas e sentiu que o homem lhe agradecia, que reconhecia o gesto, o contato físico, a corrente de empatia. Logo cada um se concentrou em seu café da manhã.

Fernando tinha olheiras e o cabelo um pouco oleoso. Por pouco que o conhecesse, Nacho disse para si que a negligência não era normal nele. Não obstante, quando terminou de beber seu café preto, sentiu que revivia a seu lado, e o meteorologista o comemorou; não gostava de vê-lo tão mole e descaído, pois, se tornava em uma companhia ainda mais insuportável que habitualmente. Ali calado, mais carcomido que um osso de pernil do pós-guerra.

— Observaste bem Pascual Coloma? Catarina, a Grande, como todos sabem, é de origem inorgânica, mas estou te avisando, se continuar a comer tão avidamente, vai criar mais bunda que uma televisão antiga. – Foi baixando o tom de voz até torná-lo quase inaudível: – Os televisores de plasma de hoje são pretos, deixaram de ser sexy, não sei se reparaste.

Nacho não pôde deixar de rir às gargalhadas, chamando a atenção. Todos na mesa o olharam fixamente. Ele se sentiu envergonhado, como se acabara de rir de uma piada em um velório, e levantou as mãos em sinal de desculpas.

— É culpa minha – disse Fernando em voz alta. – Acabo de fazer, a nosso querido detetive poeta, uma observação mais que elegante, eu diria vulgar. Por causa de minha obsessão fálica, nem sempre digo o que devo, embora deva bastante por tudo o que digo e disse ao longo de minha vida. E quanto a meu pensamento... já podem imaginar,uma vez que certamente estão à altura. Peço desculpas à mesa e a nossa ilustre anfitriã, junto com nosso... "soberbo" e excelso paroquiano na *scala naturae* de nossa condição de rapsodos.

Referia-se a Pascual, mas soergueu-se um pouco e fez uma inclinação afetada em direção concretamente de lugar algum. Para Nacho isso lhe relembrou o trocadilho de Quevedo, que o jogou na régia cara de Mariana da Áustria, que "sua majestade é coxa".

— Soberbo, eh...? – disse entre dentes a Fernando. – Vai, vai...

Pascual Coloma agitou a gloriosa cabeça em um trejeito de negação e continuou mastigando ao mesmo tempo em que observava atentamente seu prato.

— Sim, filho, sim – respondeu Fernando, quando por fim pôde respirar entre o aprazível murmúrio dos presentes sem temer ser ouvido. – O meu é o vitupério. Também, e talvez para compensar, a modéstia doentia. Esta última não a trago comigo, porque a esqueci em NY, no *frigidaire*, para que se conserve bem até minha volta. Pensei que, neste cenário, não iria precisar dela. O mundo já se encarrega de colocar-te em teu lugar e dar-te bofetadas de sobra, não há necessidade de que alguém se flagele em excesso para fazer uma parte do trabalho para esses safados.

— Já te vejo.

— Que bom, começava a pensar que fugias porque não querias nem me ver.

— Noto que estás um pouco abatido. – Nacho mordiscou uma torrada. – Não dormiste bem?

— Psiu. Em meu quarto há uma lampadinha em forma de pavão de René Lalique. Os senhores da época de Baroja diziam que os modernistas eram todos uns pederastas, e eu estou de acordo. Talvez seja o safado do pavão real que não me deixa descansar. Aguça-me os nervos. Um passarão, por Deus... E sua cauda se acende. Impunemente.

— Não o olhes, se te incomoda tanto. E, claro, não o acendas.

— Sim, mas é que, de certo modo, me relembra a mim mesmo, o bicho: somente uma mão caridosa e necessitada pode conseguir iluminar seu interior, com um belo pontapé na bunda. Trata-se de minha estrutural falta de amor. Esse é o problema de meu aspecto cadavérico, se considerarmos que, além do mais, tendo a confundir-me com o ambiente por meus proverbiais dotes para a camuflagem. – Fernando bocejou. – A falta de amor é a história de minha vida. Uma vida triste, como poderás facilmente deduzir. Agora que estou te olhando, penso que poderia amar-te. Por exemplo, se tu deixasses e eu me atrevesse... Mas eu não me atreverei porque suspeito que tu não deixarias. De modo que vamos fazer uma pausa e passemos à publicidade. E limpa tua boca, porque tens açúcar em teus belos morrinhos de efebo adiantado em anos.

Dona Agustina se pôs então de pé e repuxou seu vestido, sacudindo vigorosamente a saia. Pigarreou com força e depois tomou um copo vazio e deu-lhe umas batidinhas com uma faca para despertar o interesse dos assistentes.

— Aham. Por favor, senhoras e senhores...

— Silêncio, ah, que Dona Agustina tem algo a dizer, ouçam e escutem – reclamou Rilke Sánchez, que fez muito bem em acentuar o ouvir e o escutar. Rilke atuou como pregoeiro, notava-se com que prazer.

— Bem, queridos amigos... – a mulher esfregou as mãos bem devagar – meu secretário, Teodorico, que não nos acompanha, porque uma doença o impediu... A verdade é que não sei como estou me arranjando sem ele e mais ainda nestas circunstâncias...

— Compreendemos - assentiu Rilke, mais uma vez na vanguarda da opinião pública ali reunida.

— Obrigado, querido Rilke, tu sempre tão atento e cavalheiresco. Como estava dizendo, meu secretário e eu decidimos que... Bem, porque, embora não esteja aqui, mantemos contato telefônico permanentemente, como podem imaginar. Decidimos que nas atuais condições não vale a pena seguir o programa à risca, de modo que pensamos que seria um alívio para todos se suspendêssemos a leitura coletiva dos textos. – Pigarreou e lançou um olhar ao redor, em torno da mesa, tentando avaliar a reação à sua proposta. – Concordamos que já temos o suficiente com... com o que temos, de forma que, visto que contamos com todas as conferências em arquivos de Word, preparadas para elaborar o livro, cremos que será suficiente distribuir cópias, a cada um dos presentes, dos trabalhos do restante de seus colegas. Evitaremos assim a perda de um tempo precioso em suas leituras, uma vez que cada um pode lê-las tranquilamente em seu quarto, ou na biblioteca, e aproveitar esses momentos para fazê-lo ou para trabalhar, visto que a casa favorece o recolhimento, como todos poderão ter constatado.

Ouviu-se um murmúrio de inquietação e de leve protesto.

— O recolhimento, diz! – apressou-se em intervir Fernando. – Isso de que esta casa favorece o recolhimento... Sim, se te descuidas, te recolhem com pá e te põem em um ataúde, claro. Mas que montão de puxa-sacos, por Deus, parece que acabam de lhes anunciar umas irrigações colônicas à base de amoníaco e sabão Lagarto. Não sei de que se queixam, de não ter de ouvir Pascual, lendo previamente o discurso que vem preparando há vinte anos para a prefeitura de Estocolmo? Ora, vamos!

— Para nós..., que seja, falo por mim, mas acho que é o sentir geral de meus colegas aqui presentes, e inclusive daqueles que não estão presentes, como Richard Vico, que não desceu ainda... – falou com autoridade Torres Sagarra. A mulher vestia uma blusa de babados que a fazia parecer mais robusta do que já era. – Dizia que falo em meu próprio nome, mas acredito que a nenhum de nós importa seguir o programa tal e como estava previsto. Não te preocupes por isso, Agustina, por favor.

— Sim, sim. Não, não. Claro – gritaram alguns em coro.

— Por nada, ah, não nos importa por nada. Para isso viemos – interrompeu Rilke Sánchez. – Para ler nossa conferência e comentá-la com os outros. E, ah, tirar as conclusões e tudo, se isso fosse possível.

— São muito amáveis, nota-se que têm em seu poder os instrumentos de Shakespeare – disse Dona Agustina.

— Sim, a mesmíssima caixa de ferramentas de Shakespeare... Mas também se nota que alguns daqueles aqui presentes ainda não a abriram – sussurrou Fernando, incapaz de conter-se, em direção de Nacho.

— Não se sintam desconfortáveis, por favor – continuou Dona Agustina. – O objetivo deste congresso é que todos estejam todos tão felizes quanto possível. Assim fica decidido. Fiz algumas cópias com os textos reunidos e poderão obter um exemplar cada um na biblioteca. Lamentamos que não esteja encadernado, mas pela ausência de Teodorico... Não obstante, pareceu-me uma pena que renunciássemos às visitas previstas à cidade, de modo que, esta tarde, se lhes parecer oportuno, visitaremos a catedral, como estava anunciado no programa. Será depois do almoço e do café, que podemos adornar com uma tertúlia, se for de seu agrado e se o preferirem a uma sesta.

Só faltava à mulher um vestido da corte para completar seu ar de dama do séquito do rei Jorge I. Fez uma cara de espanto. Nacho disse para si que era como se acabasse de ser informada de que alguém havia incendiado Troia.

Todos ficaram em silêncio por uns instantes. Rilke assentiu, com os olhos fechados, como se estivesse em oração.

— Bem, nada mais tenho a acrescentar – concluiu, de semblante um pouco fechado. Vamos nos encontrar na hora do almoço, novamente, aqui. Bom-dia a todos.

Quando se dispunha a sair pela porta, o gato apareceu debaixo do portal, esfregando-se contra um batente e, ao passar a senhora a seu lado, seguiu-a a trote.

Depois que Nacho tinha subido a seu quarto, para enviar alguns e-mails, Fernando e ele decidiram que não ficaria mal dar um passeio pelos arredores do Cigarral, cercado pelos jardins de outras mansões similares (o Cigarral do Pilar, o de Carmen, o de Consuelo, o de Santa Elena...). O dia estava aberto e a temperatura era agradável, embora Nacho julgasse que, depois do meio-dia, o panorama poderia escurecer e inclusive cair algumas gotas. Além disso, visto que os jornalistas haviam acudido em massa anteriormente à porta do Cigarral de la Cava, perturbando seus moradores, Dona Agustina conseguiu fazer com que fosse controlado o acesso principal que conduzia a todas as mansões da área, na mesma pista de entrada, e desde então haviam desaparecido de vista os jornalistas, impossibilitados de ultrapassar aquela barreira com dois guardas plantados. A polícia havia colocado também um de seus homens para vigiar a porta e anotar a entrada e a saída de pessoas e veículos. Se os vizinhos das mansões circundantes estavam chateados, não tinham outro remédio senão aceitar a situação resignadamente.

Desde pequeno, Nacho tinha sonhado em inventar uma máquina para controlar o tempo meteorológico e manuseá-lo a seu capricho. Na época, não sabia que o seu era um velho sonho da humanidade. Quando tinha catorze anos, estava obcecado com a ideia e convencido de que algo assim era possível, até que um dia sua tia Pau sentou-o diante do televisor para verem juntos um filme em um ciclo de cineclube no segundo canal. Os protagonistas eram Burt Lancaster e Katharine Hepburn, e contava a história, baseada em fatos reais, de Charles Hatfield, um espertalhão que, em 1915, durante uma terrível seca em San Diego, anunciou que seria capaz de fazer chover em troca de dez mil dólares. Aconteceu casualmente que, depois das tentativas xamânicas desse charlatão para atrair a chuva, seguiram-se furiosas inundações. E ao tipo choveram-lhe pedidos.

Depois de ver o filme, Nacho começou a pensar que talvez seria melhor tratar de estudar o tempo, antes de lançar-se ao trabalho de querer dominá-lo.

— Não parece que vá chover hoje – intuiu Fernando.

— Nunca se sabe – disse Nacho.

Quando se dispunham a sair pelo portão do jardim, ouviram vozes atrás deles.

— Ei! vocês! Esperem-me, caramba!

Voltaram-se e viram Miño Castelo que os seguia fazendo gestos extravagantes com as mãos.

— Como um guarda de trânsito que perdeu as estribeiras. – Fernando acendeu um cigarro e soltou a fumaça com extrema lentidão. – Já temos companhia, caro meteorologista. E eu que pensava abrir-te meu coração na solidão do bosque.

— Tenho a impressão de que teu coração costuma estar mais aberto que uma farmácia de plantão. Mas suspeito que nem sequer tens a precaução de colocar uma grade antifurto, caso as moscas...

— Vejo que já estás me conhecendo, ladrão. – Voltou a cabeça em direção ao caminho da entrada. – Que saibas que esse Miño é um saco, dito agora que não me ouve. E um insolente.

— Fala quem quer.

— Sou um entusiasta, comparado com algumas das figuras que nos rodeiam. Pelo contrário, sou um perito em outras disciplinas. Por exemplo: sei muito sobre sexo. Só tenho algumas lacunas na sexualidade humana. Mas...

Miño Castelo chegou ao lado dos dois homens ofegando.

— Quase me escapam.

— Fica tranquilo, não íamos muito longe. Não tínhamos pensado em sair do país. Eu, porque não posso – disse Fernando que, de repente, parecia cansado. – E este porque não tem dinheiro.

Nacho riu. Caminharam os três juntos até a entrada. Fernando apagou o cigarro ao lado de um conjunto de aspidistras e Nacho fulminou-o com o olhar.

— Que queres, que eu coma a ponta do cigarro?

— Não fumes, e assim acabas com o problema.

— Dane-se, então teria outro: não fumar!

— Para onde vão? – perguntou Miño.

— Nada, para nenhum lugar em especial, andar por aí. De

algum modo temos que fazer exercício para merecer a comida – disse Nacho. – Tenho a sensação de que não movimentamos os músculos inteiramente como deveríamos.

— Se tu não os moves é porque não queres. Teus músculos, digo – resmungou Fernando.

Miño Castelo tinha cinquenta anos e o trejeito de perene irritação do velho capataz, com úlcera gástrica, de uma fábrica de parafusos. Uma barba que crescia aos trancos lhe deixava a descoberto a maior parte do rosto. Um rosto em certos aspectos restritivo, que poderia ter sido algo mais arredondado, mas não o era; que poderia não ter tido as maçãs do rosto amassadas, mas não tinha tido vontade para isso; que poderia ter desfrutado de um nariz patrício e reto, mas nem sequer o havia tentado; que poderia ter-se orgulhado de umas sobrancelhas harmônicas, mas não teve a ideia para isso; que poderia ter feito brilhar uns olhos sedutores, mas teve preguiça de fazê-lo. Em resumo: seu rosto tinha o aspecto, mais ou menos impreciso, de certos alimentos que podem ser adquiridos na seção de comidas preparadas em alguns supermercados de bairro.

Miño Castelo era feio e todo o mundo se dava conta de que ele se dava conta.

Era professor de colégio, de Filosofia (mas esta era uma matéria que estavam retirando definitivamente dos programas de estudo, uma vez demonstrada sua inutilidade depois de vários milênios de uso inane da disciplina, por isso...) e havia conseguido especializar-se em subvenções: bolsas de estudo, prêmios para a criação, prêmios por nada, licenças pagas por estimular a "criação de obras artísticas", mais bolsas de estudo, proteção e difusão de obras artísticas escritas em línguas minoritárias, mais bolsas de estudo, etcétera. Com isso conseguia prover para si, de maneira mais ou menos regular, um suplemento em dinheiro que não lhe caía mal para pagar as contas de uma mulher eternamente insatisfeita, professora também, de ginástica, de quem se murmurava que tinha tendência para viver para além de suas possibilidades, até quando carecia de possibilidades, e três filhos já crescidos que – pensando bem – não haviam exigido um grande investimento, afinal.

A vida parecia triste para Miño e por isso escrevia poemas, muito bons segundo alguns críticos.

— A vida é uma puta merda – disse ele, e pediu um cigarro a Fernando, que o olhou receoso, temendo que fosse filar seus cigarros.

— Não sabia que fumavas. – Fernando tirou o maço e lhe deu um cigarro.

— Só de vez em quando.

— Bem, olha o que está escrito aqui no maço: fumar encurta a vida.

— Oh, tampouco quero viver eternamente. Afinal, não faço mais que pagar contas... A vida é a prova irrefutável de que o *Homo sapiens* está condenado ao capitalismo desde o neolítico.

Perambularam pelos arredores do Cigarral, falando banalidades, até que, sem poder evitá-lo, entraram no assunto. Ali não havia outro.

— Quando penso em Arjona... – Miño deu uma parada na metade do caminho e chutou uma pedra. – Que diferença comigo, devo dizer.

— Sim, tu estás vivo e ele está fazendo concurso para múmia do Parnaso.

— Não, não me refiro a isso. Quero dizer que diferença entre os catedráticos de universidade e aqueles de colégio. É verdade o que dizia Frank McCourt: os professores de ensino médio não temos tempo para escrever mesquinharias nem sobre o adultério, ao contrário daqueles de universidade.

Miño fazia pelo menos dez anos que não aparecia em um colégio. De uma maneira ou de outra, se havia livrado gradualmente, ancorando-se em licenças e encargos literários e sindicais, que o haviam liberado do ensino. Mas ainda se lembrava do que era entrar em uma sala de aula repleta de adolescentes rebeldes às nove e continuar assim o resto do dia, toda a semana, e essa recordação o magoava profundamente.

— Mas tu dás aula ainda? – quis saber Fernando. – Eu tinha entendido...

— Bem, não o tempo todo... – Miño mudou de assunto. – Agora lhes digo que não lamento a morte desse... Disse-o também à polícia. Não serei eu quem vai chorar por ele.

— Hã! Bem, já somos dois – comentou Fernando.

— E por quê? – quis saber Nacho.

— Por quê? Queres dizer "por que não". Era um bicho ruim.

— Quase todas as pessoas com quem falo insistem nisso, interessante.

— Costumava ter sua panelinha e, se não fosses dos seus, não comias do grão que ele repartia. Um tipo dos mais injustos que, além do mais, distribuía muito grão.

— Quando dizes grão... – Nacho ergueu os olhos para o céu. Não há um pigmento para a cor do céu. Sua cor depende do resultado da difração, refração ou dispersão da luz na atmosfera. Disse a si mesmo que, para muitos dos presentes no Cigarral, em etapas cruciais de suas vidas, sua atmosfera havia sido Fábio Arjona. E que ele havia manipulado à vontade a luz de cada um deles. Perguntou, como se não o imaginasse: – Quando falas em grão, a que te referes?

— A que pode ser?

— Ao dinheiro, não é, Miño? À grana! – Fernando deu-lhe um apertão de lado e o outro o olhou um pouco chateado, como se não esperasse tanta confiança física e o estivesse importunando. Fernando notou em seguida seu mudo *noli me tangere*, e acelerou o passo até chegar ao lado de Nacho.

— Aplicou-a em mim uma vez, e bem aplicada – disse Miño com antipática resignação.

— Aplicou-a a muitos. Não foste tu o único.

— Sim, mas a mim...

— O que te fez?

— Eu estava passando por um mau momento. Com meu salário e três filhos para criar... Minha mulher estava com câncer.

— Oh, caramba, sinto muito. – Fernando sacudiu um pouco de grama do peito. Viera voando e aterrissara na jaqueta, como uma condecoração que caíra das nuvens. O homem a tirou com um safanão.

— Já não importa. Superou-o, sabes?, de modo que já não importa. Mas então sim importava, e muito. Adela, minha mulher, queria ir para Houston, a um hospital para onde vão muitos famosos, a fim de tratar-se. Não confiava nos médicos daqui. Eu lhe dizia que aqui temos médicos muito melhores do que aqueles dos hospitais ianques, mas Adela sente profunda aversão por tudo o que é público.

Apesar de tudo, tanto tu como ela vivem do que é público pensou Fernando, mas não disse nada.

— Para mim era como que um desaforo ter de ir aos *States* para procurar medicamentos e curas, porque não gosto nada do imperialismo e muito menos contribuir para ele com meu dinheiro. – Nacho refletiu, enquanto o ouvia falar, sobre a extensão que alcançava, na Europa, esse preconceito contra os Estados Unidos; acreditava que não tinha fundamento. – Mas, Adela... Eu achava que ela iria morrer. Ela também pensava assim e, de alguma forma, cheguei a admitir que essa viagem a um hospital estrangeiro era sua última possibilidade de ser feliz, como quem pede uma viagem ao Caribe antes de despedir-se do mundo. Bem, ela não desejava ir para a ilha Margarita, seu objetivo era o Anderson Cancer Center, em Houston, Texas. Que enrascada! Certamente tirou a ideia de uma revista sentimental. Lê esse tipo de coisas, embora sempre esteja presumindo que tem os versos de Antonio Colinas no criado-mudo.

— Conheço um exímio crítico literário a quem lhe aconteceu o mesmo que a tua mulher – sorriu Fernando.

— O fato é que eu precisava de dinheiro. Queria satisfazer o capricho de minha companheira. Gosto dela, sabem? Ainda.

— Que sorte tens, garoto.

— Pedi uma bolsa de criação literária de dois anos. Era um dinheirinho. Pouco, se considerarmos que devia bastar para cobrir os gastos do poeta durante dois anos, nos quais não podia fazer nada mais que dedicar-se a escrever um livro, mas o suficiente, porque, somado a meu salário de um ano, dava para ir a Houston tentar, procurar destruir a nojenta doença que ameaçava carcomer minha mulher por dentro.

— Não me digas mais. Já o sinto em mim.

— Assim, pedi a bolsa à comissão. Fiz toda a papelada em tempo hábil. Falei com alguns responsáveis do caso; gente que estava no comitê que decidia quem levava a bolsa e quem não, e que me conhecia de sobra. Não é que eles fossem meus amigos, mas já nos havíamos encontrado em algumas ocasiões e nós respeitávamos o suficiente.

Pensei que, ao falar com algumas pessoas, o assunto se encerrava facilmente. Esperava que eles comentassem minha situação com os outros membros da comissão e disse para mim mesmo que qualquer ser humano normal se compadeceria de minha situação e estaria de meu lado.

— Mas te enganaste...

— Sim, do começo ao fim. Há momentos em que alguém percebe que sua vida pende por um fio e que esse fio pode ser cortado por qualquer imbecil.

— Era muito dinheiro?

— Na realidade, uma miséria. Mas para mim significava uma fortuna cobrada antecipadamente. Era suficiente para uma viagem. Uma viagem só, para contentar Adela. Para que Adela pudesse visitar o parque de atrações do câncer americano e depois morrer em paz.

— Quem conseguiu a bolsa, finalmente?

— Vou contar. Dá-me outro cigarro, vai. – Miño parou à sombra de um grupo de choupos negros, ao redor dos quais voavam andorinhas. – Deram o dinheiro oficial a uma jovem promessa do curso de Letras.

— Ele ou ela?

— Ela. Não vou declinar seu nome porque, desde então, pelo que sei, não se voltou mais a falar da moça. Devo admitir que era linda, e talvez continue sendo. Tinha uma incrível juba de cabelos. Quero dizer que eu "nem acreditava", em sua enorme cabeleira. E usava lentes de contato coloridas, o que lhe dava um aspecto inquietante de aprendiz de Mata Hari de férias em Matrix. E, sim, tinha também algo de espiã e de bailarina exótica, algo em torno dela que lhe aguçava os dentes quando abria a boca. Eu a vi um par de vezes na televisão. Nesses programas de cultura que vão ao ar de madrugada, quando se asseguraram de que não há mais ninguém acordado a quem possam transmitir informações e cultura.

— É preciso ver.

— A moça dava conta do recado, para que negá-lo.

— Sim, mas faltava-lhe talento que a ti, aliás, parece que te sobra...

Miño encolheu os ombros com indiferença.

— E daí? Olha, a *Vitória alada de Samotrácia* é uma das mais belas esculturas da antiguidade, e não tem cabeça. Muitas mulheres são assim, e isso não lhes é abonado em mérito.

Nacho franziu a testa. Não teria imaginado que Mino fosse um daqueles que faziam comentários misóginos em público. Pensava que fosse mais cuidadoso em relação a isso.

— Parece-me adivinhar quem te impediu de conseguir ajuda, Miño.

— De fato. *Ele*. Não podia ser outro. Fábio Arjona, que estava em todas as panelinhas e continuou estando nelas até que, poucas horas atrás, o mandaram para aquele lugar onde as pessoas comem pouco e, portanto, não precisa de temperos.

— E procuraste informar-te do que aconteceu?

— Sim, meus contatos no tribunal, porque eu via aquilo como um tribunal de concurso, ao qual me apresentava com pistolão, e me disseram que Arjona se opôs rotundamente a que me concedessem a bolsa. E os outros acataram a decisão.

— Por quê? Não lhe contaram que tua mulher estava com câncer?

— Claro, um funcionário do ministério, um daqueles que falou comigo, e que presidiu a comissão, disse-lhe que minha mulher estava muito doente e que eu realmente queria o dinheiro para levá-la a Houston, a um hospital. Arjona replicou: "As pessoas estão morrendo todos os dias, é a lei da vida; olhem as crianças africanas na televisão, não param de cair como moscas, e de morrer entre moscas... Por que a mulher desse fulano teria de ser mais importante que elas? Pois bem, vamos ao que importa, poesia, poesia em movimento! Vamos ver o que temos..."

— Caramba, que crápula.

— Sua candidata era a menina. E foi ela quem ganhou.

— Não reclamaste nem nada?

— A quem iria reclamar? Como são feitas essas coisas em que não existe medida? Quando a medida é o humano, não há medidas exatas, amigo Nacho.

— Está despontando um friozinho que... – disse Fernando, tiritando. – Acho que deveríamos voltar para o Cigarral, antes que caia sobre nós um aguaceiro.

Voltaram sobre seus passos em direção do Cigarral, mas no caminho de volta mal conversaram. Começava a soprar um desagradável vento norte.

# *A INVEJA E A MENTIRA*

Aqui a inveja e a mentira
mantiveram-me trancado.

FREI LUIS DE LEÓN

Dessa vez, entraram pela porta principal. Nacho decidiu telefonar para Rodrigo, a fim de verificar se ele se havia posto em marcha. Enquanto seus dois acompanhantes falavam entre si, tomou seu telefone e discou o número do garoto, que não atendeu à chamada. Apertou a tecla de rediscagem e esperou. Tampouco dessa vez. Passou a mão pelo cabelo castanho claro e murmurou, olhando para a tela do celular, até que esta se escureceu e se apagou. Tentou novamente. Eram quase onze horas da manhã, hora mais que decente para estar de pé, ainda que se trate de um jovem, cujo único sonho é dormir com as epífises esparramadas, as vesículas seminais a ponto de transbordar e a gordura subcutânea fazendo planos para sair ao mundo exterior em forma de espinhas, grânulos e cravos pretos.

— Sim? – respondeu Rodrigo com voz de zumbi.

— O que, estudando, não...? – recriminou-o Nacho. Sua ironia caiu em ouvidos surdos.

— Agora, não. Não levantei ainda.

— Pois, já está na hora, baixinho. Não sei de que te queixas, se nem sequer vais à aula. Estavas estudando na universidade à distância, nãooo...?

— É que deito tarde, sabes? Estou estudando para uma carreira, ainda que vá pouco à aula. Pessoas... de tua idade – disse-o como se estivesse dirigindo-se a um antigo veterano da guerra civil, da república de Roma, a primeira ou a segunda, não importava – as pessoas de tua idade nem se lembram mais do que é estudar. Pois bem, é um saco, tio. É necessário muito trabalho.

— Sim, o necessário para entrar nos computadores de teus professores e roubar-lhes as perguntas dos exames. Não me contes historietas, jovem *hobbit*.

— És um incrédulo, como aquele apóstolo. Santo Algo.

— Ligaste as pilhas, como te disse?

— Bem.

— Vais ter de encomendar tua alma a Santo Algo, se não fizeres o que te pedi.

— Calma, homem. Mas o que comes no café? As uvas da ira?

— Que engraçado, garoto.

— He, he... Não és tu o único que lê, digo de passagem.

— Está bem, vamos lá, dize-me o que quer que seja.

Rodrigo ficou em silêncio, ouviu-o remexer pela linha e que jogava algo no chão. Nacho ficou com pena de sua mãe, de todos os pais de adolescentes do mundo, e alegrou-se por não ter filhos nem esperá-los para breve.

— De minha posição – a voz de Rodrigo havia passado dos tons graves, ajudada pela tradicional rouquidão do despertar de quem pernoitou com as nádegas de fora, para um chocalhar aguçado, mais apropriada de uma melodiosa voz de uma soprano infantil –, repito, de minha posição, que neste momento está parada, posso dizer que o computador pessoal do tal Fábio Arjona foi utilizado nessa noite, às 24h05min30s. Noite adiantada, homem.

— O quê? Mas se está morto!

— Que queres que te diga, tio? Não posso imaginar o céu sem um bom *router* que garanta o envio de dados a qualquer rede de computadores por meio de ondas. Nada de fios. Ou seja, que o céu deve dispor de wi-fi. E para o inferno deve ser fundamental, por isso... Se esse colega que acaba de bater as botas está no céu, ou no inferno, está conectado. Fixo. Acredito que o purgatório não existe mais. Por ali não deveriam estar a par das novas tecnologias e desapareceram do mapa, da mesma maneira que, se vivesses na Idade do Bronze e não controlasses o tema da roda, estarias *out*. Totalmente.

— Então, localizaste seus IP?

— Sim. Duvidavas disso, *amore mio*?

— Não ouvi nada sobre seu computador. Suponho que, se fosse um laptop, ele o teria aqui com ele e a polícia o teria levado. Deve ter sido a polícia que o abriu essa noite.

— Meia-noite? Não me consta que a polícia trabalhe até essas horas.

— Podes verificar de onde foi conectado?

— Não agora.

— Podes fazer algo a respeito?

— Se voltar a conectar-se e coincidirmos, ele e eu, posso averiguar de onde o faz. Posso tentar saber de onde é feita a próxima conexão, mas não a anterior. Nessa, nos passou a perna.

— Pois bem, já estás nisso.

— Eh, escuta, acalma-te um pouco! A polícia está fazendo seu trabalho, e...

— E o Clube Baskerville deveria estar fazendo o seu, se não fosse porque tu te estás tornando cada vez mais insuportável, preguiçoso, respondão, ineficaz e irritadiço – repreendeu-o Nacho. – Que resta daquele prazer que sentíamos, que *sentias*, quando ganhávamos a corrida por um pescoço da polícia e quando averiguávamos o que havia acontecido antes dela? Para autênticos investigadores como nós não serve o segundo lugar. Não há medalhas de prata. É a glória ou a ignomínia do esquecimento. Escolhe, anãozinho.

— Oh, tio. Tu o colocas de uma maneira...

Nacho prendeu a respiração por um momento e procurou mostrar-se conciliador com o rapaz.

— Se te ocorrer algo e eu possa te ajudar, para que soluciones o que quer que seja e voltes a render como na época de teus catorze anos... Já sabes que estou aqui. A teu lado.

Rodrigo ficou em silêncio, mas Nacho podia ouvi-lo resfolegar com a frustração de sua idade; percebeu seu desalinho e, talvez, também sua solidão. A adolescência era um nojo. Lembrava-se dela vivamente.

— Bem, não sei.

— Que é que não sabes?

— Não sei se alguma coisa vai me acontecer ou não.

— Descreve-me os sintomas.

Nacho saiu para o jardim de novo, onde ninguém podia ouvir sua conversa, embora não visse nenhum dos hóspedes rondando por ali. Fernando e Miño tinham desaparecido e vislumbrou Carlos pela janela da cozinha, conversando com sua mulher.

— Acho que... Tio, não sei. Não sei.

— Tenta. Verbaliza, homem. Talvez deverias começar a escrever poemas. Isso me ajudou muito em tua idade.

— Sim, claro, era o que me faltava. Não gostaria de ser tão presunçoso e prepotente. "O poeta é soberanamente inteligente, é a inteligência por excelência...", blá, blá, blá. – Adaptou sua voz, em tom zombeteiro, até que conseguiu soar como Barry Gibb, dos Bee Gees, tratando de acentuar sua voz acima daquela de seus irmãos.

— Quem disse isso de soberanamente inteligente? Não digas bobagens.

— Tio, Baudelaire o dizia. Em *Lettres*. Eu li isso, podes crer.

Nacho ficou pasmado. Não fazia nem ideia. Anotou mentalmente a referência do livro. Talvez tivesse de ler Baudelaire com maior frequência.

— Bem, sempre se exagera um pouco a importância daquilo que alguém é.

— Caramba, exagera...

— Estavas dizendo que não sabes se acontece algo contigo ou não.

— Certo, mas isso é um assunto que não sei se quero tratar contigo.

— Tu mesmo. Não vou te forçar. Só queria ter certeza de que percebas que estou contigo. A teu lado. E que podes dizer-me, pedir-me ou perguntar-me o que quer que seja, porque sou teu amigo, teu colega, e tu mesmo não paras de chamar-me de "tio", de modo que não te custará nada, em determinado momento, imaginar que sou teu tio. Um tio enrolado...

— Sim, enrolado! Mas se me importunares...! Serias..., que

seja, de fato *és* uma mãe de manual, *tio*.

— Bom, está bem, aceito o protesto. Desculpa se te apertei um pouco, mas é que gostaria de resolver este caso. É um assassinato, lembras? E eu estou na primeira linha de fogo. Nunca antes o havíamos tido tão fácil, anãozinho.

Rodrigo voltou a ficar em silêncio. Quando falou, as palavras chegaram aos ouvidos de Nacho engastadas nesse desespero que só se pode sentir na puberdade.

— Eu... me parece. Bem, não sei. Acho que estou... Que estou, er, apaixonado. Não rias, caramba, tio.

— Não estou rindo. – Nacho esboçava um enorme e despreocupado sorriso de satisfação, mas sua voz era grave e séria como a de um juiz vitoriano. Imaginou o garoto em um jardim, como o que agora mesmo o rodeava, envolto no aroma de um jasmim, segurando umas calcinhas com uma mão trêmula e, com a outra, um livro de Baudelaire. Bem, bem, a adolescência... Que putaria!

— Pois bem, diz alguma coisa.

— Rodrigo, isso não é nenhum problema. Estar apaixonado é natural em tua idade. E mesmo na minha.

— Desculpa, mas a mim não me parece que seja tão natural. Preocupa-me, sabes?

— Queres dizer que teu amor não é natural?... – Por um momento, Nacho achou que o garoto tinha inclinações para seu mesmo sexo. Nesse caso, pensou aliviado, poderia pedir a Fernando que fosse seu conselheiro. – Estás me dizendo que há algo em teu amor que não é *natural* no sentido religioso da acepção que lhe daria um inquisidor do Santo Ofício a um capuchinho napolitano por usar um hábito muito curto?

— Não, não sou gay, se é isso que estás perguntando. Olha, como és arrevesado... O que estou dizendo é que a sexualidade...

"Ah, claro, ali estávamos."

— ... não é tão natural como pretendem fazer-nos crer. Eu, pelo menos, estou um pouco confuso.

— E...?

— Tio, estou te dizendo que estou confuso! Disseste que poderias me ajudar. Tu me ajudas e eu trabalho para ti, para que resolvas este caso e marques um gol. És um vaidoso, Nacho, caramba.

Achas que não me dou conta de como me usas? Achas que sou apenas um moleque que põe suas ferramentas a teu serviço e não percebe que a glória a levas somente tu?

— Olha só, não sabia que havia um problema de rivalidade entre nós. – Era sincero, mas disse para si que talvez tivesse de meditar sobre isso. – És a única pessoa do clube que recebe um, hum, subsídio por teu trabalho, que sem dúvida é inestimável. Quase tudo o que arrecadamos em dinheiro com a publicidade da página vai parar em teu bolso. Nunca imaginei que vivesses tudo isso como um conflito de competição entre ti e mim.

Nacho se aproximou de um banco de ferro à beira de um caminho e sentou-se com ar fleumático.

Rodrigo se calou, aborrecido. Depois de um momento, resolveu dizer algumas palavras.

— Não estou dizendo que haja rivalidade exatamente. É que...

— Até bem pouco tempo eras menor de idade, nos jornais nem sequer podiam mencionar teu nome, e muito menos colocar tua cara bonita em uma foto. Agora já completaste dezoito anos, na próxima vez que um jornalista quiser escrever uma reportagem sobre o clube, vou pô-lo em contato contigo. Não me importo ficar em segundo plano. Julgava que éramos uma equipe.

Nacho se fez de vítima.

— Bem, sim, somos uma equipe, acredito – admitiu Rodrigo, finalmente.

— Vem cá, esqueçamos esse mal-entendido. – O meteorologista imprimiu uma boa dose de entusiasmo em sua voz, tentando assim contagiar o rapaz. – Vamos fazer uma coisa: tu te pões a trabalhar no caso e, se quiseres, manda-me um e-mail com todas as perguntas e dúvidas sobre sexo que te passarem pela cabeça. Assim não te sentirás constrangido por ter esse tipo de conversa comigo por telefone. E eu vou respondendo, na medida em que souber fazê-lo, uma por uma. E se persistir ainda alguma incerteza extra, falamos por telefone. Dá-me um toque e eu te devolvo a chamada, para que não tenhas gastos. A qualquer hora do dia ou da noite. – Tomou nota em sua caderneta de apontamentos para desligar o telefone a partir da meia-noite, só para não atrapalhar o rapagote em suas conversas íntimas de madrugada. Ele tampouco era uma linha erótica; nem o telefone da esperança. – Não te parece um trato justo? Como dizia aquele anúncio de rádio: "Se tens dúvidas, não duvides: liga para nós." Sempre pensei que pedir a alguém que tem dúvidas que não duvide, para assim poder safar-se de dúvidas... é muito. Mas nunca se sabe. Em todo caso, não as tenhas, de acordo?

Quase pôde vê-lo assentindo mudamente uma e outra vez com o telefone úmido, colado à orelha macia, apertando-o com tanta força que, quando terminaram de falar, parecia que a havia deixado brilhante com cusparadas.

Nacho riu enquanto cortava a comunicação.

Na biblioteca estava somente Maurício Blanc, com os óculos dispostos em forma de lupa sobre umas folhas impressas em diminuta letra *Times New Roman*, lendo o que Nacho supôs que eram os textos prometidos por Dona Agustina.

A mulher de Carlos, Alina, lhe havia dito que a senhorita Rocío e a senhorita Jacinta haviam aproveitado para ir à cidade fazer compras. Carlos as havia levado no carro pessoal da senhora, um flamante Jaguar X-Type preto, que Nacho havia visto estacionado ao ar livre e que, todas as noites, Carlos recobria com uma capa de lona impermeável.

Cumprimentou Maurício e se aproximou até onde estava sentado, em uma postura forçada e pouco confortável. O homem o recebeu com uma careta espantosa que certamente pretendia ser um sorriso de boas-vindas.

— Oh, olá, como estás, jovem? – disse, e deixou os óculos em cima do manuscrito.

— Bem, obrigado.

Nacho ficou surpreso com a pergunta, visto que não havia mostrado de momento nenhum sintoma de mal-estar físico ou químico de relevo, exceto por sua recorrente enxaqueca, que havia procurado não torná-la demasiado pública, salvo para livrar-se do cerco de Fernando. Então deu-se conta de que a pergunta era somente uma evidência da maneira polida de falar de Maurício.

— Não há muita algazarra por aqui. As pessoas andam em seus quartos ou passeando para cima e para baixo. Quando chega a hora da comida – comentou com aspecto distraído, apesar de sua voz soar tão incisiva como um cortador de frios – todos surgirão de seus cubículos como carunchos saindo das pernas de uma cadeira.

Apontou para a pilha de papel que continha as conferências, com a mão que segurava os óculos.

— Os apologistas do benquisto poeta Pons não se mostraram muito entusiastas com seus estudos, pelo que pude ler até agora. O que não é estranho, considerando que entusiasmo, o que se diz entusiasmo, não o manifestaram nem seus apógrafos. Exceto sua mulher, a quem não se pode negar a fé. Além do tempo e do dinheiro, claro.

Nacho tomou assento à frente dele.

— O dia está calmo, tranquilo, por ora – assinalou desconcertado, inclinando-se sobre os papéis e pensando que mal havia entendido o que Maurício acabava de dizer "pelo contexto", como garantiam seus professores de ensino médio, ou seja, que se aprendia vocabulário lendo.

— Talvez chova – especulou Maurício –, mas, claro, tu é que sabes.

— Não, não sei...

— Bem, meu filho, se tu, que és meteorologista, não o sabes, estamos fritos.

— Quero dizer que, normalmente, necessitamos consultar um monte de dados, cifras, fotografias de satélites, e... O Instituto Nacional de Meteorologia, pois... Bem, que diferença faz – concluiu, quando observou a cara de absoluta indiferença de seu interlocutor. – O fato é que não se pode prever o tempo com cem por cento de chance de acertar. E se porventura se consegue, é a muito curto prazo.

— Ah. – Tudo na expressão de Maurício declarava sem rodeios: "O que me contas a respeito não me interessa absolutamente nada, portanto, podes muito bem poupar-te o esforço."

Nacho disse para si que talvez, agora que dispunham de um momento, poderia falar com alguém sobre os três dias do encontro que ele tinha perdido (no trabalho se haviam negado a conceder-lhe esses dias livres, inclusive sem salário, e teve de resignar-se a chegar atrasado; a poesia interessava a seu chefe tanto quanto a Maurício o ciclo vital de uma tempestade).

Maurício era um desses homens apegados às letras que nunca olha para o céu, embora o céu apareça muitas vezes em seus poemas, em forma de luas incrustadas no firmamento como gotas de diamante gelado, chuva que devora o céu, estrelas como segredos transparentes, água que coagula o esmalte do céu, lagos que refletem sua cor, e toda uma longa série de similares coisinhas sem importância. Para Maurício, os problemas do céu não lhe interessavam, mesmo os buracos negros que vão tragando o universo a distâncias abissais de seu escritório; o outro buraco mais próximo, dessa vez na camada de ozônio ("que pobre diabo pode explicar que tipo de coisa é o ozônio sem enrolar-se um pouco?"); as tormentas dispersas que fazem perder uma tarde de praia e o granizo que arruína as plantações dos agricultores. Para Maurício, a única coisa que tinha sentido nesta vida era estudar a "entenção" do autor do *Livro do belo Amor*, por exemplo, a *Ars grammatica* do nobre Don Juan Manuel; o problema do "eu na consciência" nas obras de Charles-Humbert La Tour du Pin (*l'amour de soi,* e tudo isso), e as pistas sobre a influência que teve no humanismo do marquês de Santillana a versão de Villena de 1428 da *Divina Comédia*, etc.

Todo o resto... Brisas, aquecimento global, o dossel florestal da selva, o efeito borboleta, a névoa de advecção, os desastres naturais... Para Maurício, todas essas coisas, e outras tantas mais, careciam de verdadeira importância. Pelo menos em sua vida, que era o que contava. Por isso, falar de tempo lhe parecia perda de tempo.

Olhando para ele, Nacho sabia que o homem era onívoro, como um urso pardo, mas apenas com a comida. Talvez também com o sexo, atreveu-se a pensar, sentindo-se bastante incomodado. Era alto, mais que Nacho (que media seus belos 189 centímetros acima do nível do solo), e tinha um porte tão aristocrático que parecia decadente. Sua cabeça alardeava ter a forma de um trapézio, com dois lados paralelos e outros dois absolutamente paralelos. Destacavam-se grossas sobrancelhas que mais pareciam a cauda de um pequeno lêmure, pois, alternava franjas de cor branca encanecida com outras de cor castanho escuro. A boca era grande e sensual, contrariamente ao que se espera desses senhores de alta linhagem, todos refinados, de lábios tão finos que ninguém poderia garantir que os tinham, e cuja insignificância ou clara ausência por vezes escondem por baixo de um bigode gótico, que Nacho sempre suspeitava habitado por autênticas civilizações de bacilos e parasitas (os microscópicos pseudomonos tremendo de pânico e vertigens, agarrados às centenas de milhares aos cabelos que roçam qualquer coisa que levem à boca ou que consigo traga o vento).

Nacho tinha ouvido dizer que havia enviuvado três vezes de senhoras que não somente tinham bens, mas até o que para o resto dos mortais seria impossível. Chamavam-no, com reais más intenções, *el Verso Cojo*; porque mancava um pouco, de maneira quase imperceptível à vista, supôs Nacho. Seus dedos eram muito longos e de elegantes movimentos, como se constantemente se dispusesse a reger a orquestra do mundo, com a tranquila dignidade de um deus decepcionado com sua obra.

— Maurício... – interrogou-o Nacho com delicadeza. – Como sabes ... – Parecia-lhe estranho dar-lhe de tu, mas ali todos se dirigiam a outro como tu, quando falavam frente a frente (se falavam a todos os outros tomados como um auditório, podiam utilizar "vocês", embora Nacho não entendesse muito bem essa regra), supunha-se que estavam *inter pares*, menos naquilo que se referia a Pascual Coloma, que sem dúvida era o *primus*. – Como sabes, não pude assistir a este encontro desde o primeiro dia...

— Pois bem, perdeste o melhor – assentiu o outro.

— Gostaria de saber como transcorreram esses dias e pensei que talvez tu possas me dizer algo de interessante, algo que te chamou a atenção. Falando disso, como era tua relação com a vítima?

Maurício dirigiu-lhe um olhar cheio de granizo. Nacho pôde sentir seu mal-estar em uma breve tremedeira na bochecha esquerda do homem.

— Não existia.

— Não eram amigos?

— Não – respondeu secamente.

— Mas suponho que terias falado com ele.

— Não, não falava com ele – respondeu Maurício; – mas eu não era o único, como imagino que já saibas.

— Quem mais não lhe dirigia a palavra?

— Claro, sua ex-mulher; embora acredite que nunca se casou

com ela, viveram juntos cerca de três anos. Refiro-me a essa pobre menina, Cristina Oller.

— Sim, Cristina, já sabia.

— Quando chegamos, eles dois nem olharam um para o outro. Foi extremamente desagradável vê-los juntos. Esse verso... catalético que é a pobre Oller, a quem sempre parece que lhe falta uma sílaba em um de seus pés. E o verso amétrico, sem nenhuma medida, que era o tal de Arjona. – Seus grossos lábios se curvaram para baixo de maneira fulminante, como uma palavra abatida por uma rasura na página em branco. – Penoso espetáculo. Limitei-me a ignorar sua presença, embora Arjona sempre se assegurasse de não passar despercebido.

— Então... não se falavam?

— Acabo de dizer-te isso.

— Desde quando?

— Não sei. Há anos.

— Muitos?

— É possível. Não senti saudades dele por todo esse tempo. E suponho que ele tampouco.

— Foram amigos no passado?

— Nunca.

— Mas... Percebi que Fábio tinha conseguido angariar uma bela coleção de, digamos, inimigos. Por uma razão ou outra, muitos o odeiam.

— E continuarão a odiá-lo.

— Mas já está morto.

—Que diferença faz? O ódio não repara em minúcias, quando é vigoroso e sadio. E neste país cresce forte, como pelo de rato. Vivemos na pátria de grandes odiadores. É o canibalismo espanhol, sobre o qual já escreveu Azorín.

— Quando, contudo, desaparece o objeto do ódio, como o do amor..., o ódio e o amor terminam por sucumbir ao passar do tempo, acho eu. Extinguem-se mais dia menos dia.

— É possível. Então se deverá dar tempo aos que odiavam Arjona.

Nacho lançou uma pergunta temerosa:

— Posso perguntar-te se tu também o odiavas?

— Não, meu amigo. Não tenho tantas energias, embora me sobrem motivos, e para odiar de verdade é necessário estar provido de ambos os requisitos.

— Que motivos?

— Era um caluniador e eu fui uma de suas incontáveis vítimas.

Negou-se a contar mais alguma coisa e Nacho olhou para as prateleiras repletas de livros que engalanavam as paredes da sala, procurando inspiração.

— O ódio... – repetiu em voz baixa.

— Sim, caro jovem. País de odiadores natos, o nosso. Irmão contra irmão, e pai contra filho. Por que iria ser uma exceção colega contra colega? Esta é a terra de D. Pedro I de Castela, Pedro, o Cruel, que assassinou seu irmão Fadrique, e era especialista em eliminar as mães, filhos e esposas de seus inimigos. Um tipo sanguinário, luxurioso e vaidoso, se me permites a observação. E, no entanto, sob seu reinado floresceram as artes e as letras. Também protegeu os judeus. Foi um amigo do grande poeta Sem Tob de Carrión. O caráter hispânico nunca foi prejudicado por um pouco de sangue, exceto pelo sangue em si.

— De modo que... Cristina e ele não tiveram um encontro muito amigável? – Nacho tratou de reconduzir a conversa.

— Não acho, não me pareceu assim. Toda vez que cruzava o olhar com ele, ela agitava seu cabelo, como uma Maria Antonieta prematuramente encanecida depois de dormir na *Conciergerie*. Aliás, sempre fui da opinião de que Maria Antonieta não ficou de cabelos brancos em seu confinamento, mas que simplesmente, enquanto estava na prisão, não teve à disposição os adereços e as perucas com que habitualmente dissimulava as cãs próprias de sua idade, e evidentemente...

— E Fábio, como se comportava?

— Bem, ele a observava de soslaio, e em várias ocasiões o ouvi queixar-se de sua presença a terceiros, concretamente a Pascual Coloma, que lhe respondia com forçados monossílabos, visto que não é muito propenso a falar, se não houver de permeio um suculento cheque. Para vir aqui recebeu-o, o cheque, digo, mas deve pensar que, com sua presença e seu texto (ambos os elementos são o mesmo em seu caso), já fez sua parte e não tem mais por que dar com a língua nos dentes.

— Pudeste ouvir o que lhe dizia exatamente?

— Bem, deixa-me relembrar. Creio que ouvi algo mais ou menos assim: "Essa mulher é um veneno. Uma pilantra que me arruinou." Ou algo parecido.

— Mas Cristina Oller foi uma menina prodígio. Normalmente, aos pilantras custa mais subir. Quero dizer que, se são pilantras, é porque não têm outro remédio – sublinhou Nacho – e costumam passar a vida tentando subir. Se todos tivessem tido as facilidades de Cristina desde a adolescência... não seriam pilantras. Não, nem muito menos.

— Claro. Bem, suponho que Arjona detestava Oller, e vice-versa; viveram juntos e logo se deixaram. Sofreram um mau fim de sua relação, segundo ouvi falar.

— Sim, acho que sim.

— Ela, sempre que nos reuníamos todos e não podia evitar a proximidade da grosseira presença de Arjona, ficava eriçada como o gato de Dona Agustina. Tinha toda a aparência de um gato escaldado. E ele bufava e se remexia nervosamente, com esse núcleo sintático que era sua grande barriga tremendo de indignação, como se a pobre mulher fosse a maior cadela da história do Ocidente. – Ergueu as sobrancelhas e ofereceu um aspecto humorado, apesar da solenidade de sua prosopopeia. – Estimo que não é para tanto, na verdade. As boas maneiras foram inventadas justamente para evitar essas desconfortáveis situações.

— Alguém mais não dirigiu a palavra a Fábio Arjona?

— A maioria não estávamos muito animados com sua presença, mas o toleramos. Mesmo a jovem Rocío, algo inaudito, considerando que, durante certo tempo, Arjona foi seu padrasto e o assunto tampouco se concluiu de maneira conveniente e civilizada com sua mãe.

— O quê?

Maurício assentiu, envolto em um nimbo de gravidade e de reserva. Ele se remexeu em sua cadeira com tanto afã que deu a impressão de estar cavando no assento com o traseiro.

— Não gosto de ser mexeriqueiro – acrescentou e se encerrou em um taciturno silêncio.

— Fábio Arjona esteve... casado com a mãe do Rocío Conrado...? – Nacho tentou para que continuasse falando.

Maurício, prudente e sério, levou alguns segundos até responder.

— Enrolado, melhor dito. O casamento não era a especialidade de Arjona. Ele era mais partidário das delícias do concubinato. Enfim, não quero falar demais. Embora não esteja contando nada que todos não saibam.

— Olha só, e eu não tinha a mínima ideia.

— Sim, a própria Rocío pode explicar-te isso, se quiseres, claro.

— Talvez deva perguntar-lhe.

— Estás tratando de... resolver este caso? Ouvi dizer que tens uma página web, ou alguma invenção diabólica dessas, em que tu e teus amigos competem com as forças da lei. Coisa que não deve ser muito complicada, agora que penso a respeito.

— Algo assim.

— Pois bem, fala com Rocío, ela pode explicar-te esse assunto melhor do que eu. Por outro lado e visto que me perguntaste a respeito, devo dizer que não tive a impressão de que Rocío tenha guardado rancor por Arjona, apesar do que dizem que aconteceu.

— O que aconteceu?

Maurício negou com a cabeça, inflexível.

— Que te conte ela, se quiser.

— Vou perguntar-lhe.

— Mas insisto que não notei ressentimento por parte de Rocío, muito pelo contrário. Cumprimentou-o amigavelmente, o tal de Arjona. Apertou-lhe a mão e disse-lhe que "fazia muito tempo" e que se alegrava em vê-lo com tão bom aspecto. Se a menina o detestava, não se pode negar que tem saco. Disfarçava estupendamente.

— Olha só com quem.

— Sim, Arjona teve vida longa e interessante, e o mundo é um lenço cheio de sujeira, de ridículos e inservíveis bordados, conflitos de interpretação e sinais fracassados. Mas pequeno, diminuto, e normalmente desprovido de todo indicativo de poeticidade ou de misericórdia humana.

— Fábio conhecia todo o mundo.

— A todos que habitávamos em seu mundo, sim.

Nacho passou a mão pelo cabelo, que estava seco, tentando concentrar-se.

— Maurício, há outra coisa.

— Fala – o homem deu uma olhada no relógio, dando a entender assim, claramente, que estava ficando cansado de tanta conversa.

— Sabes se Fábio, se Arjona tinha laptop?

— Não faço nem ideia, mas suponho que sim. Presumo, inclusive, que teria vários. Enquanto eu não consegui subir na escala evolutiva além da caneta de várias centenas de euros, ele tinha a reputação de estar a par de qualquer invenção tecnológica que fosse produzida. Mas devo dizer que minhas canetas são mais caras que os computadores de alguns que conheço. Inclusive, as coleciono. Tenho verdadeiras joias antigas. Digo-o pavoneando-me, rapaz, com tua permissão. Serei antiquado, mas sê-lo me custa uma *grana preta*, como dizem agora.

— Viste se chegou ao Cigarral com um computador?

— Não. Cada um chegou em hora diferente. Isso sim, todos antes do meio-dia.

— Então não sabes se viajava com uma dessas maletas para transportar computadores portáteis...

— Não, mas podes perguntar a Dona Agustina. Ela nos recebeu a todos na porta, a cada um de nós. Suponho que, se Arjona trouxe algo assim em sua bagagem, ela teria notado. Além disso, a polícia também te informará com prazer. Levou todas as coisas dele. Se havia um computador entre elas, estará na delegacia.

— Sim, é possível.

Maurício se levantou.

Nacho fez o mesmo. Saíram da biblioteca e foram conversando sobre uma caneta que Maurício havia adquirido por meio de um leilão em que deu o lance por telefone. Uma caneta-tinteiro de tinta sólida da fábrica Slavoljub Eduard Penkala, fabricada na Croácia nos anos vinte do século XX.

— Linda – disse Maurício. – Mais preciosa que a infecção do petrarquismo. Que uma vida *in sonetti, in canzoni, in madrigali*... De maneira mais ou menos regular, eu me encontro com alguns outros entrevados como eu, aficionados pela mesma coisa, e nos gabamos de nossas aquisições, além de compartilhar a...

Quando entrou em seu quarto, Nacho se jogou sobre a cama, sacudiu os sapatos, que foram parar atrás do biombo, ajustou o colchão não sem esforço e abriu o telefone celular. Apertou a tecla disposta para o número de sua tia, que respondeu imediatamente.

— Estava esperando tua chamada, querido menino – brincou a tia Pau. – Tenho notícias recentes.

— Eu também. Tive uma conversa interessante com Maurício Blanc, um de meus colegas.

— Ah, sim. Eu o conheço. Blanc. Um dos treze que te acompanham.

— Tu o conheces? Conheces Maurício Blanc, tia? Bem, bem. De quê? De ouvir, suponho. Ou de ler.

— Ha, ha. És espertinho. Eu o conheço pessoalmente e não vejo por que isso te surpreende tanto. Ele veio dar uma palestra no clube de leitura da biblioteca antes que eu me aposentasse. Faz alguns anos. – Tia Pau suspirou com saudade. – Um tipo elegantíssimo. Com um leve coxear que lhe dava um ar... como de um veterano de guerra, de herói.

— Do I Batalhão de Fuzileiros da Guerra da Independência? – Sufocou uma risadinha.

— Não sejas impertinente.

— Não acho que Maurício Blanc tenha lutado alguma vez contra algo que não fosse sua caneta-tinteiro ou a rima oxítona de alguma comédia de Cervantes. – Nacho gostou do estilo que estava adquirindo ao falar. Mal ficava algumas horas naquele lugar e notava que sua expressão e personalidade ampliavam seus horizontes às vezes. Não havia nada como dispor da companhia adequada para que alguém refinasse o espírito e a linguagem, disse para si, satisfeito.

— Gostei especialmente de sua postura, de seus modos... Ainda me lembro dele. Um cavalheiro, sim, um verdadeiro cavalheiro, daqueles que já não há muitos. Todas as senhoras do clube de leitura e os dois homens que sempre nos acompanhavam sem dizer absolutamente nada ficaram encantados com sua conversa.

— Pois, tampouco ele parece ter grande simpatia pelo falecido Arjona. Embora tenha sido incapaz de arrancar-lhe o motivo de sua irritação com ele. E é evidente que a sente.

— Bem, talvez eu possa te ajudar nisso. Estive bisbilhotando por aí. – O alvoroço da tia Pau escapou como um arrulho entre seus

dentes perolados de bolinhas em uma famosa clínica odontológica.
– Estive navegando na rede e me aproximei também da Biblioteca Nacional. Aliás, que horror ter de ir à capital. Está muito longe de casa. Toda vez que vou a Madri tenho a sensação de que devo atravessar dois fusos horários até chegar a meu destino.

— Foste de táxi?

— Não, de patins. Que achas?

— Bem, bem...

A tia Pau não sabia dirigir e Nacho só queria ter certeza de que ela não tinha ido de ônibus. Em sua idade... Embora, por outro lado, a mulher estivesse saudável e robusta. Tampouco lhe aconteceria algo por usar os transportes públicos. Assim teria uma boa dose de contato humano, que lhe fazia falta.

— Visto que tocaste no assunto de Maurício Blanc, digo-te que talvez sua aversão por Fábio Arjona seja porque este último o apelidou com o mote que todos conhecem: *o Verso Coxo*.

— Eu achava que o chamavam assim por seu leve e elegante coxear de herói da guerra contra as tropas francesas de ocupação, como dizias antes.

— *Nah*. Não tem nada a ver – asseverou a tia Pau. – Em uma revista literária de vinte anos atrás, *Nuevas Letras*, conta-se com todas as letras como, em um café literário, onde aparentemente se encontrava a flor e a nata da intelectualidade da época, muitos dos quais continuam sendo flores e nata da intelectualidade de hoje, Fábio Arjona envergonhou Maurício Blanc diante de todos.

— Sim, pelo que estou vendo era especialista em baixarias. Ou pelo menos isso me contaram. Acho que já leste a... "peça" que te enviei por e-mail, escrita por sua ex-mulher.

— De fato, eu a li. Pobre mulher, nota-se que está muito ressentida. Seria bom para ela virar a página; embora as páginas de sua história, pelo que conta, devem estar coladas pelas lágrimas e coriza que derramou sobre elas. Bom, espero que algum dia se recupere. Bem, o que poderia ocorrer, pois, Maurício Blanc leva grande parte de sua vida, se não toda ela, forjando-se uma reputação de erudito a prova de bomba. E de erratas, e de possíveis humilhações. É membro da Real Academia da Língua Espanhola, e já o era então, vinte anos atrás.

— Ingressou relativamente jovem, não é? Um terno cinquentão. Ouvi dizer que isso não é nada fácil.

— Não, não é. E quando entrou, ainda não era cinquentão. A Academia depende muito dos tempos e de que as cadeiras fiquem vagas; do vento de cada época, não só literário, mas também político. Das camarilhas, já sabes... Mas, enfim, com isso não quero tirar-lhe méritos, que os tem se sobra em sua área.

— Não duvido disso, tia Pau.

— Foi várias vezes prêmio Nacional de Tradução. E é membro da Accademia Nazionale dei Lincei, uma das academias mais ilustres e antigas da Itália e de toda a Europa. Tem sua sede no Palazzo Corsini, em Roma. Seu nome, traduzido literalmente, significa Academia Nacional dos Linces. E, de fato, está repleta deles, de autênticos linces, tanto em ciências experimentais e naturais como históricas, morais e filológicas. Maurício é um de seus membros estrangeiros. Conta cem deles, de todo o mundo. Ele nunca lecionou na universidade, acho porque pode permitir-se isso e conquistar seu prestígio de erudito, dedicando-se a suas pesquisas tranquilamente, sem ser escravo do sistema de ensino.

— Claro, é rico.

— Riquíssimo. Três vezes rico, porque enviuvou três vezes de outras tantas senhoras ri-quís-si-mas... – Tia Pau voltou a inspirar com tanto anseio que o telefone enviou a Nacho uma espécie de ricocheteio rumoroso até o ouvido.

— Não me digas que gostas dele? Sem dúvida, é um bom partido. Dou minha aprovação, tia. Vai em frente, eu...

— Não digas bobagens.

— Bem, quem sabe...

— Ele gosta tanto de casamento como eu de ser solteira. E, além do mais, tem uma inquietante tendência a ficar viúvo. Não acho que me convenha, amigo.

— Como achares melhor.

— Vinte anos atrás, quando teve lugar esse episódio irritante com Fábio Arjona, do qual dão conta até as crônicas da época, Maurício já era o que é hoje. Quero dizer que não progrediu em sua reputação, que obviamente era grande naquela época. E, embora tampouco tenha perdido credibilidade, a verdade é que me parece que poderia ter conquistado mais, se não foi porque ficou travado com aquilo. Como se tivesse perdido o pé e nunca tivesse sido capaz de recuperar o equilíbrio. – Um silêncio respeitoso. – Falei sobre o pé, sem intenção de fazer gracejo com seu coxear. Era só o que faltava.

— O que aconteceu exatamente?

— Todo ele, todo o seu mundo, todo o seu renome e seus méritos se mantêm hoje em dia, e se baseavam então, no fato de ser um estudioso, *capisci*?

— Por ora, sim.

— Disse que me dá a sensação de que aquilo supôs um ponto de inflexão em sua vida de intelectual, porque, repassando conscienciosamente sua bio-bibliografia, notei que, desde então, não fez grandes progressos. Seus livros importantes são de mais de vinte anos. Suas honrarias e reconhecimentos, também. Exceto sua vida matrimonial, todo o resto ficou paralisado para ele nessas datas, e não voltou a decolar.

— Seria interessante que me contasses o que aconteceu...

— Já vou entrar nesse ponto. Foi algo que para ti ou para mim certamente não teria demasiada importância, exceto pela momentânea sensação de ridículo, que, além do mais, só uns poucos entenderiam, com o que a vergonha seria razoavelmente tolerável. Mas tenho a sensação de que para Maurício Blanc foi determinante.

— Tia...!

— Já chego lá, já chego... Vou te ler isso, espera que encontre meus óculos.

Nacho deixou escapar resmungos de impaciência.

— Vês? Aqui está. Fiz uma fotocópia. Estamos falando de julho de 1987, ainda que, como a revista era mensal, se tenha de supor que aquilo que é descrito deve ter acontecido durante o mês anterior, isto é, em junho. O artigo..., deixa-me ver, sim, tem inclusive a data. Efetivamente, junho de 1987. Diz assim: "... e ali estávamos quando o ainda jovem e brioso Fábio Arjona, de quem se diz que brevemente será nomeado subsecretário de Estado para a Cultura, fulgurante carreira a sua, se considerarmos que se trata de um assistente universitário, cujo nome não despontava muito nos cenáculos...", blá, blá, blá. Vamos ver, demônios, onde está?

Sim. Aqui. Continua: "... ele se levantou de seu lugar no Café Gijón e, de pé, como um arauto do antigo império romano..." Refere-se a Arjona, claro, "... de pé... Arjona recriminou Maurício Blanc, porque seu estudo sobre *As Pônticas*, de Ovídio, e a consequente tradução que acabava de ser publicada pela Editora Gredos, parecia escrito e traduzido, respectivamente, por um bacharel em arte, porque cometia vários erros de tradução, próprios de um estudante que não soubera distinguir *inminutio* e *corruptio* e, além disso, em uma revista de muita reputação,

Arjona tinha lido um artigo de Blanc, que o fez morrer de rir, porque não gostava de chorar, quando descobriu, por arte e graça da caneta de Maurício Blanc, que Arnóbio era discípulo de Lactâncio, quando até uma criança de peito e analfabeta sabia quer era o contrário. Os assistentes prorromperam em uma sonora gargalhada. Camilo José Cela, ali presente, murmurou um "incrível, incrível esse Maurício, desprezível atrevimento, esse tipo, porque a ignorância é sempre um atrevimento!" Rafael Alberti, que tomava um gole trêmulo de seu café frio, agitou sua majestosa melena como um leão atingido por um ataque de hilaridade selvagem, e...", blá, blá, blá. E logo continua: "Embora Maurício Blanc tenha assegurado, pálido como cera em casa de beata, que aquilo nada mais eram que erros de impressão, que facilmente corrigiria em um futuro não muito distante, Arjona o espetou com graça: "Não, Maurício, porque o lince é coxo. Não estás te apresentando por aí como lince italiano? Pois bem, parece antes que és um verso, e tão coxo como o lince que és." A confusão foi indescritível, pois, todos os presentes concordavam em que não há nada de mais grotesco do que um erudito adventício e fingido que acaba cometendo tais erros de rusticidade e que um acadêmico como Blanc, que escreve livros em que as notas ao pé da página são mais volumosas que o próprio texto, "porque adora pôr às claras tudo o que sabe", como assinalou Cela, deveria cuidar de sua...

A tia Pau ficou em silêncio e, em seguida, perguntou:

— Ou seja, que me dizes, sobrinho?

— Bem, que tens razão: eu não me teria perturbado tanto como Maurício. – Pensou por um instante. – Apesar de, quem sabe... Ninguém gosta de passar por ridículo.

Na ampla antessala do refeitório, a maioria dos convidados já estava reunida em torno de algumas mesas baixas de chá. Pela suspensão da leitura das palestras, o programa tinha ficado mais coxo que Maurício. Não havia muito a fazer e, sem pôr-se de acordo, quase todos os poetas desceram para tomar o aperitivo. Quando Nacho chegou, Miño conversava com Pedro Charrón e Rilke Sánchez. Torres Sagarra e Rocío Conrado falavam em seus respectivos celulares. Evidentemente, a última já havia retornado de sua excursão para fazer compras na cidade, junto com Jacinta. Maurício examinava suas unhas e bebia um copo de jerez em pequenos e melindrosos tragos. Pascual Coloma estava sentado ao lado do balcão, à luz obscurecida do meio-dia – avizinhava-se uma tempestade – e, ou muito se enganava Nacho, ou olhava extasiado o decote de Jacinta Picón, que se movimentava pela sala revisando tudo com interesse – os quadros, as cortinas, as lâmpadas de leitura, os espelhos – e carregava dois livros de formato pequeno, segurando-os com desleixo em uma das mãos. Richard Vico não era visto em nenhum lugar desde a noite anterior e Fernando Sierra estava proferindo um discurso apaixonado a Cecília Fábregas e a Cristina Oller, que o escutavam com diferentes graus de atenção e total indiferença, respectivamente. "Fernando é chato. O tipo não se cala nem se o amordaçam – suspeitou Nacho; – sua língua parece uma agulha de toca-discos."

— Olá, meteorologista! – cumprimentou-o Fernando. – Toma um trago e senta aqui a meu lado – indicando-lhe uma poltrona, mas Nacho preferiu uma cadeira, um pouco mais distante deles, onde suas costas ficariam mais a prumo. Tinha a sensação de que não faziam outra coisa senão comer e o passeio de pouco lhe havia servido. Precisava sem falta de exercício físico.

— Pois, para mim, Gómez de la Serna me parece que não tem graça, que é de uma abundância insossa, algo sensaborão, como dizem em Bilbao. – Pedro Charrón levantou a voz e já foi dando início a uma pequena tertúlia.

Na realidade, eram palavras textuais de Pio Baroja, que em suas memórias distribuía porradas entre seus colegas de profissão com um excesso de generosidade e o que sobrava para a crítica era a mesma que lhe faltava na hora de reconhecer-lhes algum mérito.

— Pois, pois, sensaborão...! E mais ainda! – Miño esfregou as palmas das mãos, como que disposto a arrancar-lhes alguns aplausos, quisessem elas ou não.

— E o tal Rubén Darío era um desses insossos clássicos que a América nos endossou – acrescentou Torres Sagarra, parafraseando igualmente Baroja.

Jacinta Picón deixou de contemplar a delicadeza das linhas de uma mesinha feminina Christian VIII de mogno que adornava a sala e voltou-se como se o olhar penetrante de Pascual Coloma acabasse de dar-lhe um beliscão no traseiro com sua pungente intensidade.

— Mas... quem...? Como te atreves a dizer uma blasfêmia dessa categoria? Rubén Darío, por favor! Não te atrevas a insultá-lo em minha presença, Margarita – repreendeu-a Jacinta, ainda que com um sorriso cativante.

Torres Sagarra fez uma careta de desagrado. Não gostava de que a chamassem de "Margarita". Invariavelmente, tinha a sensação de que lhe esfregavam isso na cara.

— Sabem o que escreveu Baroja de Rubén Darío? – perguntou Fernando Sierra, levantando a voz, que ressoou com ecos sombrios e sepulcrais, como se a tivesse untado com piche antes de permitir que saísse de sua garganta. – Pois bem, disseram-lhe uma vez: "Don Pio, sabes o que conta Rubén Darío de ti?" E o outro respondeu: "Não, o que diz?" E lhe referiram: "Pio Baroja é um escritor de muito miolo, já se sabe que é padeiro." E Baroja, imperturbável, respondeu: "Bah, em nada me ofende. Eu diria dele que Rubén Darío é um escritor de bela pena. Já se sabe que é índio."

Todos se puseram a rir, menos Rilke Sánchez, o aclamado poeta latino-americano ali presente, que, embora não desse um pio (nunca melhor dito), não considerou que a citação fosse de muito bom gosto, mas não soube se responsabilizar por isso Baroja ou seus porta-vozes, e optou por ficar calado. Pascual Coloma respirou agitadamente, como se estivesse se arejando. Nacho se preocupou com sua saúde por um instante, antes de perceber que, talvez, o grande homem estava rindo também.

— Já sabem que Dom Pio assumiu a padaria de uma tia que havia deixado o negócio de sua família, porque detestava a profissão de médico e preferia ser padeiro – interveio Fernando, com lágrimas de riso escorrendo dos olhos.

— Mas, falando de criticar a outros escritores – disse Miño Castelo, puxando nervosamente as lapelas de seu paletó de veludo –, aí está Jorge González Castillo, o último romancista best seller do horizonte nacional que está se fartando, o descarado. A meu modo de ver, pedante, pouco conceituoso e nada inteligente. Um mau romancista que ainda me deve dez mil pesetas que lhe emprestei há vinte e três anos, quando andava chupando tinta pelas redações dos jornais de Madri, para ver o que conseguia. Dele se pode notar, como bem salientava Machado em *La Guerra literaria*, que seus livros estão apenas nas mãos de seus amigos ou de seus inimigos. E que tem muitos, de ambos os lados! Caramba! se até eu estive nos dois, ha, ha, ha...!

— Não sei o que é pior, se ter muitos amigos ou muitos inimigos – murmurou Rocío ao mesmo tempo em que brincava com seu telefone celular. – Por esses pagamentos...

— Baroja sempre se queixou de que metiam o pau nele e de que, enquanto tentava defender-se, todo o mundo o puxava pelo pescoço, tachando-o de ofensivo. Quão pouco mudamos desde então – salientou Maurício Blanc, com um sorriso triste, mostrando seus dentes branquíssimos, como se estivesse procurando comprador para eles.

Baroja deixou dito por escrito que Pardo Bazán – Fernando olhou Torres Sagarra com precaução e ela lhe devolveu o olhar de um par de olhos de vidro – nunca o interessou nem como mulher nem como escritora. Dizia: "Como mulher, era de uma obesidade desagradável e, como escritora, tudo isso do casticismo e da linguagem não tive muitas condições para senti-lo."

— O velho Pio, ah, sabia aprontar, o sem-vergonha – deixou escapar Rilke Sánchez.

— Conheço um acadêmico, um maiorquino doido, fanfarrão como só ele, que publicou um estudo sobre as acusações e invectivas de que Baroja foi alvo por sua vez. Não são poucas, com certeza – disse Maurício, depois de sorver seu jerez.

— Cara, quem dá, recebe mais cedo ou mais tarde.

— Bem, falando em dar – disse Miño –, conheço alguém que te sacode toda vez que tiver oportunidade, Fernando.

— A mim?

— O mesmo que viste e versa.

— Quem?

— Não imaginas? Como és pouco imaginativo para ser poeta!

— Pois não, não atino. Passam por minha cabeça tantos candidatos que... E já sabes que estou muito afastado de tudo isso. Dos palácios da vaidade. Morando nos Estados Unidos, não incomodo ninguém – confessou Fernando – ou pelo menos tento.

— Pois então, Raul Hazar, quem mais se não ele?

— Raul Hazar? E quem é esse cara?

— Já sabes. Crítico e antologista. Autor de várias antologias de grande peso, em nenhuma das quais te incluiu, claro. E também poeta. Meteu-se a poeta faz três anos, já crescidinho. Disse que escrevia versos desde os nove aninhos, mas tinha tido receio de publicar.

Fernando murmurou várias vezes o nome entre dentes, na realidade, tentando mascá-lo.

— Ah, caramba, sim! Já sei de quem estás falando. E me fustiga, dizes...?

— Escreve em uma revista em que te menciona a dois por três. Sempre mal.

— Mas se o li e todo. Alguém me enviou um livrinho dele a Nova Iorque.

— A última coisa que escreveu sobre ti, que eu saiba, dizia que és pouco digestivo; ou seja, que teu verbo é indigesto. Mas te chamou de coisas muito, muitíssimo piores, que beiram a difamação pessoal. Ah, não sabias? – O semblante de Miño se iluminou ao ver-se portador de tão más notícias. – Enfim, o caso é que garante que teus versos podem causar dores de cabeça e que é assim porque não te alimentaste com os verbos adequados. Que estás fadado a perder-te pelas más leituras, vamos.

Fernando deu um pulo que por pouco não o fez sair em disparada.

— Que sacana! Indigesto eu? Mas se eu li o que escreveu, esse tipo. Indigesto, diz! Eu! Eu escrevo uma poesia... – Fernando perscrutou o teto procurando inspiração –, uma poesia... emoliente, anti-inflamatória, calmante... Minha poesia é como a malva e a erva cidreira. Não, caramba! Enquanto ele, pelo que recordo desse pássaro, é um poeta abominável, porque li o maldito livrinho, que, se chego a saber, jogo-o pela janela... E isso que certamente o escreveu em posição de firmeza, convencido de que estava fazendo algo tão importante como o que fez Moisés ao ditar o Deuteronômio. Caso o ditasse, claro. Ou como Newton redigindo os *Princípios Matemáticos da Filosofia Natural*. Esse cara.... a poesia que escreve provoca bloqueios de fluxo na corrente de sentimentos da alma. E dislexia. – Respirou agitado e abanou-se com sua própria mão. – Já estou acreditando que estou contaminado por más leituras. Se até a ele o li! Tenho de tomar nota de seu nome, para não esquecê-lo de novo, para que não vá encontrá-lo em algum lugar e o cumprimente como se nada tivesse acontecido. Porque esses idiotas logo se encontram contigo por aí e se aproximam para estender-te a mão, como se fossem colegas teus de toda a vida. Tenho tendência a esquecer quem são esses dom-ninguéns, de modo que decidi anotá-lo – explicou Fernando, e logo tirou uma caderneta e um lápis miúdo. – Como dizes que se chama?

Dona Agustina entrou na sala de passo decidido, acompanhada por seu gato, que avançava colado nas paredes e nos móveis, como um agente federal em uma série de televisão americana, rodeando a casa de um psicopata.

— Alegro-me ao ver que estão aproveitando – disse com um toque de ânimo na voz que contrastava com a secura de seus olhos. Deu uma olhada ao derredor, como se contasse a todos. – A comida já está pronta. Mas, hum, vamos ver... aqui falta Richard Vico. Onde está o adorável Richard? Fernando, a ti, sempre te vejo, não importa para onde eu olhe.

— Ele gosta muito de aparecer – opinou Torres Sagarra com o olhar fixo e ousado de um jovem pistoleiro.

— Quem, euuu...? – Fernando levantou as mãos acima da cabeça, escandalizado. – Que gosto de aparecer? Mas se saio menos que Bin Laden!

— Esta manhã não desceu para o café – comentou Rocío, sem levantar os olhos de seu aparelho. – Falo de Richard, claro.

— Carlos... – Dona Agustina chamou o criado. – Sobe a seu quarto e chama-o para que desça para comer. – Voltou-se novamente para os poetas: – Está muito magro.

Nacho levantou-se e se aproximou da velha senhora, enquanto todos os seus companheiros se dirigiam para o refeitório.

— Dona Agustina, espere... – Pigarreou um pouco e prosseguiu: – Tenho uma curiosidade, talvez a senhora possa satisfazê-la... – Não sabia se estava escolhendo as palavras corretas, mas normalmente lhe acontecia que, quanto mais pensava em como dizer as coisas, mais dificuldade tinha para dizê-las. Por isso gostava de escrever poesia: era a única maneira que havia encontrado de sentir-se livre com a linguagem. E livre em todos os sentidos. – Gostaria de saber se Fábio Arjona trouxe um computador quando chegou a esta casa.

A mulher ficou impassível, esquadrinhando-o com tal intensidade que o fez sentir-se inseguro.

— Computador?

— Sim, já sabe. Um laptop. Um computador portátil. Como o que a senhora mesmo tem.

Dona Agustina deu meia-volta pesadamente e passou a andar atrás do resto dos comensais. Nacho percebeu que tinha uns braços tão finos como os de um menino doente.

— Não, não acho – falou a mulher. Nacho teve a impressão de que tinha dificuldade em pronunciar as palavras.

— Não o viu com uma maleta quando chegou? Ou talvez viu a polícia levá-lo...

— Não, os policiais me deram uma lista dos objetos pessoais que levaram, para ver se havia entre eles algo que pertencesse à casa, e não me lembro se nessa lista estava incluído algum computador.

Ergueu os olhos para Nacho, que a ultrapassava em altura quase meio metro. Exibiu um brilhante sorriso. Como o cartaz luminoso de "Bem-vindos a Las Vegas". Mas também como se dispusesse dentro de si uma cortina de plástico que poderia cobri-lo a qualquer momento.

— Sinto muito. Tens algum interesse especial em...?

— Não, é simples curiosidade. Muito obrigado.

A senhora suspirou e tomou o braço do homem como se ela se dispusesse a entrar em um salão de baile.

— Vamos comer, que já está na hora.

Mas não, não chegaram a almoçar ou, pelo menos, não o fizeram sentados todos juntos à mesa.

Quando estavam se acomodando, cada um em seu lugar já mais ou menos indicado pelo costume (o direito consuetudinário dos encontros literários; no Cigarral, não havia plaquetas com os nomes de cada um diante das cadeiras), Carlos entrou na sala de jantar com aspecto agitado.

Sua presença foi precedida do som de uma trovoada lânguida e distante. Uma das coisas que Nacho mais tinha gostado de aprender na escola – a disciplina de Ciências Naturais era sua favorita, na qual tirava as melhores notas – foi calcular a distância em que se encontrava uma tempestade. Basta observar a luz do relâmpago e depois contar os segundos que levava para ouvir o trovão. Depois, esses segundos eram multiplicados pela velocidade do som e se obtinha a distância em metros em que o raio havia caído. Assim se sabia que trecho faltava para a tempestade percorrer até situar-se acima de sua cabeça, se o vento não a levasse em outra direção, claro.

A esse trovão seguiu-se outro, com maior estrondo; mas ainda não se distinguia a luz dos relâmpagos em parte alguma. A trovoada ainda estava longe. Tapada pelas montanhas de Toledo, talvez. Na melhor das hipóteses, não tinha superado a serra de Guadalerzas. Mas devia ser potente, pois seu eco era percebido até na cidade.

O homem, Carlos, indiferente às maquinações do céu, retorcia as mãos, em seguida as levava a suas faces e as esfregava nervosamente. Apresentava um aspecto suarento e lastimoso, e parecia ter encolhido ainda mais de tamanho.

— Senhora, senhorita! Por favor, senhora. Não pude... – disse Carlos, ou melhor, gemeu. – Não posso, senhorita.

Dona Agustina franziu a testa e interrogou-o severamente com seus olhos azuis de cão.

— O que há, Carlos?

— O rapaz, senhora. O rapaz! Está adormecido ou, não sei, não consigo acordá-lo. Por favor, senhora. Vá a senhora. Olhe, se lhe parecer, senhorita... Eu não consegui nada, senhorita. Por favor...

Dona Agustina levantou-se, de sobressalto. Na mesa logo caiu um silêncio sepulcral, cobrindo a todos com uma espécie de manto de gelo.

— O que estás dizendo? Acalma-te – Dona Agustina atravessou o refeitório e se aproximou de Carlos, que tinha começado a chorar silenciosamente.

— Vá, senhora. Eu não posso... – soluçou. Fez um bico que lhe enfeou o rosto, porque deu a sensação de que seus traços transbordavam e não cabiam em tão pouco espaço.

Rocío levou as mãos à boca e abafou um grito. Depois saiu correndo atrás de Dona Agustina, que já estava subindo as escadas para o primeiro andar da casa, onde ficava o quarto de Richard.

Nacho também se levantou da cadeira e seguiu as duas mulheres, com largas passadas. Ao passar ao lado de Torres Sagarra, sentiu que lhe dava, sem querer, um golpe com o cotovelo em cheio em seu pescoço. Gritou um precipitado "perdão!, Margarita", e saiu da sala de jantar sem olhar para trás.

Apenas uns segundos depois, os poetas que haviam ficado sentados na sala de jantar puderam ouvir os gritos de dor de Rocío. Com sua veemência, ressoou por toda a casa, embora esta fosse enorme.

— Nãooo...! Não, meu Deus, não, por favor! – A voz da jovem soou como uma facada que rasgava o ar; um ar tão agitado e turbulento que quase tinha a densidade da água. Da água suja.

Richard Vico jazia de lado sobre a cama de seu quarto. Estava despido e, por uma vez, tinha os cabelos emaranhados, entrelaçados por um suor frio. No quarto em penumbra, pois as cortinas estavam fechadas e as janelas de madeira também fechadas, respirava-se um odor forte e amargo. Seu corpo esguio, com o estômago achatado, pênis pequeno, macilento e enrugado e as pernas frouxas, estendidas de qualquer maneira pela cama desarrumada, sob a pouca luz do quarto, davam-lhe o aspecto do borrão feito rapidamente a carvão por um desenhista de esboços desanimado. Ou de um Jesus Cristo de tamanho natural que acabara de desprender-se de sua cruz em cima da cabeceira do tálamo.

Dona Agustina acendeu a luz, situada perto da porta, na entrada, e a cena se ressaltou ao mesmo tempo em que o grito de Rocío enchia o quarto e se espalhava pela casa como a fumaça de um incêndio devastador.

Nacho se aproximou do corpo, que não mostrava nenhum sinal de vida nem de movimento, e pôde ver a seringa ainda presa na veia de Richard, na coxa esquerda, muito perto da veia femoral. Seu braço esquerdo apresentava alguns cortes paralelos, ainda frescos, como se não fazia muito que se havia cortado ali com alguma coisa.

— Não devemos tocar em nada, por favor – segurou Rocío, que fez menção de precipitar-se sobre Richard.

Dona Agustina reclinou a cabeça contra a parede e fechou os olhos. Com voz queixosa disse:

— Santa Maria, Mãe de Deus...

Rocío começou a chorar e deslizou para o chão, onde se agachou, segurando as pernas com os braços e batendo com a cabeça repetidas vezes contra seus joelhos.

Aos pés do morto, Nacho viu um pedaço de papel amassado. Aproximou-se para examiná-lo melhor e pôde ler algumas palavras escritas por um pulso, sem dúvida, trêmulo:

*Perdoa-me, R.*

O papel era fino e não parecia ter algo mais escrito no verso, pois, se havia tornado transparente. Nacho não o tocou.

A dona da casa recuperou então o domínio de si mesma e reuniu-se com ele. Deu uma olhada também no papelzinho e depois voltou a amparar-se no vigoroso braço do meteorologista, como uma arara que se agarra em seu poleiro.

— Como era o que dizia Paul Éluard? – perguntou suavemente a velha senhora. – Ah, sim: há outros mundos, mas estão neste. Bem, eu diria que não é assim. Diria que há outros mundos, mas que não saímos deste.

Nacho apontou para os restos de Richard Vico com o olhar.

— Bem, eu atreveria-me a garantir que ele já o conseguiu. Que conseguiu escapar deste – disse, também em voz baixa. – Parece, pelo menos.

— Creio que já podemos nos acostumar com a ideia de que não vamos receber a visita do ministro depois de amanhã – suspirou

Dona Agustina, e Nacho a observou de cima abaixo, perplexo.

Enquanto o juiz procedia ao levantamento do cadáver e a polícia fazia seu trabalho, o grupo de poetas reuniu-se na biblioteca para não atrapalhar, depois de haver declarado diante dos dois inspetores que agora rondavam a casa com o semblante preocupado de agrimensores de abismos.

Dona Agustina confessou-lhes que, se fosse por ela, encerraria o encontro nesse mesmo momento e cada um poderia voltar para casa, inclusive ela própria, porque pensava em abandonar a propriedade enquanto lhe fosse possível, mas o comissário de polícia científica, o comissário geral da polícia judiciária e os dois inspetores que investigavam o caso de Fábio Arjona, lamentavelmente, não eram da mesma opinião.

— Preferem, já ouviram todos o inspetor Gámez Osório, que fiquemos aqui um pouco mais, para o caso de que necessitem interrogar-nos de novo ou... Não sei, ou algo. De qualquer modo, o encontro ainda não está concluído, segundo tínhamos previsto – disse-lhes com os olhos cortados pelo pesar e pelo cansaço. – Tudo indica que esta morte não é como a de Fábio Arjona. Mas mesmo assim se configura como espantosa. Richard... sem dúvida morreu de uma overdose de heroína ou... Não sei, não entendo muito de drogas. Mas, em todo caso, é o médico legista quem deve dar a última palavra. E, por falar em palavra, já ouviram: é melhor que ninguém de nós fale com a imprensa, caso alguém dos presentes receba um telefonema de algum jornalista. Meu secretário, Teodorico, julga que seria conveniente tornar público um comunicado. Ele mesmo se encarregará, de sua casa, apesar de sua enfermidade, de enviá-lo a várias agências. Em resumo, deverá dizer que lamentamos profundamente os trágicos acontecimentos que tiveram lugar nesta casa nos últimos dias, pelas vítimas e por suas famílias, e que respeitamos o inquérito policial e o segredo de justiça, com o que nada mais temos a acrescentar, no aguardo de que sejam concluídas as investigações em andamento da polícia. Creio que o receberão em tempo de publicá-lo nos jornais de amanhã.

Pascual Coloma não estava presente, havia se retirado a seu

quarto pouco depois da descoberta do segundo cadáver e depois de obter permissão da polícia, alegando uma terrível enxaqueca. Ninguém duvidou de que dizia a verdade.

— Acreditam que Richard se suicidou? – perguntou Jacinta Picón. – A nota e tudo isso, não sei, dá a impressão de que...

— Têm certeza de que era sua letra, de que a letra dessa nota de... suposta despedida é de Richard? – Miño estava com a testa franzida e um estro que dizia claramente: "Para mim, todos vocês são suspeitos, desta morte e da outra, e daquelas que podem ocorrer em um futuro imediato."

— Como está Rocío? – voltou a perguntar Jacinta. – O que o médico disse?

— Está no hospital Virgen de la Salud. A médica que a atendeu diz que está em choque pós-traumático. Ministraram-lhe um calmante forte e passará a noite ali, em observação. Provavelmente poderá voltar amanhã. Ver assim Richard chocou-a. Pobrezinha. Gostava muito dele. Quando entrou na ambulância, a caminho do hospital, não deixava de repetir isso, que o amava muito, muito, muito.

— Mas havia algo entre eles, ou não? – a pergunta indiscreta partiu da boca de Fernando e ficou esvoaçando como uma mariposa em torno de uma lâmpada fluorescente.

— Não faço nem ideia. – Rilke sacudiu a cabeça, intrigado, pensando que ele, na realidade, acabava de conhecer a ambos fazia pouco mais de quatro dias.

— Eles saberão. Bem... ela. Rocío, a menina... – disse Cecília Fábregas com o rosto desfigurado e os traços de tristeza que lhe pontilhavam a pele de rodelas mortiças como uma maquiagem caducada. – Leram os jornais? Santo céu, eu... Falam que todos nós somos "suspeitos" de assassinato. Estão escrevendo o que eles acreditam que é a roupa suja de nossas vidas e expondo-a sem o menor pudor e com toda a inexatidão possível, para que seja mórbida. Quando esta morte, a de Richard, também chegar aos ouvidos dos meios de comunicação... Que mais vão dizer de nós? É como se este encontro estivesse amaldiçoado. – E repetiu, tensa: - Amaldiçoado, maldito...

Dona Agustina, com a inestimável ajuda de seu secretário ausente por motivo de doença (Nacho suspeitava que, simplesmente, o homem tinha se retirado do meio porque não gostava de lidar com tão egrégia companhia), tinha preparado um dossiê de imprensa sobre o assassinato de Fábio Arjona, que estava à disposição dos convidados na biblioteca, junto com as notícias e as publicações semanais, mas Nacho ainda não tinha tido tempo de concentrar-se em sua leitura com tranquilidade. Prometeu a si mesmo que não demoraria a fazê-lo.

— A verdade é que... sim. Eu nunca tinha tido tanta notoriedade – resmungou Pedro Charrón com um sorriso irônico. – Nem mesmo por ocasião de meu livro, que foi vendido até nas padarias. Inclusive os jornais que me movem guerra falam de mim! Desculpa, Cecília, mas eu, apesar de tudo, estou feliz... Como dizia Cela, que falem de mim, mesmo que falem bem! Quando penso no que falarão em minha aldeia...!

— Não sejas tão frívolo, Pedro – recriminou-o Fernando.

Pedro soltou um palavrão e, quase se engasgando com a risada, respondeu:

— Não me dê lições de solenidade, caro amigo! Como te atreves? Tu, que usas essas camisas...

— E tu me vens a dizer isso, prezado sócio, que, ao levantar-te, não és capaz de calçar dois sapatos da mesma cor?

— Oh, vamos, deixem disso, por favor... – recriminou-os alguém.

Jacinta Picón quase tropeçou em Nacho quando saíam da biblioteca. Torres Sagarra marcava seu passo, seguindo-a com assombrosa desenvoltura, apesar de seu tamanho.

— Ai, desculpa, pois! Pisei em ti, sinto muito.

— Não é nada, não te preocupes.

Jacinta lhe dedicou um sorriso sugestivo. Estava tentadora com aquele vestido de *cocktail*, com reflexos dourados de Jovani, e Nacho pensou que tinha melhor decote que a menina da época de seu trabalho. E isso já era dizer muito.

— Descobri um lugar encantador, do outro lado da propriedade – sussurrou Jacinta a meia-voz. – Não se vê de dentro da casa, de modo que não é um lugar muito frequentado. Queres vir tomar um chá? Alina nos levou alguns petiscos. Estou morta de fome. Não sei por que tudo o que tem a ver com a morte sempre me abre o apetite. Certa vez li um livro da marquesa de Maillé, *Les cryptes de Jouarre*, e enquanto o devorava, embora não saiba se esta é a palavra correta, engordei dois quilos.

— Que pena! – disse Nacho, e imediatamente sentiu-se estúpido.

A tempestade estava se fechando acima deles e agora sim podiam distinguir os relâmpagos, que invadiam as salas do Cigarral com a desfaçatez de gigantescos faróis da polícia.

— Está começando a chover, Jacinta – disse Torres Sagarra. – Se não nos apressarmos, vamos ficar empapadas.

— Há guarda-chuvas no hall de entrada – explicou Dona Agustina, que passou ao lado dos três sem olhar para eles, como um convicto recém-saído do confessionário, que se dirige, resignado, para cumprir seu destino.

— Vamos.

A luz que envolvia os jardins era metálica e espasmódica, conferia ao espaço uma aparência de limbo azulado em que abundavam os fenômenos. Tomaram uma das muitas trilhas do terreno, caminhando um atrás do outro, como uma fileira de formigas eufóricas e determinadas. Jacinta abriu caminho.

Tratava-se de uma bela estufa, oculta atrás de um grupo espesso de ciprestes, pinheiros suíços e pessegueiros em flor.

— Que beleza! – elogiou Nacho quando Jacinta parou diante da porta, indicando-a como uma guia de turismo que se atribuíra o mérito da catedral que aponta com seu vibrante guarda-chuva vermelho.

O meteorologista se referia com sua exclamação tanto ao local do jardim, que verdadeiramente era lindo, marcado pela incipiente chuva, como à mulher, que sorria como uma menina excitada por sua descoberta.

— Encontrei-o no primeiro dia, quando chegamos – explicou, com o rosto iluminado de satisfação. Um relâmpago lhe apagou e lhe inflamou o rosto em um instante. – Tu não tinhas vindo ainda, claro.

— Já podemos entrar? – protestou Torres Sagarra – ou vamos ficar aqui fora para fazer um piquenique? Logo vai anoitecer, e...

— Oh, está bem, vamos entrar – cedeu Jacinta. – Que há com teu espírito aventureiro, com teu afã poético, Margarita?

— Vou dizê-lo quando estiver ao abrigo ali dentro. Talvez o tenha deixado em meu quarto, mas vou procurá-lo em meus bolsos.

— Aaah! Que mulher!

— E não me chames de Margarita.

Na estufa havia uma esquálida lâmpada que pendia do meio do teto e espargia uma luz enfermiça, típica de um desvão ou de um celeiro.

— Este local não está destinado para passar a noite.

— Sim, mas não me digas que não tem seu encanto. Claro, não é igual ao dos Kew Gardens, mas não está nada mal. Oxalá eu pudesse ter algo parecido em minha casa. E o ambiente é superior. Os trovões e os relâmpagos, a luz misteriosa que se infiltra aqui, procedente do exterior entenebrecido e palpitante, o cheiro das flores, esta lâmpada que que poderia iluminar um velório do início do século passado... – Jacinta andou entre os vasos de flores com facilidade. – Ah, aqui estão os alimentos...

Alina havia arrumado uns copos e uns petiscos cobertos com toalha de papel em uma bandeja, em uma mesinha de ferro pintada de branco, de aspecto não muito sólido, que normalmente servia para colocar os regadores. No chão havia uma geladeira portátil com bebidas. Uma garrafa de vinho, refrigerantes e duas cervejas em lata.

— Belo banquete – lambeu-se Jacinta. – Hoje não é o caso, mas às vezes, quando estou com muita fome, chego a pensar que a vida tem sido em vão. Enquanto como um pouco, minha depressão se esvai – explicou, animada. – Sentem-se, boa gente, acomodem-se. Vamos desfrutar por uma vez do efeito estufa...

Nacho riu de bom grado.

Enquanto repartiam as provisões e logo se refestelavam com elas, contaram histórias de medo, de casas assombradas e de mortos que passeiam sua putrefação na escuridão dos cemitérios, reclamando dos vivos um acerto de contas enquanto o vento sopra entre os túmulos e os fogos fátuos iluminam os campos santos com sua luz fosca e ameaçadora.

— Os fogos fátuos são uma grande invenção para resolver o problema energético. Com o aumento da conta de luz! – riu Jacinta.

O meteorologista contemplou-a com prazer. A comida frugal e

simples, de petiscos de queijo de La Mancha em azeite, regados com vinho da terra, estava sentando maravilhosamente depois de tantos pratos aparentemente refinados, servidos sobre toalhas enfeitadas de orlas e guarnições de seda bordada.

— Eh, escutem – disse Jacinta.

Torres Sagarra fitou-a com os olhos revirados. À luz amarelada da estufa, dava a sensação de que alguém havia esvaziado sobre seu cabelo um pote cheio de cinzas.

— Eu acho... – continuou Jacinta – creio que deveriam mudar o nome deste local. Em vez de chamar-se Cigarral de la Cava deveriam denominá-lo A Cripta dos Poetas. Que lhes parece? E, a propósito, quem acham que vai ser o próximo de nós a cair? – Deu uma risadinha insossa e Nacho julgou perceber uma nuvem de medo cruzando seus olhos vivaldinos.

O homem encolheu os ombros. A chuva começou a bater com fúria no telhado de vidro da estufa. Ouviram cair, perto deles, um goteira em um balde de metal estrategicamente situado. Furiosa, torrencial, a água que baixava do céu, espessa como sangue, e Jacinta sentiu um calafrio que fez o seu corpo tremer.

— Estás com frio? – perguntou-lhe Torres Sagarra. – Essas roupas tão leves que vestes não são as mais adequadas para esta época.

— Não, não estou com frio. Foi uma tremedeira, nada mais. Às vezes, as sinto, a propósito de nada.

— Não acho que vá haver mais mortes – disse Nacho.

— Como sabes? – perguntou Torres Sagarra.

— Porventura és tu o assassino e por isso estás tão certo? – falou Jacinta docemente, sibilando como uma víbora.

— Relembro-te que eu não estava aqui quando assassinaram Fábio Arjona. Tenho um álibi magnífico: a essas horas estava trabalhando em San Sebastian de los Reyes, a mais de setenta quilômetros do local do crime. Em estúdios de televisão. Viram-me pelo menos quarenta pessoas. Contudo, contudo... creio que nenhuma de vocês duas pode dizer o mesmo. He, he.

— Ah, está bem, se te posicionas desse modo...

— Falando sério, acho que aquilo que está acontecendo aqui gira exclusivamente em torno da figura de Fábio Arjona. O caso de Richard... Já veremos se tem algo a ver com seu assassinato.

— Tu, que achas? – Ainda não sei ao certo, embora tenha minhas suspeitas, por ora todas sem confirmação.

— O que surpreendeu-me é a aversão que todos nesta casa parecem sentir para com o morto. Refiro-me a Arjona. – A voz de Nacho ficou quase sufocada pelo ruído da chuva batendo no telhado e nas paredes da estufa.

— Sim, claro, porque todos gostavam de Richard – assentiu Torres Sagarra.

— Sim, certamente. Tão frágil, tão doce, tão grande por dentro. – Jacinta fez um gesto com a mão que delineou uma cambalhota no ar, e então cruzou os braços, com a aparência de sentir-se entorpecida de frio. – Fiquei muito sensibilizada com sua morte. Muitíssimo, podem crer.

— A propósito... – quis saber Nacho – alguma de vocês duas estava no banheiro que dividimos no segundo andar, na primeira hora desta manhã, pelas sete horas?

As duas mulheres entreolharam-se e negaram com a cabeça ao mesmo tempo, enquanto fechavam e abriam as pálpebras com a diligência de pequenos para-brisas.

— Não sei, é que me pareceu ouvir... – Nacho recordou os gemidos femininos, nos quais não tinha voltado a pensar até agora, e resumiu que, se nenhuma das duas mulheres que estava diante dele havia sido a autora, caso lhe dissessem a verdade, as outras aspirantes a senhora desconsolada ao amanhecer eram Rocío e Cristina Oller. Sempre que ninguém mais, de outro andar (como Cecília Fábregas, que ocupava um quarto no primeiro piso) se tivesse introduzido no banheiro, talvez fugindo de seus colegas de andar. Dona Agustina tinha seu próprio banheiro e Nacho não considerava provável que se dedicasse a visitar banheiros alheios a essas horas intempestivas para derramar umas lágrimas, podendo fazê-lo com tranquilidade naquele de sua alcova. – Bem, não tem importância. Vocês duas também o detestavam? Fábio Arjona, claro.

Torres Sagarra e Jacinta Picón olharam-se de novo durante um instante e se remexeram ao mesmo tempo em suas incômodas cadeiras de vime quase podre, que rangeram acompanhando o ritmo da chuva.

— Quem não tinha uma conta pendente com ele? – admitiu a

mulher mais velha.

— Era uma peça e tanto. Mas daí a assassiná-lo... Não sei. A brutalidade da arma branca, um punhal cravado no coração... Quem é capaz de algo assim? São necessários motivos muito fortes para isso – assentiu Jacinta.

— Tive sérios problemas com ele há anos. Ainda não o esqueci, nem creio que nunca o faça – confessou Margarita Torres Sagarra.

— Ah...

— Sim. Trabalhamos juntos durante alguns anos no mesmo departamento da universidade. Ele se tornou, em certa medida, graças a mim, um dos catedráticos. Sempre gostou de ser o dono do curral e, embora houvesse outros que lhe faziam sombra, não deixava de esticar o pescoço em sua tentativa desesperada de deixá-los abaixo dele. Sabem o que dizia Unamuno do caráter espanhol, que há no fundo de nossa alma uma propensão em julgar-nos ricos, mas em proporção à pobreza dos outros. Nisso, Fábio era profundamente espanhol. Não lhe bastava estar no topo, e estava. Muito alto. Tinha necessidade de ver a todos os outros rastejando embaixo, onde ele pudesse confundir-nos com qualquer inseto, com qualquer verme.

— Acho que, no fundo, tinha um monumental complexo de inferioridade – disse Jacinta, acariciando-se um braço lentamente, mimando-o com as pontas dos dedos entumecidos.

— Ele me roubou uma... – Torres Sagarra observou Nacho com olhinhos brincalhões. – Não, não, já sei o que estás pensando, e estás enganado.

— Que, que estou pensando? – Nacho virou a cabeça olhando a seu redor, como se seus pensamentos se tivessem encarnado e espiassem por cima de seus ombros, como observadores indiscretos em torno de uma mesa de jogadores de roleta russa, e ele pudesse espantá-los com um safanão.

— Pensas que sou lésbica e que me roubou alguma namorada. – A mulher riu com vontade. – Não sou lésbica. Olha, não costumo falar sobre essas coisas, mas o vinho me terá soltado a língua e... bem, aí vai. Sou assexual, rapaz, não faças essa cara, está bem? Mas não ando por aí repetindo isso, pois, é algo que ninguém entende. Ninguém entende que alguém possa desinteressar-se pelo sexo. Neste mundo absurdo dominado pelos apetites, pela cobiça, pelos excessos e pela avidez, oferece-se compreensão, clínica e até assistência social aos maiores pervertidos sexuais, filhos de cadela, e tudo mais que se possa imaginar. Há sempre algum especialista disposto a explicar (o que é uma maneira de justificar) suas aberrações, lançando mão de manuais empoeirados e da habitualmente desgraçada história pessoal do depravado em questão. Mas se disseres que o sexo não te interessa... Amigo, não esperes que alguém te leve em consideração e te ofereça seu ombro, ou uma página da web a propósito de teu problema. Imediatamente te convertes em proscrito. Uma sociedade em estado de perene excitação, sexual e de todo tipo, não tem espaço nem tempo para ocupar-se de semelhante estupidez, de modo que opta por ignorá-la.

— Eu nunca disse em nenhum momento que pensava que eras, isso..., homossexual – murmurou Nacho muito sério, contendo o soluço e começando a sentir o efeito do vinho em seu estômago e em suas veias, embora afirmasse que a mulher tinha toda a razão, porque era exatamente isso que pensava até um instante apenas: que Torres Sagarra era lésbica. Por Deus.

"Que menina mais esquisita."

— Está bem, dá na mesma. O fato é que Fábio me roubou. Uma vez, e depois outra. Duas vezes. Abusiva e despoticamente.

— Caramba!

— Sim. Naquela época eu era uma doutoranda e ele aspirava a uma cátedra. Mas publicava pouco e, embora contasse com os apoios necessários, faltavam-lhe pesquisas de impacto, nas quais pudesse respaldar sua promoção. O velho Arnés, que o bloqueou como uma porta durante seus muitos anos como assistente na universidade, ainda continuava movendo guerra e Fábio necessitava apresentar pesquisas que o ajudassem, e que não tinha, para evitar que Arnés, que continuava tendo muita influência, voltasse a bloqueá-lo.

— Já entendo – disse Jacinta, e sorveu o vinho enquanto olhava ao redor com semblante apreensivo, perplexa com os raios de luz que estalavam a sua volta com um fulgor irritado e que tão decorativos lhe haviam parecido há uns instantes.

— Eu tinha redigido um estudo deslumbrante, porque assim o classificou meu diretor de tese, sobre *O filósofo autodidata*, de Abentofail. Não quero aborrecê-los com detalhes acadêmicos sobre porque meu estudo era tão bom, mas acreditem que o era. E continua sendo, podem lê-lo quando quiserem, porque foi publicado. Consegui que fosse publicada há poucos anos uma versão da tese. Bem, estava dizendo... Fábio ficou sabendo da tese antes que eu a defendesse, inclusive antes que a acabasse, porque lhe entreguei um capítulo para submetê-lo à sua apreciação, visando a publicá-lo como artigo em uma revista que ele controlava, visto que era diretor do conselho editorial. Eu precisava publicá-lo; pensava extrair pelo menos cinco bons artigos daquela tese que ainda não tinha terminado de redigir.

— E Fábio ficou encantado com o artigo.

— Claro. E afirmou que merecia ser publicado em grande estilo. Não em sua revista, mas em uma americana de hispanismo, dessas que te dão muitos pontos para acrescentar ao currículo e te transformam da noite para o dia em uma pesquisadora de primeira.

— Ah, bem...

— Não terminei ainda. – Torres Sagarra levantou a mão e sua voz enrouqueceu com um sotaque autoritário. – Ele me disse que o melhor – sorriu com tristeza e uma estranha palidez amarelou seu rosto –, que o melhor seria que assinássemos o artigo os dois, ele e eu. No final das contas, eu era uma completa desconhecida; por mais brilhante que fosse o artigo, nunca conseguiria que o aceitassem em uma revista de primeira classe. Mas ele era conhecido no mundo do hispanismo e tinha seus contatos, e... De início eu não disse nada, sentia-me tão ofendida que não consegui articular palavra. Mas ele... Bem, o fato é que me pintou isso de tal maneira que lhe disse que iria pensar.

— E consultaste alguém, teu orientador de tese?

— Não, Fábio me pediu que tomasse uma decisão por mim mesma, pensando em meu futuro. Aquilo poderia ser um grande passo para mim na universidade e contava com isso... Bem, as pessoas com quem falara disso talvez não se mostraram muito objetivas e não pensaram tanto em mim como em prejudicar a ele. "Já sabes que não me faltam inimigos", disse-me Fábio.

— E decidiste aceitar sua proposta.

— Sim, foi o que fiz. Disse-lhe que mais adiante. Sentia-me

esperançosa, acreditava realmente que seria um bom salto para cima em minha carreira. Era jovem, tinha fé e acreditava que meu trabalho merecia essa oportunidade.

— O artigo foi publicado, então.

— Sim. Mas meu nome figurava em segundo lugar, como se eu tivesse sido a simples assistente de Fábio, tendo em conta nossas posições acadêmicas, e ele o pesquisador responsável que havia concedido-me a graça de deixar que meu nome aparecesse em um trabalho seu, porque talvez, há daqueles que creem nessas coisas, eu lhe havia servido cafezinhos enquanto ele materializava o trabalho, ou ainda, eu lhe havia dado uma mão com as fotocópias.

— Não! Claro, além do mais, tu eras mulher. As mulheres sempre passamos por secretárias desses caras – queixou-se Jacinta.

— E não protestaste, não foste vê-lo para dizer-lhe o que pensavas?

— Claro que o fiz. Mal recebi a revista pelo correio, fui à universidade e o procurei até atrás dos rodapés. Quando consegui encontrá-lo e lhe disse o que pensava, ficou muito ofendido.

— Mais essa!

— Gritou comigo até, chamando-me de ingrata, soberba e histérica. Ele ficava encantado com a ideia da histeria feminina. Dizia que não era por nada que a palavra provém do grego "útero". – Ela suspirou com resignação. – Levantou sua voz e se espichou como um desses palhaços que vêm dentro de uma caixa, impelidos por uma mola que faz sua cabeça saltar violentamente quando se abre a tampa. Fiquei assustada. Comecei a pensar que ele tinha razão, que na realidade talvez devia agradecer-lhe humildemente o favor e afastar-me de sua presença, arrastando o traseiro no chão que ele acabava de pisar.

— Não me digas que foi exatamente isso que fizeste... – Jacinta o apontou maliciosamente com a mão. – As mulheres, não temos escolha.

— Mais ou menos. Pedi desculpas e tratei de acalmá-lo. Tinha um temperamento bastante colérico e eu não estava em condições de desafiá-lo. Engoli meu ressentimento e lhe pedi perdão.

— Isso. Ora essa...

— Não voltei a vê-lo durante meses e tudo ficou assim entre nós.

Continuei escrevendo minha tese, mas em uma viagem a Sevilha, para consultar um mapa do Arquivo das Índias que me fazia falta para completar um trabalho de rotina, de que havia sido encarregada, sobre Fernando de Magalhães, fui visitar várias vezes um sacerdote ancião, tio de uma amiga minha, bibliófilo consumado, amante da poesia árabe, sobre a qual eu tanto havia trabalhado. O homem era encantador, e inclusive nos tornamos amigos. Morreu há dez anos e o chorei como a um pai. Tinha uma biblioteca espetacular que, é claro, não era sua, mas da Igreja Católica, como todas as suas posses neste mundo. Havia sido pároco de um vilarejo perto de Sevilha, em uma época em que eram demolidas as velhas igrejas para levantar monstros de tijolo com cruzes abstratas de ferro de aspecto soviético, porque a restauração era mais cara que a demolição. O homem conseguiu resgatar dos destroços, ou do fogo, quase todos os livros que se haviam acumulado na casa do padre, anexa à igreja, durante centenas de anos, antes que derrubassem a casa paroquial. Conservava-os ainda na casa que então dividia com outros religiosos aposentados. Ali, remexendo na biblioteca do tio de minha amiga, que foi jesuíta em sua juventude antes de tornar-se padre, foi onde o encontrei. – Margarita Torres Sagarra fez um esforço para que sua voz não soasse perturbada, mas não conseguiu.

— O que, o que encontraste?

— Os textos de Abul-Beka.

— Ah, olha só, que sorte.

— Eram uma delícia. E não me parecia que fossem conhecidos. Abul-Beka, um poeta árabe nascido em Ronda no século XIII, era conhecido por *El libro sobre las leyes de la rima* e uns quantos versos soltos, mas eu pelo menos não tinha notícia de que tivesse escrito nada parecido ao que encontrei mencionado naquela velha obra literária da biblioteca do padre.

A chuva começava a amainar e o gotejar sobre a estufa foi se tornando suave e calmo, como o caminhar de um monte de gatos vagando sobre o telhado.

— Pedi o livro emprestado ao padre, uma edição do século XVIII, que ainda conservava sua capa de couro marroquino e o aspecto sólido, atraente e inevitável dos livros feitos para durar. A tradução do árabe era bastante malfeita, mas, felizmente, vinha acompanhada da versão original e da francesa! O livro se intitulava *Cento Litterae para la educación de niños de cualquier edad y damas cuidadosas de su hogar*, de autor e impressor desconhecidos. Estava ao lado de uns exemplares amorosamente encadernados, em um só volume, do jornal *Efemérides barométrico-médicas matritenses*. De início nem suspeitei do que tinha nas mãos.

Nacho pensou por um momento antes de dizer:

— Mas espera... Agora me lembro. Na bio-bibliografia de Fábio Arjona é creditado a ele o mérito dessa descoberta que mencionas. Li isso na Wikipedia, acho.

— É isso mesmo, claro. Assim ficou para a história, e assim ficará. Basta repetir uma mentira suficiente número de vezes para que a ilegitimidade se torne legítima, como talvez disse Montesquieu.

— Não consigo atinar aonde se quer chegar com tudo isso – disse Jacinta que, com seu vestido leve no meio da noite desagradável, parecia um triunfo humano sobre o mundo físico. Forte, arrebatadora (Nacho estava começando a pensar assim), valente. Com bom gosto para a lingerie (assomava-lhe o sutiã de renda lilás pelo vistoso decote).

Sentiu desejos de acariciar-lhe os lábios com os dedos. Quando se inclinava para colocar o copo sobre a lastimável mesa, Nacho notava que sua mente era igual a de um menino montado em uma gangorra.

Havia parado de chover.

— Não entendes? – perguntou Torres Sagarra. – Levei o livro para Madri, ainda não sabia o que podia fazer de tudo aquilo, mas esses versos soavam-me com um eco familiar. Eu o traduzi do francês e pedi a um colega que ensinava árabe para que tentasse traduzir o original. Quando tive as duas versões percebi que aquilo tinha ecos das *Coplas a la muerte de su padre*, de Jorge Manrique, com a diferença de que o árabe havia escrito seus versos mais de duzentos anos antes. Fiz uma tradução, baseada no francês e no árabe, que meu colega havia traduzido. Soava mais ou menos assim: "Onde estão os monarcas do Iêmen? Onde estão suas coroas e diademas? Reis e rainhas foram como fugidias sombras que, sonhando, vê o homem." – Torres Sagarra tomou fôlego, impelida por um arroubo. – Ora, se a esses versos, literalmente vertidos de outras línguas, se aplicava a mesma estrutura métrica das *Coplas* de Manrique, uma vez que o motivo era o mesmo (a vida e a morte, a fama e a fortuna, esse estoicismo que já estava presente no Eclesiastes e em Marco Aurélio, o *tempus fugit*, a *vanitas vanitatum*, o *ubi sunt*...), o resultado era francamente surpreendente.

— Vais dizer-nos como ficaram esses versos.

— Claro. Minha tradução final ficou assim: "Com suas cortes tão lúcidas, do Iêmen os preclaros reis, onde estão? Onde estão os sassânidas, que deram tão sábias leis, ao Islã..." A semelhança com as coplas de Manrique era meridiana. Jorge Manrique escreveu: "Que foi feito do rei Juan? Os infantes de Aragão, que é feito deles? O que foi feito de tão galante, que foi feito de tanta invenção que trouxeram?..." – Sorriu debilmente, como vencida. – Pensei que tinha descoberto que um dos pilares de nossa literatura estava baseado em algo mais que coincidências com uma obra esquecida de um infiel poeta medieval. Jorge Manrique, afinal de contas, não tinha composto nada igual de tão profundo, de reluzente e genial, que as *Coplas*. Seu cancioneiro poético não vale muito, embora tenha servido a ele para seduzir jovens senhoras. Não, sua grande obra são as *Coplas*. E eu acabava de perceber que essa infinita ternura de sua obra-prima talvez não era mais que...

— É muito interessante. Não tinha ideias claras sobre esse tema.

— Deixei de lado minha tese de doutorado e comecei a escrever sobre o assunto de Jorge Manrique e Abul-Beka. Trabalhava febrilmente. Naquela época eu não tinha uma sala na faculdade, apenas uma mesa na sede do departamento, que felizmente estava perto do radiador, de modo que no inverno não passava muito frio.

— Meu Deus, que choramingas são os funcionários – queixou-se Jacinta, brincando.

— Bem, o fato é que um dia recebi a visita de Fábio em *minha mesa*, meu escritório, para todos os efeitos. Fazia muito tempo que não falava com ele, embora às vezes o visse pelos corredores ou no barzinho. Nem ele nem eu tínhamos muita vontade de entabular conversas descontraídas, nem de trocarmos confidências, nem de convidar-nos um ao outro para um jantar íntimo. Além do mais, não sou exatamente o tipo de mulher de que ele gostava.

— Não te subestimes, Margarita, querida... – sugeriu Jacinta.

— Embora esteja morto, prefiro não subestimar Fábio, com tua licença – disse Torres Sagarra, e logo prosseguiu: – Suspeito que Fábio tinha um fabuloso instinto para detectar tudo aquilo de que podia tirar algum proveito. Era um verdadeiro predador. Cheirava a carne, ou a carniça, caso não tivesse nada de melhor à mão. De algum modo deve ter se informado de que eu andava metida em um assunto interessante. Talvez meu colega do departamento de árabe tenha comentado qualquer coisa por aí a respeito. Ou talvez tenha me visto envolvida com meus papéis na biblioteca ou em minha mesa abarrotada de volumes esfarrapados e folhas rabiscadas. Não sei. O fato é que uma manhã ele se plantou diante de mim, enquanto eu tentava isolar-me da agitação que havia em torno de mim e concentrar-me em meu trabalho. Ele distraiu-me por um momento com uma conversa fiada sobre um de meus livros de poemas, do qual eu quase me havia esquecido, porque não o tenho em muita consideração. De fato, me envergonha um pouco, porque... Bem, o fato é que Fábio, com essa sua qualidade em descobrir o que estava causando perturbação, temor ou arrependimento nos outros, esteve por uma boa hora puxando assunto sobre esse livro com uma desculpa absurda e, claro, falaciosa: disse-me que tinha uma aluna que queria fazer uma dissertação sobre ele, sobre meu patético livro, mas que não encontravam um exemplar dele em lugar algum. Com relutância, concordei em conseguir-lhe um. "Preciso dele hoje mesmo, a menina vai, dentro de poucas horas para a Itália, para estudar um semestre com um colega meu em Florença", disse-me ele. Assim me obrigou a ir buscar o ditoso exemplar em minha própria casa. Tampouco queria perder a oportunidade, por mais que não me agradassem esses poemas, de que se fizesse um estudo sobre minha obra. Passei a limpar a mesa, mas ele me deteve com uma mão de guarda de trânsito. "Se não fores imediatamente, não voltarás a tempo", disse. Repliquei que poderia enviar o livro pelo correio, mas ele se negou redondamente. A jovem não estava disposta a perder nem um só dia de trabalho, porque tinha um tempo limitado e, se não dispusesse do material, procuraria outro tema logo que chegasse na Itália. Perguntei-lhe por que não tinha vindo a estudante em pessoa pedi-lo a mim, mas afirmou que havia sido uma decisão de última hora, que havia falado com ele por telefone e que ainda não havia chegado à faculdade. Levantei, relutante e um pouco deprimida, embora a notícia não fosse má, guardei meus livros e minhas notas em uma das gavetas sem chave de minha mesa, apanhei meu casaco e minha bolsa e saí dali com a intenção de estar de volta em menos de uma hora. Resolvi que iria e voltaria de táxi, embora não pudesse permitir-me isso.

Agora, o vento silvava sua partitura de gemidos sobre as árvores no jardim. Os três escutaram atentamente por alguns segundos, antes que Margarita continuasse seu relato.

— Quando voltei para a faculdade, Fábio não se encontrava. Fui à procura dele em seu gabinete, mas estava trancado. Perguntei aos outros que rodeavam minha mesa se o haviam visto por ali, mas deram de ombros e disseram que não haviam prestado atenção ao que se passava. Entregue ao desânimo, pendurei de novo meu casaco em um cabide próximo e voltei à minha mesa com a intenção de continuar trabalhando um par de horas mais.

— Não posso crer no que vais contar agora... – adiantou-se Jacinta, mordendo os lábios avermelhados pelo vinho e pelo frio do ambiente.

Torres Sagarra assentiu com a cabeça. Seus olhos se encheram de lágrimas, mas conteve a emoção fechando as pálpebras como se fossem pequenas comportas de um dique.

— Quando abri a gaveta, percebi que meu livro estava faltando, bem, o livro que o padre havia emprestado-me; e minhas notas, todas elas; meus cadernos, pelo menos um par deles, com as amarras e a capa preta. Ele teve tempo para fazer uma seleção precisa do mais importante. Não levou nada do que não tivesse que ver com minha pesquisa. Tive certeza de que havia sido ele, desde o início. Perguntei a meus colegas se haviam notado que Fábio estava levando alguns papéis e alguns livros de minha mesa, mas responderam que ele havia ficado sentado ali, aguardando minha volta e eles não fizeram caso. "Estamos trabalhando, Torres", me disseram. E, além disso, me disseram que, quando veio me ver, trazia algumas pastas na mão, de modo que não poderiam dizer que, ao ir embora, ele teria levado algo mais "por engano".

— Que ladrão!

— Sim, com todas as letras da palavra. A partir desse dia desapareceu da faculdade e não atendia ao telefone em sua casa. Ninguém sabia como entrar em contato com ele, diziam que tinha planejado um tempo de "reclusão" para preparar o concurso à cátedra, que o haviam dispensado de ministrar aulas por esse motivo e que era normal que não houvesse jeito de localizá-lo. Nem mesmo o velho Arnés pôde ajudar-me a localizá-lo. E isso que moveu céus e terra tentando.

Os três voltaram a ficar em silêncio por uns momentos. Torres Sagarra respirou com ar derrotado.

— Não contaste a ninguém o que aconteceu, tua versão dos fatos?

— Sim, contei-o a Arnés, que estava prestes a aposentar-se e que não engolia Fábio desde que o conheceu como seu aluno, porque dizia que o considerava uma pessoa de "moral distraída", e ele, Arnés, era da velha guarda, já sabem... Jurou a mim de pés juntos, mas ambos concordamos que era difícil provar aquele roubo, ou tentar torná-lo público sem correr o risco de fazer-me passar por uma difamadora mal-intencionada.

— Mas deveria haver alguma solução, não sei... Poderias ter conseguido outro exemplar do livro antigo e retomar a pesquisa. Não tinhas cópias de tuas traduções?

— Claro que eu tinha cópias, pelo menos duas dúzias, mas Fábio as levou todas. Estavam todas juntas em minha mesa. Nesse dia aprendi a lição e, desde então, tenho vários esconderijos. Naquela época eu nem sequer usava computador, tinha tecnofobia. Nunca fui capaz de me vangloriar de minha ignorância e de meus preconceitos, de modo que não vou começar a fazê-lo agora, mas que seja... Escrevia à máquina e usava essas folhas de carbono que me deixavam as mãos como uma lula. Parecia a incompetente e bigoduda secretária de Menéndez Pelayo. Mas, de qualquer maneira, o caso das cópias era o de menos, porque eu sabia de cor os poemas e as traduções também. E porque meu colega de árabe tinha a fotocópia do texto original, que eu lhe havia passado e que ainda não havia me devolvido. Não, isso era o de menos. O mais grave é que eu tinha ficado sem a fonte, sem o livro do padre, onde se citava o texto, e sem todo o trabalho escrito, de literatura comparada, que havia realizado com meticulosidade e com um carinho ímpar, negligenciando minha tese.

— E... isso, o livro do padre? Não conseguiste outro exemplar?

— Tentei com verdadeiro desespero. Arnés me ajudou. Colocou à minha disposição dois bolsistas para procurar nas bibliotecas e nas livrarias por toda Madri. Mas foi inútil. Naquela época não havia a possibilidade de rastrear um título em um desses portais da internet que servem para vender livros antigos e fora de catálogo, como Iberlibro.com e todos esses. Agora basta digitar um título ou um autor para saber em segundos se há uma livraria em Lugo ou em Santiago do Chile que disponha de um exemplar. Mas naquele tempo não havia essa possibilidade. E, de qualquer maneira, quando passou a existir, tentei e não consegui localizar outro em lugar algum. Às vezes essas coisas acontecem. Provavelmente o livro era um raro sobrevivente de uma tiragem reduzida ou seus irmãos estão sepultados sob uma encadernação defeituosa que lhes atribui outro título, ou... vá saber.

— Que droga.

— E, se isso não bastasse, depois de uns dois meses, o trabalho pelo qual eu havia partido a alma, assinado por Fábio!, com alguns retoques de sua autoria, com a marca de seu estilo particular, foi publicado na revista americana, onde pouco antes ele e eu tínhamos compartilhado a autoria de meu artigo sobre Abentofail. Mais ou menos por essa data, Arnés se aposentou e passou a ser catedrático emérito. Fábio Arjona não tardou em assumir a cátedra que tanto desejava e pela qual tanto havia lutado, conspirado e até roubado.

— Digamos que a vítima não teve muitos méritos em vida para tornar-se simpática a ti. – Nacho tratou de sorrir, mas para Margarita não tinha nenhuma graça.

— Eu o odiava com todo o meu ser – falou muito lentamente, como se estivesse ciente de que suas palavras poderiam manchar sua boca.

Levantou-se de repente e sacudiu sua roupa.

Nacho se remexeu inquieto em sua poltrona rangedora.

— Gente, está ficando tarde. Vou dormir – disse Torres Sagarra e, antes que os outros dois pudessem perceber, encaminhou-se decidida para a porta da estufa, desviando com passo firme várias fileiras de vasos.

— Espera, Margarita! Vamos contigo... – quase gritou Jacinta.

Mas a mulher já tinha ido embora.

Muito depois, quando Nacho rememorou o que havia ocorrido naquela noite, quando Jacinta e ele ficaram a sós, percebeu que não se lembrava muito bem de como tinha chegado a acontecer.

Sua memória havia captado algumas sensações confusas em que o espaço e o tempo não estavam de acordo. Do resto, não tinha nem ideia. Por exemplo, recordava que Jacinta e ele tinham saído para o jardim depois de guardar, do melhor modo, os restos da comida e deixá-los sobre a mesa. A mulher torceu um pé e quebrou o salto do sapato, enquanto avançavam entre o verdor tisnado do jardim, passando de uma trilha a outra guiados apenas pelas luzes da casa, que se distinguiam ao norte, em direção do rio. Ela tirou o sapato e, pensando melhor, descalçou os dois pés. O chão estava molhado, depois da tempestade, e a agitação dos ruídos noturnos queria infiltrar-se para dentro dele. Quando Nacho a viu descalça, salpicada de manchas de grama e de barro até os tornozelos, aproximou-se dela e sussurrou:

— Que fazes? Como és linda, sabias? Estás louca. És louca... – Pôs a boca sobre a de Jacinta e os lábios da mulher se incharam como brotos de soja orvalhados com água fresca.

Ele a tomou pela cintura. Seu vestido era tão leve que escorria entre os dedos. Vieram-lhe à mente alguns versos de Manuel del Palacio (que estrago lhe havia feito a biblioteca de sua tia Pau!) e, enquanto a beijava, recitou-os para si mesmo: "Da lisonja ao arrulho, entre sedas cresceste, teu corpo, que inveja dá. Mas não mostres orgulho, que um verme te vestiu, e outro te despirá." Tentou afastar aqueles lúgubres versos de sua cabeça e se concentrou na pele de Jacinta, gelada a essas horas. Em seu colo, que latejava ao ritmo de uma secreta coreografia que bombeava sangue de seu coração.

Não recordava em absoluto como haviam ido terminar em seu quarto (a entrada na casa, a subida pelas escadas até o segundo andar do Cigarral, onde tinha ficado tudo isso?). No entanto, sentia-se envergonhado porque Jacinta teria visto suas peças íntimas espalhadas aos pés da cortina e a desordem na cama.

Quando a viu nua, enterrou o rosto entre seus seios e só conseguiu balbuciar: "Quanto tempo, meu paraíso, quanto tempo..."

Abriu os olhos, sobressaltado pelo toque de seu telefone celular. Teve dificuldade em encontrá-lo entre as roupas de Jacinta e as dele, que coabitavam, como seus proprietários, mas no chão, em um dos lados da cama.

Jacinta dormia perto dele, respirando pacificamente. Antes de adormecer ao lado dele, havia dito a Nacho: "As camas compartilhadas são a vala comum do casal."

Finalmente conseguiu abrir a tampa do aparelho e responder, baixando a voz quanto possível, para não despertar a mulher.

— Fala... merda. – Nem sequer havia verificado na tela quem o chamava.

— Pois... merda – respondeu Rodrigo. – Estás bem?

— Que gracinha, garoto. Sabes que horas são?

— Mandei várias mensagens, para teu e-mail e para teu telefone, mas não me respondeste. Estava preocupado. Primeiro me pedes uma pressa de merda e então te esqueces de mim – recriminou-o o rapaz. – Vê se te ligas.

— Sinto muito. Estive... Bem. Muito ocupado.

— Sim, acredito. Que remédio.

— Bem, e daí?

— Viste minhas mensagens? Enviei-te minhas dúvidas, como me disseste, e estou esperando...

— Estás me dizendo que perdeste tempo fazendo uma lista das retorcidas incertezas que manifesta tua atormentada, lacrimosa, pueril e inexistente vida sexual e esqueceste o que temos em mãos?

— Tio, não sei como te suporto, digo-o como o sinto – defendeu-se Rodrigo.

— Está bem, está bem, desculpa... – sussurrou Nacho.

— Estás com teu computador à mão?

— Sim. – Aproximou-se, arrastando-se, até o biombo, a cujos pés repousava, e tirou o aparelho de sua pasta.

— Pois bem, liga-o, tio. E olha minhas mensagens, está bem?

Nacho descobriu que tinha duas, cujo remetente era Rodrigo.

Com sua mania de não preencher os campos do "assunto", não sabia qual abrir primeiro. Optou por fazê-lo por ordem de recebimento. A primeira mensagem era simplesmente patética e deixou o meteorologista de muito mau humor. Ali estava ele, despido e com uma mulher linda deitada em sua cama, que poderia estar acariciando, ou apenas observando, ou dormindo agarrado à sua cintura, e se via obrigado a perder tempo cochichando por telefone com um moleque supercarregado de hormônios e desobediente...

De: rgabriel@gmail.com
Assunto:
Data: 18 de abril de 2007 11.37.47 GMT + 02.00
Para: ignacio.aran@telefonica.net

Hei, pilantra, como está por aí?

Aqui está minha lista, como TU me pediste. Disseste-me que te chamasse a qualquer hora do dia ou da noite, mas já te chamei duas vezes e nem caso. Bem, não enrolo mais.

DÚVIDAS (SÃO ESTAS, DE MOMENTO, MAIS TE MANDAREI MAIS):

1. O que é identidade sexual? Devo tê-la ou não é algo estritamente necessário para funcionar normalmente? E, caso seja estritamente necessário, é como uma carteira ou algo assim? Onde posso consegui-la? (Devo levar fotos?)

2. Como posso saber se uma menina gosta de mim? NOTA: Tentei perguntar a ela, mas não funciona. Algo em seu cérebro diz às garotas que não respondam com sinceridade a essa pergunta. E a nenhuma outra que um cara possa lhes fazer.

3. Como posso ter certeza de que meu membro viril chegou a desenvolver-se por completo? E caso possa estar seguro, quem me diz que seu tamanho é o correto, o homologado, digamos?

4. Que devo fazer se sou virgem e não tenho esperança de deixar de sê-lo, em um futuro próximo? Sei que me dirás que pelo menos estou certo de que não contraí doenças venéreas, mas essa resposta

não vale, porque não confio muito em mim mesmo.

5. Como faço para encontrar namorada dentro de uma semana? Tenho uma festa na próxima semana e gostaria de ir acompanhado para tirar sarro de meus colegas. E tenho outra festa dentro de um mês e..., o mesmo.

6. Achas que, se eu encontrar uma namorada, vou solucionar algumas de minhas dúvidas ou que minhas dúvidas vão aumentar em número e gravidade?

Responde-me em seguida, por favor. R.

Nacho esteve a ponto de jogar o computador contra a parede, mas se conteve.

— Eeeh, isso... Vou respondê-las amanhã, logo que puder, está bem? Uma por uma – disse, tragando o mau humor.

— Leva em conta que estou com muita, mas muita pressa.

— Suponho que quase tanta como a minha para o trabalhinho de que te encarreguei, não é? – assinalou Nacho maliciosamente.

— Ah, isso. Sim, quase me esquecia. Custou-me tempo, não penses que tudo é coisa fácil.

— E...? – O homem sentiu a esperança crescer em seu peito como um desses cabelinhos tão incômodos e pertinazes que abrem passagem, resplandecentes esses condenados, através de uma pinta.

— Usei vários programas de software. E, bem, uma confusão. No final, encontrei um de código aberto, porque não ando tão bem de grana como tu e não posso permitir-me andar comprando programas por aí na internet, em universidades americanas ou quem sabe onde. Nas ilhas Pescadores. Além disso, não confio em usar meu cartão de crédito em qualquer site. E tampouco me deste tempo para fazer meu próprio programa.

— Pois, pois, pois...

— Encontrei um que pode ser modificado. Acho que vou trabalhar nele quando tiver um tempinho. É divertido, sabes? Talvez consiga que desenvolva um sistema de localização por GPS. Poderia patenteá-lo e me forraria de grana! Imagina quanta gente há por aí, de quem roubaram o laptop, e que daria tudo para localizá-lo...

— Sim, sim, sim...

— Bem, isso. Já pus em funcionamento o programa depois de fazer alguns ajustes e, tio, tio... – A atordoada voz adolescente de Rodrigo parecia embriagada. "Gosto imensamente das pessoas que apreciam o que fazem", pensou Nacho. – Tio, como um cão em busca de um gostoso osso de mamute... Logo começou a enviar dados para um serviço de servidores de San Diego. Portanto, já tenho em meu poder o último endereço utilizado e os dados dos *routers* que usaram ultimamente para conectar-se a partir do computador do isso..., do morto. Amanhã posso detectá-los e dizer a localização exata.

— Genial! – resmungou Nacho; não queria acordar Jacinta e falava sussurrando e fazendo ruídos de um roedor às voltas com um floco de fios e penugem embaixo da cama. – Bom trabalho. Repito: bom tra-ba-lho...

— Mas isso não é tudo. Enquanto trabalhava no assunto... alguém se conectou à rede a partir desse laptop. Fui dar uma olhada e, bingo!, o trouxa tem *webcam* incorporado. É um dispositivo encantador, um novo modelo da Macintosh que foi lançado há poucos meses. Então... Tirei uma foto do usuário por meio desse buraquinho tão simpático que tem essa preciosidade no alto da tela. Melhor, era uma usuária. Uma "tipaça" espantosa, se assim posso dizer. Já enviei para você por e-mail. Se abrires o outro e-mail que te enviei, poderás vê-la em todo o seu antifotogênico horror.

— Que estás dizendo?

— O que ouves. Rodrigo Bond a serviço de sua majestade. Estou te dizendo que tirei uma fotografia (não muito boa, mas tenho mais, se quiseres vê-las, outras duas mais) da pessoa que está utilizando agora mesmo o computador de um senhor que está mortinho da silva com uma faca cravada no peito como se fosse um cravo no traje. Que safadinha, eh, essa espécime!

Nacho notou que seus dedos tremiam quando clicou a segunda mensagem do rapaz e a abriu.

A foto era um documento anexo e teve de clicar sobre ele, de novo, para abri-lo na tela.

Seu coração batia com mais intensidade que um momento antes, enquanto fazia amor com Jacinta, porque o rosto contraído, enrugado e ligeiramente deformado pela câmera *web* enchia toda a tela: Dona Agustina Pons parecia cumprimentá-lo dali, com a testa franzida e os incisivos de raposa a descoberto, como palitos de dentes partidos.

# *TERCEIRO DIA NO CIGARRAL*

Gota de humilde rocio
delicada
sobre as águas do rio
balançada.

ENRIQUE GIL Y CARRASCO

# AS RELAÇÕES PERIGOSAS

Quando acordou, Jacinta já havia ido embora. Nacho apalpou a cama a seu lado, mas os lençóis estavam frios e o vazio do corpo da mulher se via cinzelado de algodão à meia luz da manhã; parecia a voluta de fumaça de um cachimbo. Dúctil, miúdo, cheio de curvas.

Engasgou-se com um bocado de ar carregado de emoção e um arrepio percorreu seu estômago ao recordar as sensações da noite passada.

Reconheceu que sentia saudades dela à maneira que só se pode sentir saudades de alguém com quem compartilhamos uma intimidade daquelas que conseguem traspassar a pele.

Procuraria vê-la mais tarde. Tinha que barbear-se e tomar banho. Estava contente por ter trazido uma boa provisão de colônias caras e de roupa íntima. Eram quase sete e meia, tinha dormido muito para o que era de seu costume. E a hora evidenciava que Jacinta havia deixado seu quarto antes do amanhecer, talvez temerosa de que os surpreendessem juntos.

Apanhou seu estojo de asseio e arriscou ir ao banheiro. Não era sua hora ainda, mas queria ganhar tempo.

Não havia ninguém, de modo que tomou seu banho e voltou para seu quarto. Terminou de vestir-se – havia andado pelo corredor solitário envolto em uma toalha à moda de grosseira tanga –, leu os jornais eletrônicos em seu computador (beliscando as manchetes mais importantes e alguns artigos confidenciais que lançavam faíscas com o recente crime no Cigarral) e disse para si que seria melhor descer para a biblioteca antes do café, para dar uma olhada naquele dossiê de imprensa que Dona Agustina ia engordando aos poucos com as notícias publicadas sobre o assassinato de Fábio, e agora com aquelas que seriam acrescentadas, referentes a Richard. O âmbito da música pop estava chocado com a notícia de sua morte. No *Noticias Digitales*, recolhiam uma série de depoimentos de profissionais, colegas e amigos do cantor, verdadeiramente lacrimosos.

Ele mesmo sentiu um nó na garganta ao pensar em Richard, que tinha desaparecido do mundo para sempre. Refletiu um momento e constatou que talvez nem ele mesmo estava consciente ainda de que o homem tinha morrido. Como era aquilo que Torres Sagarra havia dito sobre Jorge Manrique e de que tanto tinha gostado? Ah, sim: "sua ternura infinita." Richard, em muitos sentidos, como as *Coplas* de Manrique, possuía essa infinita ternura que, de repente, se havia esvaído definitivamente do universo. Certo: ficavam seus livros de poesia, sua música. Mas ele já não estava mais e o planeta havia amanhecido um pouco menos nobre, mais infeliz e mais desamparado que no dia anterior.

*Requiem eternam*.

Quando desceu, Carlos e Alina já estavam na cozinha, com semblantes de terem visto uma aparição. A tez acobreada da mulher apresentava mau aspecto e seu olhar distraído dizia claramente: "Ninguém consegue respirar perpetuamente." Seu marido, por sua vez, mal cumprimentou Nacho com um "md ia", que o meteorologista traduziu por "bom-dia, queres um café?"

— Não, obrigado... Não vou tomar café nem qualquer outra coisa – disse Nacho com toda a seriedade, embora nenhum dos dois lhe tivesse oferecido algo. – Posso esperar e vou esperar o café completo. Só entrei na cozinha para cumprimentar. Então... oi. E até mais, logo nos veremos.

Ninguém respondeu.

A biblioteca apresentava um primoroso ar de recolhimento. A longa mesa havia sido limpa, até lhe haviam dado brilho, e os jornais do dia repousavam cuidadosamente ordenados em uma mesinha auxiliar, junto com algumas pequenas pilhas de papéis que Nacho identificou como os dossiês pendentes. As conferências estavam empilhadas e dispostas em uma estante baixa, que se sobressaía às outras, para que fossem bem visíveis. Faltavam quatro a serem levadas, porque os outros poetas haviam feito sua lição de casa e as haviam levado a seus cubículos. Nacho era um dos quatro informais que ainda não tinha feito seu dever. Calculou que os outros dois seriam o defunto Richard e Rocío. E o quarto, talvez Fernando. O meteorologista tinha espasmos só ao pensar em lê-las e vinha adiando isso, apesar de ter de fazê-lo mais cedo ou mais tarde.

Folheou as fotocópias e recortes de jornais que falavam sobre o assassinato de Fábio. Leu algumas coisas de interesse no *La Vanguardia*, no *El Ideal* e no *La Voz de Galicia*, mais ou menos acertadas e tibiamente ajustadas à verdade, mas que ele já conhecia em primeira mão. E uma reportagem intitulada "Sangue entre os ciprestes" do Lanza. No panfleto *La Fiera Literaria*, apesar da gravidade dos fatos (havia sido cometido um crime, não era conveniente esquecer), uivavam com pura zombaria em cada linha de seu "número extra". *El Periodico de Catalunya* seguia diariamente o caso com uma atenção quase forense, e nunca melhor dito. No *El Mundo* atiravam para matar (assim se poderia dizer, tendo em conta seu estado) na figura de Arjona e insistiam em suas relações "obscuras e enigmáticas" com o poder cultural durante os últimos vinte anos, insinuando que o morto sempre havia subido à tona, apesar da animadversão generalizada que costumava despertar. Insistiam com singular ênfase nas más relações que Fábio mantinha com alguns dos poetas presentes no Cigarral na hora em que foi cometido o crime; más relações, garantiam, conhecidas de todos no "mundo literário".

Para Nacho parecia uma expressão presunçosa essa de "mundo literário" (ou o mundo dos esportes, o mundo da música...), o que dá como certo que um pequeno grupo de pessoas díspares, pelo simples fato de ter um interesse comum, já forma um mundo por si só. Que desprezo metafórico à excelência do mundo "real", a sua beleza, a seu complexo esplendor!

Enfim. Continuou lendo.

Um artigo do jornal *La Razón* despertou seu interesse. Foi escrito por um crítico literário do jornal. Pelo que Nacho lembrava, esse homem não tinha publicado uma única crítica demolidora de nenhum dos livros de que vinha fazendo a recensão no suplemento havia anos. Nacho apreciava esse gesto. Preferia os críticos que estimulavam a leitura, não aqueles que afastavam as pessoas, recordando-lhes como eram maus. Já havia poucos leitores, a coisa era contribuir para que não houvesse menos ainda (embora ele tivesse certeza de que chegaria um dia em que os analfabetos funcionais haveriam de superar por esmagadora maioria o número das pessoas letradas, com ou sem a ajuda dos críticos literários). Apesar disso, em seu foro íntimo reconhecia que ele mesmo havia gostado sadicamente, ao ler algumas críticas literárias ferozes e que baixam a lenha, dessas que ridicularizam um livro sem piedade, fincando a faca como se se tratasse de um touro sob a mira de lanças, não ficando em paz até que veja brotar o jorro torrencial de sangue. Livros de outros autores, claro. Felizmente, ele, em sua vida, havia sido pasto das iras de um crítico e esperava não sê-lo em um futuro imediato. Nunca, se possível. (Não sabia como reagiria a algo assim. Talvez muito pior que Cecília Fábregas.) Consolou-se pensando que era improvável que ele chegasse a ser bastante importante no "mundo da poesia", para merecer as iradas pancadas críticas de algum diretor pistoleiro de suplemento literário, com a sílaba quente e brincalhona e a caneta biliosa. Essa ideia o entristeceu um pouco, mas não o suficiente para desejar ter alguma vez uma crítica negativa. "Por outro lado – quase murmurou para si mesmo – a arte do insulto é uma coisa tão espanhola, tão nossa, tão daqui... O insulto tem sido literário, político e até mesmo cientificamente produtivo de toda a vida: embora os resultados sejam, em alguns casos, incertos, pelo menos obriga a uns e outros a esforçar-se. Talvez seja melhor cultivá-lo, tal como se vem fazendo até esta data, que tentar erradicá-lo, além do mais, inutilmente."

O crítico tinha escrito um longo artigo que dava uma caracterização bastante aguda, sem chegar a ser mal intencionada, de certos poetas que nesse instante descansavam em seus quartos, sob o mesmo teto de Nacho. Notavam-se seus esforços em ser delicado, mas mesmo assim, suas habilidades retóricas eram insuficientes para conseguir encobrir a realidade, ou limpá-la um pouco. Depois de ler o texto, Nacho ficou sabendo, por exemplo, que parecia provado que Fábio Arjona havia emprestado uma quantidade respeitável de dinheiro ao laureado poeta latino-americano Rilke Sánchez e que, sem dúvida, quando o fez já sabia que este último não conseguiria devolvê-la nunca, mas Rilke era membro permanente de um prestigioso prêmio literário em seu país de origem, um dos mais importantes em língua espanhola em ambos os lados do oceano, ao qual casualmente Fábio Arjona se havia candidatado com um livrinho de poemas "que não era o melhor de sua produção". Arjona não conseguiu conquistar o cobiçado prêmio, nem no ano do empréstimo nem nos três seguintes. Quando se resignou à ideia de que não o conseguiria por mais que tentasse todos os anos, contou a todo o mundo o empréstimo que havia concedido a Dom Rilke, que ficou furioso ao saber e, a pergunta de um jovem espectador que, entre irônico e envergonhado, comparou sua situação com a dívida externa de alguns países latino-americanos, Rilke jurou, perante uma plateia de mais de trezentas pessoas, enquanto participava de uma mesa redonda no Centro Cultural da Espanha em Lima, que algum dia devolveria a Fábio, "centavo por centavo", cada um dos dólares que havia recebido do madrilenho. Ato contínuo, chamou seu credor de *barrigudo* e *evacuador rítmico* e o público eclodiu em nervosas gargalhadas.

Por seu lado, Pascual Coloma não havia perdoado nunca ao defunto Fábio Arjona que não havia apoiado um pedido de candidatura oficial à prefeitura de Estocolmo para que lhe fosse concedido o Prêmio Nobel de Literatura (Nacho se perguntou se a concessão do Prêmio Nobel funcionava de maneira parecida com a dos Jogos Olímpicos). Uma candidatura que, no entanto, teve apoio maciço e até o subscreveram vários jogadores do Real Madrid, que até então não haviam brilhado publicamente por seu amor à lírica.

A propósito de Coloma, Fernando havia dito a Nacho: "Mas se Pascual... até que se casou duas vezes com tradutoras suecas! Bem, está bem, minto. Na realidade, primeiramente se casa com uma sueca e, em seguida, a transforma em tradutora. De sua obra, naturalmente. Assim combina com naturalidade e simplicidade a vida familiar com sua corrida para o Nobel, garantindo que os membros da Academia Sueca possam ler suas obras em seu próprio idioma." Nacho supôs que Pascual Coloma deveria ter guardado o agravo contra Fábio Arjona desde então; bem guardado e salvo, na seção de rancores de seu magistral peito.

Quanto a Jacinta Picón (sentiu uma centopeia de caramelo passeando por seu estômago quando leu seu nome), tinha sido acusada por Fábio Arjona, por escrito e não fazia muito, de ser "a Barbara Cartland da poesia espanhola. Ela não sabe, mas todas essas mordidas sensuais e coitos prazerosos de que falam seus versos são pura literatura rosa, disfarçada de misticismo clássico que, além do mais, está cortada com uma régua para medir versos aleijados, porque o talento não lhe basta para escrever uma novela de banca de jornal. Deveria voltar a trabalhar como assistente de tabelião, assim usaria roupas que evitariam que se resfriasse com frequência. Ou dedicar-se somente à televisão, que é um meio bastante frívolo e imbecil e que lhe serve como anel no dedo, dito nos termos do gênero literário que ela cultiva, cujos objetivos são chegar até o altar, custe as páginas que custar. Sim: não colocar seus versos lascivos sobre a pureza da poesia e concentrar-se na televisão seria fenomenal para dona Jacinta; para ela e para sua babaquice sentimentaloide, e para seu decote. Embora, para ser justo, não me custa nada acrescentar que a senhora é de boa aparência, apesar de sua idade, e que ainda tem um decote esplêndido."

"Fiuuu..."

Nacho imaginou que, se Fábio Arjona ainda estivesse vivo, depois de ler isso, ele mesmo se teria encarregado com muito gosto de partir-lhe o focinho.

Sobre Pedro Charrón, o crítico tinha colhido a notícia, documentada por um jornal de província, que garantia que o homem, um misantropo que geralmente tentava manter-se afastado do ruído fátuo da mundanidade e do brilho dos círculos sociais, havia desafiado em duelo (em duelo, como Pushkin!) Fábio Arjona e que o encontro, a pistola e morte, esteve a ponto de realizar-se, mas, felizmente, foi suspenso a tempo pela Guarda Civil, alertada por um vizinho da aldeia de Pedro. Nem a autoridade nem os achegados a Pedro Charrón nunca conseguiram averiguar o motivo da disputa.

Fábio Arjona também o calou ("agora para sempre", dizia o crítico de *La Razón*, de maneira pouco feliz). De modo que ninguém sabia por que os dois homens estiveram um dia a ponto de matar-se, apesar de rumores de que havia sido por uma "questão de honra".

"Pois, pois, pois..."

De repente, Dona Agustina entrou na biblioteca e, enquanto a olhava, Nacho lembrou de seu rosto fotografado pela *webcam* do computador de Fábio. Seus cabelos ficaram em pé.

— Aaah...! – não pôde evitar de exclamar.

— Desculpa, rapaz, eu te assustei? – A voz da mulher era doce, mas ainda assim o meteorologista se sentiu encurralado por forças que nem sequer era capaz de compreender. – Levantaste muito cedo, não é? Acreditava que os jovens tinham o hábito de dormir até sol alto. Pelo menos, em meus tempos era assim. Agora, durmo pouco.

"Não me é estranho", conjeturou Nacho, com um pouco de ressaca.

Tomou coragem e decidiu perguntar à mulher sobre o computador de Fábio. Sabia que não poderia dizer-lhe por quais meios havia averiguado que era ela quem o tinha em seu poder; não sem confessar que Rodrigo e ele, que era o instigador, haviam cometido uma ilegalidade. Não gostava de dar uma imagem de si mesmo como um desses tipos sem escrúpulos que acreditam que o fim justifica os meios. Apesar de suas brincadeiras eletrônicas (a polícia as classificaria, sem dar muitas voltas, de pura e simples pirataria) e do que estas lhe punham nas mãos, não acreditava pertencer a essa laia. Não, *ele* não, claro.

Olhou a seu redor, mas o resto de seus colegas ainda não tinha descido e Carlos e Alina continuariam na cozinha, preparando o café da manhã. A casa estava em silêncio, ouviam-se apenas ruídos de pássaros, provenientes do exterior. Amanheceu claro e sem nuvens, com somente alguma nuvem extraviada e subreptícia explorando a seu gosto o céu. O gato de Dona Agustina estava deitado perto da porta, acariciando-se a cara com uma pata, como os movimentos de um velho que tenta tirar os óculos.

— Sente-se, Dona Agustina, gostaria de falar um momento com

a senhora – pediu cortesmente.

A senhora deixou-se cair sobre uma cadeira.

— Tens algum problema com teu quarto? Necessitas de alguma coisa? Carlos pode...

— Não, estou bem, não é isso. Muito obrigado.

— Então és tu que tens de falar – sua voz soou como um grasnido apagado.

Nacho tinha a impressão de que a mulher havia encolhido nos últimos dois dias. Seu corpo magro rangeu como um talo seco ao sentar-se. O rosto, geralmente erguido, firme e vivaz, parecia abatido, como se alguém o tivesse estado desmontando durante as noites, pouco a pouco. Delatava seu cansaço. Tinha o olhar distraído, marcado por uma expressão vazia.

— Dona Agustina... Olhe, acho... Não sei como dizer-lhe isto, mas estou certo de que o computador que vi a seu lado quando cheguei no outro dia, lembra?, um laptop aberto que a senhora mantinha aberto enquanto falava comigo, pois... Acho que se trata do computador do falecido Fábio Arjona.

A senhora ergueu os ombros e prendeu a respiração um segundo, mas não disse nada.

Nacho fez esforço para continuar falando. De repente, pensou que talvez se enganava, que talvez Rodrigo, impelido por ele próprio ao enviar-lhe a informação, havia confundido os IP de Fábio Arjona com os de Dona Agustina. Ou talvez eles tinham errado desde o início: talvez Arjona havia enviado seus e-mails do computador da mulher. Ele entendeu que devia manter boas relações com a fundação que ela presidia. Talvez tivessem partido de uma premissa errada e agora todas as suas conclusões eram incorretas. Tinha dificuldade em aceitar a ideia de que aquela anciã, tão atenta e capaz, de aspecto inofensivo, fosse...

— Continua – pressionou-o ela, revirando os olhos.

— O quê?

— Continua com o que estavas dizendo, por favor.

— Bem, eu... Eeeh... Dizia que me parece que a senhora tem o computador de Fábio Arjona. Que o senhor Arjona chegou aqui provido de um computador que a polícia não encontrou...

— A polícia revistou não somente o quarto de Fábio, mas todo o Cigarral. Levaram tudo, *tudo* o que considerava necessário, e cercou as áreas da casa, inclusive o quarto do falecido, que considerou que não devíamos tocar ou pisar.

— Esse computador é seu, é da senhora, então?

A mulher levou as mãos ao regaço e abaixou a cabeça. Nacho não sabia se ela se sentia ofendida ou envergonhada. Olhá-la, ver seu aspecto derrotado de anciã comoveu-o profundamente, mais inclusive do que contemplar o cadáver despido de Richard.

Houve um silêncio incômodo, que o meteorologista não se atreveu romper, embora continuasse esperando uma resposta. Era fácil. Ela só tinha que declarar que *sim* e ele estava quase pronto a acreditar nela. Não ia acontecer nada se eles se haviam desencaminhado desde o início e se haviam seguido a pista do computador da mulher, em vez do suposto computador de Arjona.

Nacho já não sabia o que pensar. Não gostava de ver aquela anciã com ar disperso e essa enorme tristeza que parecia que alguém lhe havia introduzido à força para dentro da alma. Pensava em sua tia Pau e no respeito que as senhoras mais velhas lhe inspiravam. Para ele eram as guardiãs da espécie, velhos anjos da guarda da sensatez em um mundo desesperado.

Dona Agustina tinha somente que repreendê-lo por seu atrevimento, dizendo que o computador era de sua propriedade, e ponto final. Ele quase estava aceitando que assim era. Nem sequer lhe pediria que o mostrasse a ele. Mas Dona Agustina não disse nada. Continuou olhando para suas mãos, enrugadas e emurchecidas como velhas sapatilhas de balé. Suas unhas refletiam manicure bem feita que começava a perder seu efeito.

De repente, Nacho percebeu que a senhora estava chorando. Havia inclinado a cabeça e girava sua aliança de casamento no dedo anular com uma obstinação infantil, como se desejasse que se desenroscasse o resto do dedo da mão e a aliança fosse a chave.

Nacho estava tão aturdido que mal ousava respirar para evitar sufocar-se.

— Eu não queria... – balbuciou. – Sinto muito.

Dona Agustina levantou finalmente o olhar e seus olhos ferveram como dois pequenos fragmentos de inverno ártico.

— Eu não o matei. Não matei Fábio Arjona. Olha para mim,

Ignacio, queres? Sou uma velha. Não tenho força física nem para acabar com um bêbado como ele. E não, tampouco mandei alguém que fizesse esse trabalho por mim, se é o que estás pensando. Apenas tenho o vigor necessário para organizar eventos como este. Maldita seja a hora... – Enxugou dissimuladamente as lágrimas com um lenço que tinha na manga, detalhe que pareceu a Nacho adorável e antiquado.

Assentiu educadamente.

— Mas sim, roubou o computador dele...

A senhora meneou a cabeça, confirmando. De repente, ergueu a cabeça e o clima deixou de ser plácido entre os dois. O meteorologista teve a clara percepção de que agora eram como dois meninos estranhos e desconfiados que se observavam no meio de um pátio sujo de colégio. O momento de empatia se havia desvanecido no nada.

— Quando descobri seu corpo, entrei correndo na casa para chamar a polícia e avisar a todas as pessoas aqui reunidas, mas pensei melhor. Não havia ninguém à vista e eu não sabia o que fazer, estava nervosa, com tonturas e excitada pelo medo, de modo que fui até seu quarto e o revistei de cima abaixo antes de chamar a polícia. Levei um quarto de hora. Não encontrei nada, exceto duas garrafas de uísque, alguns livros sem importância e seu computador... Eu o abri e estava ligado, em repouso. Não precisava digitar nenhuma senha para acessá-lo, então... coloquei-o dentro de sua pasta, pendurei-o no ombro e saí dali. Fui para meu quarto e chamei a polícia. Quando revistaram a casa devem ter pensado que era meu, pois nem sequer me perguntaram por ele quando o descobriram em meu quarto. Aberto, tal como o viste no dia em que chegaste aqui, com essa proteção de tela repetindo-se sem cessar.

— O que a senhora estava procurando?

— Não sabia exatamente.

Nacho a perscrutou com gesto de incredulidade.

— Não sabia? E então... por que teve a ideia de vasculhar em suas coisas, nos pertences de um homem recém-assassinado?

Dona Agustina voltou a inclinar a cabeça e fitou o olhar no gato, que cochilava a seus pés.

— Fazia quase duas décadas que Fábio me chantageava.

Nacho soergueu uma sobrancelha.

— Se me permite a pergunta... Com que objetivo? Quero dizer... Qual era o motivo ou a desculpa para chantageá-la?

— O passado de meu falecido marido, que Deus o tenha. Essa era sua chantagem. Durante lustros ameaçou-me tornar públicos os documentos que provavam, segundo ele, a amizade de meu marido com o conde Ciano, o genro de Mussolini, que acabou sendo executado por ordem de seu sogro, como deves saber. E a conivência de Alberto, de meu marido, com o fascismo italiano, quando Hitler tentava convencer Franco a unir-se à sua guerra, a entrar na Segunda Guerra Mundial, lutando a seu lado. Fábio me havia dito que tinha testemunhas que comprovavam que meu marido havia participado da conferência realizada em Bordighera, em 12 de fevereiro de 1941, entre Mussolini e Franco, que estavam acompanhados de seus respectivos ministros do Exterior, Ciano e Serrano Suñer. Fábio disse-me que meu marido estava entre a comitiva que os acompanhava.

— Vá...

Dona Agustina assentiu com ar rendido.

— Nesse encontro, Mussolini foi intermediário de Hitler, que não conseguia arrancar um sim de Franco e inclusive pensava que o general espanhol o estava logrando, sempre adiando uma posição. Mussolini negociou a entrada da Espanha na Segunda Guerra Mundial, mas com certo desleixo. Mussolini não era Hitler e, em qualquer caso, não convenceu Franco, que nunca havia tido qualquer intenção de aderir à guerra. – Dona Agustina suspirou com a emoção de uma penitente. – É verdade que Alberto foi amigo do conde Ciano, que era quase da mesma idade, um tipo exuberante, um menino mimado, contraditório e apaixonado, como disse dele Serrano Suñer. Em vida, Alberto me mostrou as fotos e as cartas que provavam essa amizade íntima e fraterna. – Olhou para Nacho com gesto desafiador. – Essas provas já não existem. Por ocasião da morte de Alberto, queimei-as todas, uma por uma, na lareira desta mesma casa, ajudada por meu secretário, o bom Teodorico. Os dois concordamos que era o melhor a fazer. Levo..., santos céus, levo toda a minha vida lutando pelo legado de meu marido, para que sua imagem esteja onde merece; não me sinto muito propensa a permitir que alguém o denigra ou manche seu nome denunciando-o publicamente como fascista. Eu conhecia muito bem Alberto: um homem bom. Não posso tolerar isso. Creio, creio... que tu também és um homem bom, e que guardarás em segredo esta confissão, mas caso sentires algum dia a tentação de reproduzir o que agora mesmo estou te dizendo, em circunstâncias tão difíceis como as presentes para todos, eu te garanto que não somente vou negar que é verdade o que dizes, mas que vou te perseguir até o último recanto do inferno judicial que a burocracia deste país abriga, e te farei pagar isso. Vou te fazer pagar porque traíste a confiança que estou depositando em ti, obrigada por minha situação, e te farei pagar em dinheiro a falsidade e a insídia com relação à memória de meu marido.

Nacho teve um sobressalto que o fez dar um pulo na cadeira.

— Senhora, a ameaça não é necessária – resmungou com um estremecimento. Não duvidava que a mulher haveria de cumprir sua palavra. – Ainda não me decidi em exercer o ofício de delator, nem de chantagista, por mais substanciais que sejam os ganhos.

Dona Agustina riu de bom grado. Estava recuperando sua presteza e um brilho de cor remotamente parecida com cereja, embora exangue, começava a tingir seu rosto. O meteorologista imaginou que, de algum modo, se sentia aliviada depois de falar com ele e compartilhar seu segredo.

— Os ganhos, sim... Foram muitos, para Fábio. A fundação que presido pagou generosamente o silêncio dele durante todos esses anos – disse, meneando a cabeça nervosamente, como se estivesse desconcertada depois de atravessar às cegas um longo túnel. – Qualquer desculpa era boa para enviar-lhe um cheque. Necessitava-os amiúde e eu mandava esses cheques pontualmente. Meu Deus... Ninguém, exceto meu fiel Teodorico, sabe quanto sofri com esse problema e quanto me alegro por ter acabado.

— Encontrou alguma coisa no computador dele?

Dona Agustina negou veementemente com a cabeça; parecia que estivessem batendo em seu rosto.

— Nada, nada, nada... Podes crer? – disse a mulher, quase gemendo. – Ele se gabava de ter toda a sua vida dentro de seu computador. Supus que ali iria encontrar documentos escaneados, cartas, não sei, qualquer coisa que lhe tivesse servido para sua chantagem. Mas tanto Teodorico, a quem enviei por e-mail muitíssimos documentos de seu disco rígido, como eu, que não parei de revisá-lo desde que o tive comigo, não encontramos nada no aparelho. Nada. Cheguei a conjeturar que Fábio simplesmente intuía a verdade e, embora carecesse de provas, esfregou-a em minha cara e eu acreditei de pés juntos por isso, porque dizia a verdade, e a verdade assusta.

Ficou calada por um momento.

— É interessante. Apesar disso... – acrescentou depois, em voz bem baixa – a comunicação que nos enviou para este encontro, sobre a figura literária de meu marido, é excelente. Sob todos os aspectos, excelente. Segundo me consta, não foi ele que a escreveu, mandou que três de seus bolsistas a redigissem, os quais levaram seis meses para concluí-la, mas é um trabalho admirável e fico-lhe muito agradecida por isso.

— Continuando com o fato da chantagem... Não acredita que talvez tenha essas provas, que a senhora tanto teme, na casa dele, guardadas em uma gaveta ou em seu gabinete?

A senhora voltou a negar, dessa vez com menor ímpeto.

— Não, não me parece possível. Agora não me parece. Antes sim, antes estava convencida de que era assim, mas, em qualquer caso, uma vez desaparecido ele, já não me importa. Qualquer um que pudesse encontrar algo comprometedor para nós entre seus papéis, nem sequer saberia de que se trata. E mesmo que o soubesse... quê?, para quem é importante, senão para mim? E para Fábio, que já está em um lugar onde nada importa muito.

— Não tem família para cuidar de seus pertences? Não sei, parentes próximos, ou distantes... Alguém vai ser seu herdeiro.

— Não, não tinha família, que eu saiba. Era filho único e não teve descendência. Nunca se casou. – A senhora forçou a memória. – Não sei se tinha um tio que morava no exterior, no Canadá ou por aí. Mas talvez seu tio, que a esta altura seria muito mais velho, já tenha morrido. Não sei nada a respeito. Ignoro se Fábio deixou testamento. Logo o saberemos. Além disso, sempre andava acompanhado, mas agora não tinha mulher a seu lado. A solidão não estava lhe fazendo bem e suspeito que por isso bebia mais que de costume. No ano passado, as vezes que encontrei-me com Fábio, notei que começava a perder um pouco o norte. Ele, que sempre havia sido um rolo compressor, estava distraído, tresloucado e bebia muito, como te digo. Às vezes, enquanto estava falando comigo, sorria estupidamente e fechava os olhos uns segundos. Eu estava bem ciente de que ficava *adormecido*. Ficava adormecido enquanto falava e nem se dava conta! Não era tão velho para que lhe acontecesse isso e eu pensava que era mau sinal. Nunca lhe disse nada. Preferia falar com ele o menos possível.

— Dona Agustina – disse Nacho – posso pedir-lhe um favor? Deixaria que eu desse uma olhada no computador de Fábio? Tenho um amigo que... Bem, não sei. Ocorreu-me que talvez possamos encontrar algo.

— De qualquer forma, caro Ignacio, consta-me, porque assim me disse o próprio Fábio em vida em várias ocasiões, que o disco rígido de seu computador está duplicado naquele de seu gabinete da faculdade, além das cópias de segurança que tinha na casa dele. Era cheio de manias com isso. A polícia já os terá revistado cuidadosamente.

— Bem, mas nunca se sabe...

Quando viu aparecer Jacinta no refeitório, o rosto de Nacho se iluminou e sentiu um sobressalto no coração. Pequeno, sim, mas profundo, como se alguém tivesse atirado uma pedrinha. Sorriu para a mulher e levantou-se para se aproximar dela.

Estava quase ao lado dela, quando caiu em si e viu que Jacinta não lhe havia devolvido o sorriso, nem sequer um gesto que evidenciasse que o havia visto. Ainda assim, não retrocedeu e disse para si que talvez estava cansada depois do ocorrido na noite anterior (mais tarde, pensando com calma, recriminou-se por ter caído nessa armadilha tão masculina e tão idiota de acreditar que as mulheres se deixam subjugar pelos homens, como se o mundo não contasse com forças mais poderosas, capazes, elas sim, de consumir seus ânimos).

— Olá, preciosidade – sussurrou-lhe quase no ouvido.

Jacinta não respondeu, mas o perscrutou de cima abaixo e Nacho logo se viu envolto em um clima frio, seco e ventoso, mais apropriado de círculo polar ártico, a 66,5 graus de latitude norte.

Ficou tão transtornado que esteve a ponto de cair, depois de tropeçar em uma mesinha de chá. A vida subsiste a duras penas na Antártida – pensou como um tolo despistado – e isso somente nas zonas mais temperadas da costa. Teve tempo de relembrar que, se todo o gelo da Antártida se derretesse, o nível dos mares do mundo se elevaria sessenta metros.

Mas... o que teria acontecido com essa mulher? Nem sequer havia reparado nele. Olhou para um lado e para outro, mas seus colegas haviam começado a tomar o café da manhã e mal prestaram atenção nele. Talvez ele tivesse passado para outra dimensão, sem dar-se conta, tornando-se invisível. Ou talvez nunca tinha existido na realidade. "Não somos mais que espaço vazio – admitiu com pesar –, talvez por isso ela não pode me ver."

Ficou parado um momento no meio da sala, admirando as idas e vindas dos comensais, e de Carlos e Alina, que esvoaçavam ao redor da mesa tristemente como almas penadas sem os papéis de residência em dia.

Jacinta sentou-se entre Torres Sagarra e Rilke Sánchez, de modo que perdeu a oportunidade de ele próprio acomodar-se ao lado dela e estar junto dela no café da manhã. Decidiu aproximar-se dela e pedir-lhe que o acompanhasse para falar com ele.

Assim o fez.

Jacinta apertou os lábios, levantou-se e seguiu-o em silêncio até o corredor.

Enquanto estiveram a sós, Nacho quis abraçá-la, mas ela o deteve secamente, interpondo um braço estendido que parecia uma barreira de *guard rails* tão afiados como uma foice.

— Não me toques, por favor – pediu-lhe Jacinta.

— Queee?! – Nacho não conseguia sair de seu assombro.

"Não me toques?" Que diabos queria dizer com isso? Ela, a quem havia tocado na noite anterior com a naturalidade de quem explora seu próprio corpo, porque assim lhe havia rogado a própria Jacinta, agora lhe pedia que não a tocasse? O que estava acontecendo?

Porventura havia feito algo errado? Avaliou essa possibilidade, mas, embora não quisesse ser arrogante consigo mesmo, parecia-lhe muito improvável, porque estava relativamente seguro de ser capaz de satisfazer sexualmente uma mulher. Havia aprendido com um livro, sim, mas o tempo lhe havia concedido mais de uma oportunidade de pôr em prática a teoria e até essa data não tinha recebido queixas nem reclamações amorosas por parte de nenhuma das mulheres com quem havia saído. O livro se intitulava *Cómo hacer bien el amor a una mujer*, de Régine Dumay. Havia-o recebido de presente, em 1986, de sua tia Pau, camuflado entre muitos outros livros (manuais de meteorologia e poesia modernista, julgou lembrar-se), justamente quando começava a ter as mesmas dúvidas que atormentavam agora o jovem Rodrigo. Tinha pensado até que poderia utilizá-lo ainda para tomar algumas notas e responder às perguntas do rapaz. Conservava-o com todo o cuidado. Naquela época, nem havia passado pela cabeça de Nacho falar de suas apreensões amorosas com sua tia, mas ela deve ter intuído algo e... Não, não podia ser que Jacinta se tivesse sentido contrariada com ele por seu fracasso como amante. Embora com as mulheres, nunca se sabe.

O que estava acontecendo com as mulheres? Especialmente com as ocidentais. Nacho tinha a impressão de que careciam de sentimentos. E pensar que não fazia muito, depois de ouvir os depoimentos de Cecília e de Cristina, julgou que talvez as fêmeas eram as vítimas propiciatórias dos desalmados de seu próprio sexo! Não, nada disso.

Será que estavam tornando-se cruéis como os homens? Não encontrariam outro modelo melhor para seguir que o dos machos rancorosos e promíscuos de sua espécie? O que fazia ele de mal para que todas concluíssem com romper-lhe o coração? A última havia sido uma assistente de produção que trabalhava na televisão com ele. Era alta e ruiva e usava cabelos enredados com apliques artificiais que, quando estavam juntos, caíam sobre o nariz e a boca e a faziam espirrar. Ela o deixou plantado um dia, sem a menor explicação. Partiu-lhe em pedacinhos seu pobre coração apaixonado e foi esparramando as migalhas pelos estúdios com o mesmo entusiasmo que um Pequeno Polegar catódico. E agora Jacinta, Jacinta... Nacho havia pensado que... Acreditava...

Às vezes chegava a ruminar se não seria uma boa ideia arrumar uma namorada oriental. Tinha ouvido (um colega seu, casado com uma oriunda de Taiwan, tinha-lhe garantido isso) que eram muito mais complacentes que as mulheres ocidentais. "A decadência do Ocidente, Nacho – lhe havia assegurado seu colega – é culpa das mulheres ocidentais, que acabaram com os pilares de nossa sociedade, com a família e com o chefe de família. Elas eliminaram o cabeça da instituição familiar com suas ideias sobre a libertação da mulher; tornaram-se escravas de si mesmas e de sua própria loucura ao tentar imitar os machos; depois disso, tudo veio abaixo."

Jacinta olhou-o nos olhos e ele pensou que não poderia enfrentar seu olhar.

— Lamento que – balbuciou a mulher –, que tenhas pensado que... O que aconteceu ontem à noite... Bem, enfim. Para mim é como se nunca tivesse acontecido. Espero que não tenhas interpretado mal.

— Interpretado mal? – Nacho se perguntava o que havia acontecido com a doçura e a graça da Jacinta dos dias anteriores, da noite passada. – Achas que o que aconteceu entre nós se presta a múltiplas interpretações? És uma exegeta de primeira, se pensas assim.

— Olha, Nacho, já tenho problemas suficientes em minha vida, chega... – Nesse momento Alina saiu para o corredor e olhou-os fugazmente, mas continuou andando com passos medrosos em direção da cozinha. Jacinta baixou ainda mais a voz. – Não me convém ter mais um problema em minha vida.

— Um problema a mais? De que estás falando? Queres dizer que eu sou para ti um *problema a mais*? É isso o que estás dizendo? Teria gostado de sabê-lo ontem à noite, antes de...

— Sinto muito, Nacho.

O meteorologista assentiu com lentidão. De repente, os olhos da mulher, que na noite anterior o haviam cativado com sua luz, pareciam-lhe agora duas passarelas entenebrecidas. A decepção o havia deixado sem palavras, nem mesmo com forças suficientes para sentir-se aborrecido.

— Tudo bem – conseguiu dizer. – Eu também sinto muito.

Sentia as pernas frouxas e o estômago ardendo.

Deu meia-volta e entrou de novo no refeitório. Julgou ouvir Jacinta chamá-lo: "Espera, Nacho, eu...", ou algo similar, mas decidiu seguir em frente e não olhar para trás.

Não conseguiu provar um bocado sequer, embora se tenha servido de um suco e tenha dado uns tranquilos pequenos goles sem vontade, enquanto os outros tomavam o café da manhã. Não voltou a pousar o olhar em Jacinta.

Fernando mostrou-se carrancudo e impertinente, mas Nacho concluiu que havia percebido que algo não andava bem entre ele e Jacinta e, talvez para distraí-lo, ia falando sem parar sobre qualquer assunto.

Confessou-lhe entre dentes que começava a ficar mais que farto e queria partir dali quanto antes para voltar para casa. Estava ali por dinheiro e por deferência a Dona Agustina que, ao longo do tempo, se havia portado com ele maravilhosamente bem. Não esquecia a vez que lhe concedeu uma bolsa, fazia mil anos, para escrever um livro de poemas, quando ele estava passando mais fome que o cão em dieta de um ricaço. Ela ficou sabendo de sua situação e salvou-o da anemia e do fracasso. Precisamente em tempo. E ter de largar Nova Iorque, algo que não lhe apetecia "nem um car... amba".

O rosto do resto dos presentes também denotava cansaço e falta de horizonte. Torres Sagarra exibia taciturna uma blusa de babados pretos que a qualquer outra lhe teria servido de saia. Sua expressão era mal-humorada. Até a elegante cabeça de estátua de Pascual Coloma apresentava uma pátina sufocada, como se tivessem defecado sobre ela um bando de pombos.

Mas Jacinta... – Nacho se fixou em todos os detalhes quando falava com ela – Jacinta estava resplandecente, a bela raposa.

Sentiu menos saudade da presença vibrante de Rocío, de seus vestidos de jovem e insolente viúva siciliana, e da antipatia travessa de seu olhar.

— Rocío não voltou do hospital? – perguntou a Fernando com um fio de voz.

Antes que o homem pudesse responder, Dona Agustina, que o tinha ouvido, se adiantou.

— Há poucos minutos consegui falar por telefone com o hospital. – respondeu. Havia recuperado em grande parte seus modos resolutos e a segurança de suas mãos, que já não tremiam. – Eles a trarão em torno das doze, ao meio-dia. Acho que a polícia a acompanhará. Falei também com o inspetor Gámez Osório, e... Enfim, quando vierem, veremos o que contam.

— Mas a menina está melhor, mais serena? – quis saber Maurício Blanc.

— Oh, sim, sim... Acalmou-se, passou a noite dormindo com um sono só, segundo me disse a enfermeira chefe da unidade onde está internada.

— Se Deus quiser, isso não vai afetar sua saúde. Ela é jovem e poderá... – assentiu Maurício.

Fernando se remexeu aborrecido em sua cadeira.

— Deus? Essa agora! – exclamou irritado.

Maurício soergueu as sobrancelhas; todos os presentes olharam Fernando com atenção.

Cecília Fábregas limpou os lábios com o guardanapo e deixou os talheres ao lado de seu prato, como que se preparando para apreciar a cerimônia de mais um chilique de Fernando.

— Deixa que te diga uma coisa, Maurício... Deus não existe! – rosnou Fernando.

Alina, que estava lhe servindo um prato com pedaços de laranja em rodelas, deixou-o sobre a mesa, ao lado de uma taça de café, e benzeu-se duas vezes.

— Deus não existe! – insistiu Fernando, carrancudo. – Deus é como o ratinho Topolino: não existe, mas serve para que as crianças cresçam pensando que o mundo é o contrário do que é.

— Se tu o dizes... – concedeu Maurício, fleumático.

Jacinta rosnou que talvez não deveriam falar de Deus, mas da Deusa. E Fernando, que havia jogado o guardanapo no chão enquanto cuspia impropérios com veemência, se agachou para apanhá-lo e aproveitou para assegurar a Nacho, por baixo: "Meu Deus, como detesto esse discurso vaginal..."

Nacho não respondeu.

— Este encontro está durando tanto e é tão inquietante como o striptease de uma múmia... – lamentou Miño Castelo.

A seu lado, Pedro Charrón e Rilke Sánchez assentiram com frenesi enquanto mastigavam alguma coisa.

— Bem... – suspirou Cristina Oller – eu não sei se há outra vida, caro Fernando. Ninguém o sabe. Mas, em todo caso, espero que Fábio... Espero que agora que Fábio está morto... Bem, o que quero dizer é que confio que tenha melhorado seu caráter.

O inspetor Gámez Osório era um tipo corpulento e não muito alto, que ainda não devia ter chegado aos quarenta. Tinha o cabelo cortado a zero e, se fosse visto em certos ambientes, teria passado antes e bem por um delinquente de pouca monta, recém-saído do "xadrez do que por um tira". Não sorria amiúde, pelo que se podia ver, e, apesar de seu aspecto rude e seus modos desabridos, seus olhos da cor da alfavaca enlameada, de um verde enlodado, refulgiam de inteligência e sutileza. Nacho pensou que não gostaria de ver-se com ele mano a mano, embora o ultrapassasse em estatura. Perguntou-se o que diria aquele homem se soubesse que Dona Agustina lhes havia escamoteado uma prova, o computador portátil da vítima, e que ele mesmo era cúmplice da ocultação, pois, agora mesmo o aparelho dormia placidamente em estado de repouso eletrônico no fundo de uma castigada maleta de mão, em seu quarto.

Vinha acompanhado de um homem a suas ordens, com aspecto de magrebe, mas cujo sotaque não deixava a menor dúvida de sua origem local, chamado Juan de Dios López Aguirre, para mais provas. Claro que, na melhor das hipóteses, era adotado.

Formavam um par desses de que qualquer um sairia fugindo, caso os encontrassem em uma viela escura, e um par que nunca precisava solicitar auxílio. Dois tipos duros, *madre mía*, pensou Nacho, e mordeu os lábios.

Tinham vindo acompanhando Rocío, que apresentava um aspecto como que desvairado, encolhida embaixo de um casaco com estampas cinza de camuflagem que claramente alguém lhe havia emprestado e que ficava grande demais nela. A menina tremia como um coelho encurralado por um animal selvagem. Não deixava de repetir que se sentia bem, que tudo estava bem, mas ninguém acreditava nisso. Nem sequer os policiais, um dos quais lhe dava o braço como apoio e, de vez em quando, lhe lançavam olhares furtivos.

O inspetor Gámez Osório dirigiu-lhes um olhar penetrante que produziu em Nacho um calafrio nas costas. Estavam reunidos no salão, todos com ar grave e formal. Ouvia-se apenas, vez por outra, uma tosse ou o ranger de uma cadeira.

— Podem ir – disse o policial. – Todos. Se for necessário, já sabemos onde encontrá-los. Este caso está resolvido. Talvez alguém de vocês tenha que declarar se acaso se celebra um julgamento, embora seja possível que o juiz suspenda a causa.

Um murmúrio de surpresa percorreu a sala.

Fernando se agarrou em Nacho.

— Mas eu tenho que voltar para minha casa em Nova Iorque – disse-lhe. – Ali também poderão me encontrar facilmente!

— Não te preocupes – acalmou-o Nacho e pediu-lhe para que guardasse silêncio.

Acabava de sentir um inequívoco estremecimento de decepção que fez com que caísse no chão uma caneta Bic que vinha mordendo durante as duas últimas horas. O Clube Baskerville havia perdido a oportunidade de resolver um caso dos mais suculentos! A polícia havia concluído antes. Quase podia ver a cara de desilusão da tia Pau e de Rodrigo, quando lhes desse a notícia.

— Mas... não entendo – falou Dona Agustina com seu polido sotaque de grande dama. – Você diz que já resolveram o caso? Não sabíamos de nada. Pensei que levariam muito mais tempo para obter algum resultado.

O policial voltou-se lentamente para onde estava sentada a dona do Cigarral.

— Normalmente, minha senhora, essas coisas caminham mais lentamente, de fato. Deve-se produzir provas biológicas que levam semanas, a autópsia, estudos forenses, as comprovações de DNA dos restos mortais na cena do crime, das proximidades da ferida incisa e da arma... Mas alguém lá em cima... – o inspetor apontou para o teto, como que dando a entender que o próprio Deus (o Deus de Maurício?) ou algum outro chefete estava encapuzado no forro – decidiu que esse caso requeria muita, muitíssima pressa.

Sua atitude de desgosto evidenciava que não aprovava o tratamento diferente dado às vítimas "importantes" e ao resto dos pobres desgraçados.

— Mas quem fez isso? Quem, ah, terminou com a vida de, este, do senhor Fábio? – perguntou Rilke Sánchez.

— Sim, quem matou Arjona? Quem foi? – inquiriu Pedro Charrón, sem dúvida instado pelo avassalador desejo de saber o nome da pessoa que havia concluído um trabalho que a ele nem mesmo o deixaram começar em seu dia.

O inspetor coçou o queixo, salpicado de uma barba incipiente, e refletiu antes de responder.

— O caso ainda está sob segredo de justiça e, embora os detalhes não venham à tona, não demorará muito para tornar-se público o resultado da investigação – disse. – As marcas biológicas não deixam dúvidas. Tivemos que enviar o material para um laboratório em Zurique, para obter os resultados em tempo recorde. Algo que não costumamos fazer... nunca, mas como lhes dizia, nos "forçaram" a imprimir urgência... O certo é que o pessoal do laboratório suíço encontrou restos do DNA de Richard Vico Montalbán no corpo de Fábio Arjona e na arma que foi usada para acabar com sua vida.

Rocío, que já fazia alguns minutos que chorava surdamente, abafou um grito, levando uma das mãos à garganta, ainda que tudo nela sugerisse que já lhe haviam dado a notícia, talvez no caminho de volta para o Cigarral.

— Vico se fez um corte no antebraço esquerdo. Um dos forenses acredita que houve um forçamento que, embora não durasse muito tempo, serviu para que o homicida arranhasse a si mesmo. Tratou de limpar a arma, mas não foi muito consciencioso, porque até a deixou incrustada no corpo; provavelmente tinha pressa em deixar a cena do crime. O dele foi uma autêntica furada, se não se ofendem com a expressão. – Respirou fundo e continuou falando. – Para examinar as amostras foi utilizado o que os especialistas chamam de "técnica do baixo número de cópias", capaz de detectar indícios de fluidos corporais, sangue ou saliva, por pequenos que sejam. Embora, na realidade, não fizesse muita falta, porque o corpo do falecido Arjona estava literalmente repleto de vestígios biológicos e restos do DNA de Vico. Arjona havia bebido, e muito, segundo consta nas análises forenses. E fazia pelo menos um ano que Vico vinha consumindo regularmente heroína e sulfato de anfetamina em pó, segundo os resultados preliminares da autópsia.

Nacho, que ouvia o inspetor "entre linhas", se fazia uma clara ideia do que estava se insinuando sob aquela aparência grave e pericial: um bêbado e um drogado se encontram na hora da bruxa, o que se pode esperar?

— Mas não entendo... – Cristina Oller levantou a mão para pedir licença para falar. – De todos os que estamos aqui, se excetuarmos Nacho e as pessoas do serviço doméstico, talvez Richard Vico fosse o único que não tinha contas pendentes com Fábio. Richard sempre viveu em outra esfera, era um músico, uma figura mítica do pop, sua vida tinha transcorrido longe dos tentáculos de meu ex. Do senhor Arjona, quero dizer. Não vejo por que razão iria brigar com Fábio, a ponto de chegar a apunhalá-lo. Não sei qual pode ter sido o *motivo*.

— Nós tampouco o sabemos, senhora. É verdade que há áreas duvidosas nesse ponto, mas é evidente que Richard Vico assassinou Fábio Arjona. Os homicídios nem sempre ocultam um motivo – disse como de má vontade.

Às vezes as pessoas se envolvem em uma discussão que sobe de tom e... se há uma arma no meio e os... ânimos estão exaltados... – quando falava de *ânimos*, o inspetor provavelmente pensava no "cavalo" e no uísque, correndo enlouquecidos pelas veias dos dois homens agora mortos. – Muitas pessoas passam a vida desejando acabar com aquela de outra pessoa, nem por isso dão o passo e cometem um assassinato. As fantasias são livres, inclusive quando são tão terríveis. Enquanto outros, que nunca teriam sonhado em matar alguém, caem, em má hora, presas de um arroubo e derrubam qualquer um que cruze sua frente.

— E Richard, então..., se suicidou? – perguntou timidamente Jacinta. Nacho olhou para outro lado e roeu um pouco mais a tampa da esferográfica.

— Não temos nenhum motivo para suspeitar que não tenha sido assim. Deixou uma nota de despedida, acreditamos que dirigida à senhorita Rocío Conrado, aqui presente, com a qual mantinha uma relação... – deu uma olhada a Rocío, que concordou de má vontade, dando-lhe sua aprovação para que continuasse a falar – algum tipo de relação sentimental, platônica ou não.

Rocío enrugou os lábios, com asco.

— Era sua letra. E deu-se uma picada que teria servido para

fazer bater as botas a uma dezena de homens mais robustos que ele. Segundo seus informes, os especialistas forenses estão convencidos de que ele próprio perfurou a veia, que ninguém o fez por ele. Levou boa parte de sua vida aplicando-se picadas. Era um drogado experiente. Sabia calcular as doses. Mas sofria de AIDS em um estágio bastante avançado e, embora com a medicação atual a enfermidade lhe tivesse permitido viver mais vinte anos, uma doença dessas não é fácil de suportar e até quando. E acabava de cometer um homicídio, possivelmente não o suportou. Embora pareça mentira, há homens que têm consciência. Surpreendentemente, há homens que são conscientes. Também poderia ter se sentido encurralado, deve ter percebido que não tinha feito as coisas muito bem, que havia deixado o crime todo regado de evidências. Não era nenhum idiota, nenhum ignorante. Sabia o que tinha feito e como o havia feito.

— Meu Deus – murmurou Dona Agustina, como se rezasse. – Meu Deus...

— Ainda assim – o inspetor hesitou um instante antes de prosseguir – ainda assim... há coisas que não se encaixam, é verdade. É certo que o encontro entre dois homens com suas faculdades mentais... transtornadas por alguma substância tóxica... Bem, vi muitos episódios desse tipo e posso acreditar em qualquer coisa, mas... Se não nos tivessem exigido tanta pressa para concluir este caso, talvez... Mas os de cima querem que tudo se encaixe, e rápido. Quando alguém corre muito não é capaz de desfrutar da paisagem e, além disso, lhe escapam os detalhes. Talvez teríamos averiguado o que realmente aconteceu entre eles, se tivéssemos tido um pouco mais de tempo. A senhorita Rocío Conrado, aqui presente, declarou que o senhor Vico não lhe contou nada e tampouco confessou a alguém mais, segundo os depoimentos de todos vocês. Não deixou nenhum bilhete esclarecedor, nem nada que explicasse por que o fez, não falou com ninguém por telefone, fora desta casa, a quem relatasse o ocorrido. Interrogamos uma por uma todas as pessoas com quem falou por telefone nesses dois dias. Não foram muitas. Em resumo: não temos nada em que agarrar-nos. Nada – mostrou as palmas das mãos, abertas para cima. – Continuamos sem saber muitos porquês que trariam luz sobre todo este assunto e, no que me diz respeito, o caso continua aberto, embora a investigação oficial esteja concluída.

Dirigiu-se para seu colega e lhe fez um gesto. Quando ambos se dispunham a abandonar a sala, pensou melhor.

— Há outra coisa – disse.

Os presentes olharam para ele, alertas.

— Não encontramos um laptop que – Dona Agustina fechou os olhos com força, enquanto Gámez Osório falava – segundo consta em uma fatura de seu departamento na universidade, que faz poucos meses Fábio Arjona comprou para seu uso pessoal, com dinheiro do departamento em questão. Um colega da vítima na faculdade testemunhou que isso não é muito raro, porque nos últimos dois anos o falecido catedrático apresentou duas denúncias falsas na delegacia mais próxima de seu domicílio sobre o inexistente roubo de outros tantos computadores que, assegurou, lhe teriam subtraído no aeroporto e na estação de Atocha, respectivamente.

— Todo o mundo na universidade sabia que Arjona não gastava nem um tostão de seu bolso para comprar computadores ou aparelhos eletrônicos de qualquer tipo – confirmou Torres Sagarra. – Não, se pudesse evitá-lo e pagar as faturas com o dinheiro da universidade.

— Segundo disse o companheiro de Arjona, a vítima denunciava um roubo falso, dava de presente o computador supostamente roubado a um estudante, geralmente do sexo feminino, em troca de algum trabalho acadêmico que pudesse assinar com seu nome e, em seguida, exigia da universidade a compra de outro aparelho, de último modelo. Comprovamos as denúncias e foram, efetivamente, apresentadas.

— Sim, Fábio sempre foi muito cuidadoso com sua economia doméstica – afirmou Cristina Oller. – E estava sempre atualizadíssimo em informática.

— Bem – concluiu o policial. – Em sua casa em Las Rozas tinha pelo menos mais dois laptops, um computador de mesa e várias unidades zip e de disco rígido, todos atualizados no mesmo dia e na mesma hora em que saiu de sua casa para chegar até aqui. Mas preocupa-me o desaparecimento desse "troço", gostaria de saber o que aconteceu com ele. Talvez voltou a dá-lo de presente em troca de algum favor, ou talvez não. Aqui não o encontramos e, tivermos de acreditar em vocês, ninguém o viu utilizá-lo ou comprovou que chegasse com um no Cigarral. Mas se..., se doravante se lembrarem de algo mais a respeito, lhes agradeceria se me chamarem. Às vezes, depois de alguns dias, alguém se lembra de detalhes, e...

Os dois policiais se despediram cortesmente e se encaminharam para a saída.

Fez-se um silêncio constrangedor que durou precisamente até que Dona Agustina soltou um suspiro que soou como um tiro na quietude da sala.

Rocío nem sequer abriu a boca.

# *A DESPEDIDA*

... eu sei que te teria enternecido,
se me visses, Amor; mas és cego.

LUIS CARRILLO Y SOTOMAYOR

Dona Agustina disse-lhes que podiam ficar quanto quisessem, mas a maioria dos convidados optou por ir embora do Cigarral naquela mesma tarde.

— O mínimo que posso fazer é oferecer-lhes minha hospitalidade – insistiu a mulher, mas em vão.

Nacho se despediu de todos, menos de Jacinta, a quem não conseguiu encontrar em nenhum lugar e a quem igualmente não tinha intenção de apertar-lhe a mão. Mais tarde soube por Carlos que ela havia escapulido do Cigarral como uma foragida, na garupa de uma moto de grande cilindrada, conduzida por um tipo que nem sequer tirou o capacete para cumprimentá-la enquanto ela se acomodava atrás. Havia deixado sua bagagem na casa e a ordem para que a guardassem até o dia seguinte, quando mandaria alguém retirá-la.

Carlos fez algumas viagens à estação ferroviária de Toledo com o carro da senhora, carregado com alguns dos poetas.

Pascual Coloma, ao contrário, foi apanhado por um motorista que dirigia um imponente "Be Eme Dóbliu", como assinalou Fernando, em cujo assento traseiro podia vislumbrar a ruiva e agitada melena de uma dama preocupada e atraente de meia-idade. "Sueca – como deduziu muito bem Fernando; – parece que as extraia do IKEA."

O venerável Coloma foi apertando a mão de um por um de todos os presentes. A Nacho inclusive lhe dirigiu um sorriso de lado, enquanto murmurava um contido "adeus". Quando seu carro se perdeu atrás da grade da entrada, Fernando confessou a Nacho: "Admiro a profundidade dos discursos monossilábicos de Catarina, a Grande, mas alegro-me em poder dizer que estou orgulhoso por não ter caído rendido a seus pés, vítima de sua retórica."

Cristina Oller, antes de subir no carro que deveria levá-la à estação, voltou-se de repente, apesar de já se ter despedido de todos, e se jogou no colo de Nacho, envolvendo-o em um terno abraço.

— Obrigada por tudo, gostei muito de te conhecer. Temos de ver-nos. Já sabes como encontrar-me – lhe disse, e o meteorologista, vagamente inquieto, concordou sem hesitação.

Cecília Fábregas lhe havia dado um caloroso aperto de mão, seguido de um beijo. Recomendou-lhe que lhe telefonasse e que não se esquecesse de que tinha a casa de Annecy aberta para quando quisesse retirar-se uns dias para escrever ou para descansar.

— Digo-o de verdade, já o sabes – sorriu. Notava-se que se sentia aliviada por partir de uma vez por todas do Cigarral, tinha recuperado um pouco de cor nas faces e havia colocado no pescoço um belo colar de cristal de rocha.

Torres Sagarra, brincando, lançou-lhe um gancho que não chegou a acertar-lhe a mandíbula, felizmente, e abraçou-o com força, sacudindo-o ao mesmo tempo como um tapete.

— Quero ver quando vou ler algo novo teu. Logo, eh, rapaz? Logo.

Carlos ligou o carro e levou as três mulheres para Toledo.

Um pouco mais tarde, quando o motorista retornou da cidade e preparou o carro novamente para a viagem seguinte, Pedro Charrón se despediu educadamente com algumas expressões usuais e entrou no carro com a agilidade de um rapagote.

Custou algo mais a Rilke Sánchez partir dali. Falou muito mais com Nacho e com Fernando em um quarto de hora do que havia falado durante os dois dias em que haviam permanecido juntos no Cigarral. Garantiu a Nacho que "ali, em meu pequeno e fodido, ah, país andino, em minha pátria, sempre haverá uma vaga em uma programação cultural, ah, para que tu venhas e nos dês uma palestra sobre mudanças climáticas ou sobre o que quiseres. Sobre poesia não, porque para isso já estou lá eu. Com este nome, ah, que tenho, a que supor que eu pudesse me dedicar, senão a isso?"

Miño Castelo e Maurício Blanc também entraram no carro na mesma viagem. Ambos deram seus cartões de visita a Nacho, que já possuía uma boa coleção deles, e lhe fizeram promessas (vãs, como costuma acontecer nesses casos) de continuar em contato e de "lê-lo com atenção".

Rocío foi embora um pouco mais tarde. Havia chamado um táxi que a apanhou na porta da casa, depois que os outros já haviam partido. Nacho e Fernando a ajudaram a carregar a mala e um par de sacolas com os presentes que havia comprado em Toledo.

— São para minha mãe – custava-lhe trabalho esboçar um pequeno sorriso. – Vou visitá-la a cada duas semanas no sanatório.

Nacho assentiu. Notava-se que a jovem estava desolada. Seu rosto se havia debilitado e infantilizado; parecia uma menina de dez anos, perdida no estacionamento de um supermercado.

Deu um sonoro beijo a Fernando, sem que o homem soubesse de onde havia tirado energias para estalá-lo dessa maneira.

— Até logo, resmungão – disse-lhe. – Obrigada por fazer-me rir.

— Cuida-te, princesa – respondeu ele.

Já se havia despedido também de Dona Agustina, com um caloroso abraço, adornado de suspiros e de "meus-deus", de modo que foi para Nacho e lhe estendeu solenemente a mão.

— Até outra, amigo.

— Já nos veremos - respondeu ele.

— Não tenhas nenhuma dúvida disso.

Caminhou até o táxi e, antes de abrir a porta, voltou-se.

— Ah, Nacho...

— Sim?

— Sabes? É uma pena, mas minhas feridas não são tão limpas como as tuas. Eu te invejo por isso.

Quando todos tinham ido embora, Fernando e Nacho, os únicos que tinham decidido aceitar o convite de Dona Agustina para dormir pelo menos aquela noite no Cigarral, concordaram que seria bom dar um passeio pelos arredores. A temperatura era agradável, mas se viam nuvens no céu, e o ar tinha uma cor cristalina.

— Vou ter de trocar minha passagem – queixou-se Fernando, porque meu avião só parte daqui a três dias. Que vou fazer sozinho nesta casa, se tu partes amanhã? Isso me dá arrepios, só de pensar que tenho de dormir aqui com Dona Agustina e seu gato como única companhia.

— Vem comigo amanhã. Eu trouxe o carro. Não é um carrão como esses que vimos, mas... Até o táxi era um sedan de luxo. Talvez chegou para mim o momento de mudar de carro.

— Com o cheque que te deu Dona Agustina por estes três dias mal contados de poesia e de crime, bem que poderias esticar um pouco e comprar-te um novo – sugeriu Fernando.

— Pois, olha, quem sabe.

— Mas ... Está bem, iria contigo, mas é que não gosto nada ter de ficar em Madri, esperando que meu avião parta. Não. Teria que chamar alguns amigos e, na realidade, isso não me tenta muito. Há décadas que venho me esquivando de pessoas que, por certo, estimo e tudo. Mas é que... recordar, sabes? Não gosto muito. Quando vês alguma pessoa não podes deixar de recordar e eu não sou uma maldita cassete disposta a rebobinar à primeira troca. E se não o fazes tu, isso de recordar, eles já se encarregam. *Nah*. Caramba, não.

O meteorologista chutou uma pedra e logo se abaixou para recolher outro pedaço de solo. Pensou em Jacinta e seu estômago se apertou ao evocar o cheiro de sua pele. Sentia-se tremendamente deprimido.

— Vem comigo.

— Já te disse que não gosto de ficar em Madri, que...

— Não, se o digo é que venhas comigo para minha casa. Na realidade, já o sabes, é a casa de minha tia Pau, mas ela não se importa que passes conosco algumas noites ou quantas quiseres. Há lugar de sobra. Posso chamá-la e perguntar-lhe.

— Sim? – Fernando olhou para ele, por uma vez enternecido. – Tu me convidarias para tua casa, com tua velha tia e teu centro de conspirações mundiais, ali, a descoberto, no computador de teu quarto?

— Meu centro nevrálgico está na biblioteca de minha tia. É grande. Cada um temos nossa mesa e não nos incomodamos. Apenas concordamos.

— Oooh.

— Que dizes?

— Feito.

Nessa mesma noite, Fernando e Nacho decidiram ir jantar em Toledo e dar uma volta pela cidade, sempre misteriosa e acolhedora.

Conversaram longamente. Fernando era um falastrão infatigável, mas Nacho estava aprendendo a apreciar seu humor negro e impertinente e a divertir-se com seus acessos de indignação contra o mundo em geral e contra quem estivesse ao alcance em particular. Dos dois, Nacho parecia o homem maduro. Fernando, o adolescente.

Tomaram uns drinques em uma discoteca que tinha muita gente, apesar do dia de semana. Estava situada pelos lados do passeio Miradero. Aguentaram um pouco até que Fernando começou a sentir dor de cabeça com a música e decidiram ir para um bar tranquilo na rua Alfileritos. Ali, uma garçonete, vestindo pouca roupa, que não deveria ter mais de vinte anos e carregava tanta bijuteria pendurada em forma de *piercings* pelo corpo que parecia um desses tabuleiros onde são penduradas as chaves, lançou um olhar melancólico a Fernando e perguntou-lhe o que queria.

— O que quero? Bem, olha, querida. Quero um pouco de *uisge beata*. De água da vida.

— Não temos isso – respondeu a menina sem alterar-se.

— Como é possível?

— Não sei, terá acabado.

— Então, traz um uísque. Um Glenlivet, mas que não tenha menos de quinze anos – disse Fernando.

— Não trabalhamos com essa marca.

— Queeê? Sério? Falas sério? Olha aqui, eu te aviso, não brinques com meus sentimentos...

— E você, o que vai tomar? – perguntou a garçonete a Nacho, ignorando Fernando.

— Uma cuba livre de rum de garrafa com Coca-Cola de torneira e muito gelo.

— Vai!

Deu-lhes as costas e perdeu-se entre o resto das mesas do local, contornando as cadeiras como uma autêntica modelo.

Quando voltaram para o Cigarral, em um táxi que tiveram de chamar por telefone, Nacho estava tonto e havia vomitado duas vezes antes de abandonar o local, mas ameaçou tentar novamente. Fernando teve de arrastá-lo de lá, carregando-o nas costas.

— Nunca te envolvas com as mulheres, e nunca te *apaixonesh*! por uma mulher – repetia o meteorologista a Fernando, obstinado. – Sob sua aparência e seus *nomesh* de *florzinhash* são *autênticosh cardosh*. Há *grandesh* diferenças entre elas e *nósh*... Nós ficamos *loucosh* por elas, e elas... elas são *loucash*, simplesmente.

# *TRÊS MESES DEPOIS*

... Se de minhas ânsias o amor soubeste,
tu, que as queixas de minha voz levaste,
ouve, não temas, e a minha ninfa dize-lhe,
dize-lhe que morro.

ESTEBAN MANUEL DE VILLEGAS

# *VIAGEM AO VALE DA MORTE*

Eram meados de julho e Nacho Arán já tinha decidido onde passaria suas férias. No final, resolveu que não compraria um carro novo. O seu ainda puxava bem, levava-o diariamente para o trabalho e preferia empregar uma substancial fatia do dinheiro que havia recebido pela conferência e permanência no Cigarral de la Cava, ou todo, se fosse necessário, para dar-se o luxo de viajar em grande estilo por uma vez, e não como mochileiro, como era seu costume (imposto por sua extenuada economia de assalariado).

Tinha pensado ir a Nova Iorque. Finalmente havia aceitado o convite de Fernando Sierra e o visitaria em sua casa. Depois, ambos tinham planejado cruzar os Estados Unidos até a costa Oeste em um carro alugado. Fernando iria mostrar-lhe um pouco do país. Queriam percorrê-lo desde a Big Apple até o parque Yellowstone, em Wyoming. Queria explorar também outros importantes parques dos *States*, como dizia Fernando: Yosemite, Grand Canyon, Bryce Canyon... Margear o rio Colorado e atravessar a Califórnia, entrar em Las Vegas pelo Vale da Morte, pisando no acelerador, e depois seguir até San Francisco e Monterrey. Seriam umas férias inesquecíveis. Essa era uma de suas viagens sonhadas e estava convencido de que Fernando se comportaria bem e procederia como um notável cicerone.

Fernando e ele haviam mantido contato e a cada dia reforçavam sua amizade. Em contrapartida, Nacho não podia dizer o mesmo do resto dos participantes no congresso de poetas patrocinado por Dona Agustina Pons. Não tinha tido mais notícias de nenhum deles, apesar de ter enviado um e-mail a todos. Sim, era verdade que Cristina e Cecília tinham respondido umas poucas linhas, mas tão indolentes que ele não insistiu e aí acabou tudo. Algumas outras mensagens voltaram, rejeitadas pelos servidores. Maurício não tinha endereço eletrônico e Nacho sempre pensava que deveria escrever-lhe uma carta, mas ia deixando e...

Ainda não tinha esquecido seu desastroso encontro romântico com Jacinta, que havia visto algumas vezes na televisão. Embora se tivesse proposto não fazê-lo e enterrar seu nome e seu perfume em sua memória, a saudade e a dor do abandono foram mais fortes que sua vontade, e algumas vezes se encontrou na sala de sua casa, altas horas da madrugada, com o programa que ela apresentava sintonizado em seu televisor. Continuava parecendo-lhe cativante. Perversa e maléfica, mas sedutora.

Uma semana depois de seu regresso do Cigarral, Nacho subiu em seu velho Opel e tomou a Nacional I em direção a Burgos, uma tarde de sexta-feira. Quando se deu conta, estava plantado em Saragoça. Poderia ter viajado de trem, mas gostava de guiar, permitia-lhe sumir em seus pensamentos sem que ninguém o incomodasse, nem revistadores, nem passageiros animados com um telefone celular colado ao ouvido e com os olhos prestes a saltar no chão de suas órbitas, como bolas de golfe cobertas de sujeira.

A mãe de Rodrigo lhe abriu a porta. A mulher tinha uma melena média tingida de brilhantes e juvenis tons de cobre, mas suas olheiras de ursinho panda a delatavam. Era farmacêutica e tinha dois filhos adolescentes que a emurcheciam cada dia um pouco mais.

— Ah, o poeta – disse, dando-lhe um beijo. Nacho adorava que o chamassem de poeta. Muito mais que meteorologista. – Entra. Está em seu quarto. Vê se consegues tirá-lo um pouco de lá. Só sai para comer. Sempre está imaginando que "tem uma festa", mas no último minuto se arrepende e não vai. Nunca vai. Precisa dar-lhe um pouco de ar. E seu quarto é uma cloaca. Nem a faxineira quer entrar ali.

— E, além do mais, ele tampouco o permitiria.

A senhora concordou com má vontade.

— Estou indo para o trabalho. Hoje à noite tenho plantão na farmácia, a menina deve sair dentro de uma hora e meu marido já deve estar chiando, enquanto observa o relógio. Quando tardo a chegar, olha tantas vezes a hora que desgasta os ponteiros do aparelho. Vamos nos ver amanhã?

— Não sei. Vim somente para trazer algo para Rodrigo. Vou dormir em um albergue onde reservei um quarto e pensar em voltar tranquilamente amanhã de manhã.

— Como quiseres. Dá-me outro beijo, então.

Despediram-se e Nacho se dirigiu para o quarto de Rodrigo que, efetivamente, estava feito uma taberna de má reputação.

— Ho, tio, a que devo a honra?

— Toma isto, pequeno *hobbit*. E vê se consegues tirar alguma coisa, porque brilhamos neste caso – disse Nacho entregando-lhe o laptop de Fábio Arjona. – Caramba, isso aqui não cheira mal, fede, nunca o ventilas?

— Acabo de ventilá-lo agora mesmo. São preconceitos. O que tens são preconceitos, como os de minha mãe. Cheiro, cheiro...! Bah! Creem que cheiram, mas não há nada que cheirar, nada. Mas como estão predispostos...

— Sim, bem. Está bem.

Rodrigo, contudo, não conseguiu descobrir nada de interessante dos arquivos daquele "troço", como o havia chamado o inspetor Gámez Osório. Fez uma exaustiva busca em todas as pastas, digitando palavras-chave, que o levaram à falta mais absoluta de provas ou de indícios das intrigas e das chantagens de Fábio Arjona, passadas ou presentes.

Passou duas semanas trabalhando no assunto, com resultados inúteis.

— Tio, tio – queixou-se o rapaz por telefone a Nacho – esse tipo tinha computador desde que inventaram a máquina a vapor, nos tempos de Heron de Alexandria. Era um adiantado, o dito cujo, mas seu computador está limpo como uma patena. Pronto para passar qualquer revisão da brigada de moral pública.

— Enviou e-mails enquanto esteve no Cigarral de Toledo? – quis saber o meteorologista.

— Nenhum, tio. Baixou vários. Era *spam* e os deletou. Consegui ressuscitá-los, mas se trata da mesma merda do Viagra e da loteria que todos recebemos diariamente. Sua correspondência eletrônica tinha diminuído seriamente no último ano. Até então, esse pássaro escrevia e recebia dezenas de e-mails por dia. Mas, em dado momento, plaf, acabou. Como se tivesse perdido o interesse. Ele pelos outros, e os outros por ele.

— Mas utilizaria o computador para alguma coisa nesses dias em Toledo, não é?

— Sim, claro, para ler a imprensa eletrônica e visitar algumas páginas do Instituto Cervantes virtual. Nada que me excite, pessoalmente falando.

— Estou começando a acreditar que a única coisa que fizemos foi afanar um computador, como uns vulgares larápios.

— Sim, é isso que receio. Até eu mesmo tenho mais que ocultar que esse cara, que tem um disco rígido digno da madre Teresa de Calcutá. – Rodrigo ficou calado e depois perguntou:

— Posso ficar com o bagulho? É uma maravilha, tio. Posso limpá-lo e assim teria um bichinho em dia, que não me cai mal. De todas as maneiras, não creio que o proprietário o reclame. E a polícia já o terá esquecido.

— Mas...

— Vou fazer uma cópia de todo o lixo desse cara e o guardarei para ti, caso... Vamos, diz que sim... Os estudantes somos o proletariado do mundo. Se eu ficar com o Mac, será como uma ajuda para minha classe social desfavorecida.

Agora, quase três meses depois, Nacho estava lendo o jornal na cantina dos estúdios de televisão, onde trabalhava. Era sua hora do lanche. Geralmente comia acompanhado pelo pessoal do programa, mas hoje estava sozinho porque os outros tinham decidido sair à cidade e ele não tinha vontade de acompanhá-los. Além do mais, queria aproveitar o tempo para revisar a maldita papelada antes que chegasse o mês de agosto.

Sonhava com sua próxima viagem e assim deixar para trás a rotina, enquanto mordiscava um sanduíche de salame italiano, maionese e picles, regado com uma cerveja bem gelada.

Costumava aproveitar a hora do lanche para ler os jornais do dia, que estavam esparramados, desde a primeira hora da manhã, sobre uma mesa na entrada do local, à disposição dos clientes. Dava uma olhada superficial, porque tentava ler cinco jornais no tempo que teria levado para ler um apenas, mas, enfim.

Folheava as páginas e tentava engolir seu lanche ao mesmo tempo, com os dedos manchados de tinta. Esteve a ponto de saltar uma notícia, quando duas palavras o fizeram retroceder, como se tivessem ficado atravessadas na garganta. *Morte e Arjona*. Fazia tempo que não se falava do caso do Cigarral. Tudo havia ficado "encaixado e bem encaixado", como disse resignadamente o inspetor de polícia encarregado do caso. Os jornais se cevaram com o assunto durante umas duas semanas mais, nas quais, apesar de a investigação deixar claro o ocorrido (as provas biológicas eram conclusivas e o laboratório de Zurique embolsou uma boa quantidade de dinheiro do erário por sua diligência), as mentiras e os boatos não deixaram de continuar, mas no fim ocorreram alguns acontecimentos graves que relegaram o assunto a segundo plano, até que em um prazo de poucos dias morreu de inanição, pois, é evidente que os murmúrios exigem ser alimentados prodigamente para desenvolver-se e crescer sadios e vigorosos. E, no entanto, após três meses, ali estava de novo. O caso. A morte, e Fábio Arjona.

Nacho deixou sua comida em cima de um guardanapo de papel e leu, dessa vez sim, detidamente.

Na verdade, a notícia não se referia a Fábio, embora o mencionasse, mas informava a morte de um tal Alejandro Martínez Ursola, ocupante de alto cargo da cultura e figura "relevante, de primeira linha" das últimas décadas da história do país, que na idade de setenta e três anos acabava de morrer também "em circunstâncias trágicas". Fazia algum tempo que vinha sofrendo de uma doença grave, segundo o jornal, havia retirado-se de toda atividade pública e havia sido amigo íntimo e protetor de Fábio Arjona que – escrevia a redatora –, como todos os leitores deveriam relembrar, tinha morrido vítima de homicídio, ou talvez de assassinato, pelas mãos do cantor e poeta Richard Vico, havia menos de três meses, poucos dias antes da comemoração do Dia do Livro, em 23 de abril, data do nascimento e da morte de William Shakespeare e do enterro de Miguel Cervantes. A notícia era sucinta e, embora viesse acompanhada de uma foto do falecido, não explicava quais eram as "circunstâncias trágicas" de sua morte, da morte de Martínez Ursola. Nacho se perguntou se o homem teria morrido igualmente assassinado.

Arrancou a página do jornal com disfarce, aproveitando que o barman estava de costas, e a pôs no bolso. Terminou seu lanche, limpou-se com um guardanapo, que o deixou tingido com a cor do pelo de rato, levantou-se e voltou ao trabalho.

Uma vez em sua casa, mostrou o recorte do jornal a sua tia e perguntou se lhe parecia o rosto de Martínez Ursola.

A tia Pau pôs os óculos e examinou o papel com atenção.

— Nenhuma ideia, querido. Nunca havia visto seu semblante em toda a minha vida. E além disso, a fotografia está bastante manchada. Dá a impressão de ser uma daquelas fotos que os jornalistas conseguem de um personagem, do qual não possuem muitas imagens disponíveis. A este, não o fotografaram muito, estou convencida.

Nacho assentiu. Mas não tardaria a saber o quanto sua tia estava desorientada.

— Então, não te parece seu rosto?

A tia Pau negou categoricamente.

— Sua cara não me diz nada, mas eu sei quem é.

— Poderias ter começado por aí!

— Tu me perguntaste se parecia seu rosto e eu te disse a verdade. Que não. – A senhora deu um pulinho, muito ofendida.

— Está bem... E quem é? O jornal é muito vago a respeito. Chama-o senhor importante, mas não dá detalhes que permitam avaliar sua importância. Procurei na internet, mas não encontro nada sobre ele, exceto a mesma referência à sua morte que está impressa no jornal, transcrita em vários outros sites quase textualmente.

— Vou até a cozinha para fazer um chá. Queres?

— Espera, tia! Tia...!

Nacho correu atrás dela e alcançou-a na cozinha, cuja porta era uma antiguidade indiana que a mulher havia comprado em uma loja da rua Ribera de Curtidores, em Madri. Cada vez que a senhora a atravessava, tocava-a como se a acariciasse.

Martínez Ursola se arrastou desde os esgotos da censura franquista até conseguir inserir-se no poder durante a Transição, primeiro com a UCD, em seguida com os socialistas, depois no breve período em que a direita do país governou, e fazia alguns anos que tinha desaparecido do mapa político – explicou a tia Pau, enquanto sorvia sua fumegante taça de chá, uma peça de cerâmica decorada com um boneco azul que estava lendo enquanto segurava um cartaz que dizia "*Getxo, Liburutegui Zerbitzua*".

— Como o sabes?

— Ai, meu filho, porque sou muito velha...

— Deixa de fazer-te de vítima, é um papel que em ti fica... pequeno.

— Sim, diz o que quiseres, mas olha meu decote – apontou para o peito, coberto até o pescoço, apesar do calor que já começava a ficar mais intenso. – Não se pode dizer que seja o de uma miss.

— Bem, não desvies do assunto.

— O assunto... Ah, sim. A assinatura de Martinez Ursola, censor, era imprescindível em outras épocas para dispor de alguns títulos específicos nas bibliotecas públicas, onde eu trabalhei toda a minha vida, profissionalmente falando. E foi um censor meticuloso. Nada a ver com aqueles ingênuos que aprovavam obras literárias ou de cinema e televisão, porque só se informavam do que contavam então os autores. Passavam por eles, mesmo dobradas, como dirias tu. Mas Martinez Ursola não era desses. A ele não escapava nenhuma.

— Um tipo esperto.

— Sim, e cumpridor. O que nunca consegui explicar-me é como alguém é capaz de adaptar-se à passagem de um regime político a outro e continuar mandando. Porque esse senhor foi parte substancial do poder deste país desde meados dos anos cinquenta, que é muito a bem dizer.

— Muito tempo, sim.

— E de alguma maneira se havia arranjado bem para que ninguém o conhecesse. A foto que me mostraste há pouco é a primeira imagem sua que vi em minha vida. E estou metida nisso tantos anos como Martínez Ursola, só que eu os empreguei lendo jornais.

— Que achas que tinha a ver esse homem com Fábio Arjona?

— Não sei. A jornalista diz que foi seu "protetor". Isso pode significar qualquer coisa, mas conhecendo a história de ambos, certamente foi uma relação de interesses.

Nacho decidiu telefonar a Rocío para perguntar-lhe como estava e, de passagem, verificar se sabia alguma coisa sobre Martínez Ursola. A relação, posta por escrito na imprensa, do recém-falecido com Arjona não deixava de ocupar seus pensamentos de maneira perturbadora e desassossegante. Tinha que fazer algo, perguntar, conversar... Não sabia muito bem o que, mas sentia um palpitar estranho rondando seu peito.

Deu-se conta de que não sabia o número de telefone de Rocío. Não tinham chegado a ficar bastante íntimos, o que reconheceu com pesar, embora ele próprio tivesse gostado de aproximar-se mais dela.

Ela não lhe havia dado nenhum cartão de visita, como tinha feito a maioria dos poetas do Cigarral; conhecia somente seu endereço eletrônico e não acreditava que essa fosse a maneira mais rápida de comunicar-se com ela. Preferia o telefone.

Telefonaria a Dona Agustina e pediria o número da menina.

Não era muito tarde, apenas 20 horas e já estavam no verão; mesmo assim, Dona Augustina demorou para responder. Quando o fez, sua voz soava artificialmente alegre, como que alimentada por uma corrente elétrica repentina.

— Ignacio Arán, o poeta meteorologista. Quanto tempo, querido jovem! Fico contente em ter notícias tuas, estás bem? – perguntou a senhora com um leve acento de ansiedade.

Nacho a imaginou ladeada de seu fiel secretário, que ele nunca conheceu, e de seu gato ronronante e esquivo, de olhar acusador.

— Boa-noite, Dona Agustina, como está? Está tudo bem com a fundação? – replicou ele.

— Bem, já sabes, vai nos custar superar tudo isso. Que má publicidade, querido, que péssima publicidade... Quando pude falar com o ministro, e custou-me a ajuda de Deus para que tomasse o telefone e atendesse minhas chamadas, ambos concordamos que devemos planejar alguma coisa que apague o mau gosto que deixou na boca esse encontro que, por outro lado, poderia ter sido maravilhoso. Temos quase pronto o livro com as conferências que tão gentilmente prepararam sobre a figura humana e literária de meu marido. Conseguimos que o ilustre um artista plástico de primeira linha e vamos incluir fotos de Alberto, desde sua infância até os últimos dias de sua vida, cercado na maioria das tomadas instantâneas de gente ilustre. Está ficando lindo. Logo que sair do prelo enviarei para a casa de cada um os exemplares prometidos. Vais ficar encantado.

— Obrigado, Dona Agustina, estou esperando com impaciência – garantiu Nacho. Depois pigarreou e logo falou: – Olhe, estou tentando entrar em contato com Rocío Conrado. Não fiquei sabendo mais nada dela e gostaria de estar a par de como ela está e tudo mais. Sinto-me mal, porque deveria ter-lhe telefonado antes, mas é que andei ocupadíssimo com o trabalho e...

— Oh, Rocío, sim. Pobrezinha. Já lhe telefonei várias vezes. Está muito melhor, muito melhor – repetiu a mulher com uma voz um pouco menos calorosa.

— Estava imaginando se a senhora poderia me fornecer o número de telefone dela...

— Mas que dúvida, claro que posso te dá-lo. – Ouviram-se uns movimentos agitados e um cochicho: "Teodorico, vai buscar o número da menina Conrado, obrigada, querido, muito obrigada"... – Toma nota, Ignacio, estou com ele aqui.

Ditou-lhe os números com uma lentidão exasperadora e Nacho os copiou em sua agenda.

— É muito gentil, senhora, como sempre, Dona Agustina – disse. – Bem...

— Escuta, Nacho...

— Diga-me.

— Aquilo de, já sabes, de que falamos, aquilo... Tiraste algo a limpo? Já sabes... Tu e teu amigo.

— Ah, já. Refere-se a... "aquilo". Não realmente. Não havia nada de interessante ali, já sabe – imitou a mulher e sentiu-se um pouco infantil. – Foi uma grande decepção. Por isso não lhe telefonei para discutir sobre o assunto. E, além do mais, pensei que não seria prudente falar disso... já sabe.

— Sim. Entendo muito bem. Bom, devo dizer que quase o prefiro assim. Muito melhor para todos. Vamos ver se podemos dar um ponto final nessa história de uma vez por todas. – Suspirou com afetação. – Bem, alegro-me por ter conversado um momento contigo. Chama-me quando quiseres, Nacho.

— Da mesma forma, Dona Agustina.

— E transmite saudações de minha parte a Rocío. – Pensou um pouco e ocorreu-lhe algo. – Ficaste sabendo que, no final, foi ela que herdou tudo de Fábio Arjona?

— O que está dizendo?

— Ah, não o sabias?

— Não tinha nem a mais remota ideia, bem se vê que não ficamos em contato.

— Lembras que estivemos falando sobre isso precisamente, sobre a herança de Fábio Arjona? – perguntou a senhora. – Tu dizias que talvez tivesse parentes, embora fossem distantes.

— Sim, lembro.

— Pois, ao que parece, não os tinha e, como estivemos comentando, fazia tempo que não andava acompanhado de mulher. Ao que parece, fez o testamento há pouco mais de um ano e nomeou Rocío como herdeira universal de seus bens, que, por outra, nem eram muitos. – Hesitou um instante, como se estivesse contando nos dedos. – Bem, sim, tinha uma casa que deve valer algum dinheiro e uma boa biblioteca, mas não muito mais. Apesar de tudo, algo é algo.

Nacho telefonou a Rocío, mas ninguém respondeu à chamada. Insistiu mais umas vezes com a mesma falta de resposta. Deixou passar uma hora e tentou novamente. Sem resposta. Concluiu que talvez já era muito tarde e disse para si que ligaria no dia seguinte.

Assim fez, mas Rocío não atendeu a nenhuma de suas chamadas até que, na hora do lanche, telefonou do telefone público do bar onde costumava almoçar. Coincidência ou não, a menina dessa vez atendeu ao telefone.

— Alô!

— Rocío, sou Nacho Arán, como estás?

— Oh, Nacho.

— Há semanas que tento falar contigo, mas tive dificuldades em encontrar teu número.

— Onde o conseguiste? – sua voz soava vazia e amarga. – Podias ter-me enviado um e-mail.

— Queria ouvir tua voz, espero que não te incomode.

A menina relaxou e baixou a guarda pelo menos o imprescindível para não parecer mal-educada.

— Não te preocupes, não me incomodas. Fala.

Nacho notava a resistência de Rocío e decidiu não perder tempo e jogar tudo ou nada. Temia perder sua atenção e tampouco estava muito certo do que podia conseguir dela.

— Bem, queria falar contigo, porque ontem li no jornal uma notícia que me inquietou.

— Que notícia? – agora sua voz rangia como pedra rolando escarpa abaixo.

— A morte de Alejandro Martínez Ursola. Não sei se tu sabes quem ele é, Rocío.

Houve um mutismo sobrenatural na linha. Transcorridos alguns instantes, Nacho insistiu:

— Rocío, estás aí?

Como se fizesse um esforço heroico, a mulher finalmente respondeu:

— Agora não posso falar, se quiseres, podemos encontrar-nos algum dia.

Concordaram em encontrar-se dentro de três dias, no centro de Madri. Rocío garantiu que não faltaria ao compromisso e Nacho desligou o telefone, enquanto sentia que sua cabeça dava voltas.

Com a ajuda dos fiéis internautas habituais do Clube Baskerville, Nacho conseguiu averiguar que Martínez Ursola havia se suicidado. Sofria de câncer de pâncreas havia mais de ano e, embora os médicos não lhe tivessem dado muita esperança de vida, ele decidiu não esperar e se injetou uma overdose de morfina. Na imprensa não havia sido veiculada nenhuma notícia mais sobre o assunto (ele esteve muito atento, mas não encontrou nada) e a família o havia enterrado discretamente.

Enquanto se encaminhava para seu encontro com Rocío, não entendia muito bem como encaixar a morte daquele homem com a de Fábio Arjona, ou até não entendia a atitude da jovem escritora, que lhe parecia perturbada e confusa. Mas estava na cara que Rocío escondia alguma coisa e que, fosse o que fosse, o que estava escondendo, fazia-o muito bem.

Deixou o carro no estacionamento dos Mostenses, atrás da Gran Vía madrilenha, e saiu ao sol de julho, que o açoitou como uma lufada recém-saída do inferno. A praça estava suja, cheia de restos orgânicos do mercado (frutas podres, papelão, porcaria informe em sereno processo de putrefação), fechado a essas horas da tarde, e dos detritos dos pedestres, convencidos de que as calçadas eram um grande lixão ao ar livre com funções anexas de banheiro público. Cheirava mal; ele franziu o nariz enquanto se encaminhava para a Gran Vía e subia até Callao, tratando de superar o desgosto que lhe produzia andar pelo centro de uma cidade linda como Madri, que parecia deteriorar-se em marcha forçada, carente por completo de outras tantas normas básicas de ordem pública.

Chegou ao bar, local combinado com Rocío, na rua Preciados, esquina com a rua Sol, um semiporão que a essa hora estava relativamente calmo, fresco e escuro, e pediu um Martini seco e amendoim. Nunca sabia o que pedir a essas horas.

A jovem se apresentou dez minutos depois dele. De vestido preto, como de costume, usava grandes óculos escuros que lhe encobriam metade do rosto. Vinha escutando música em um iPod e, ao ver Nacho, tirou os fones de ouvido, como se estivesse arrancando da cabeça dois tufos de cabelo branco.

— Como vais? – disse. Sentou-se à mesa ocupada por Nacho, sem fazer menção de estender-lhe a mão.

Nacho sorriu com doçura ou pelo menos tentou; não sabia se Rocío apreciou o gesto.

— Bem, obrigado. E como vais?

A menina deu de ombros e não disse nada.

— Vejo-te muito bonita, como sempre.

— Querias me ver...

— Sim, sim. – Nacho sentiu um nó na garganta. Estava tão nervoso como se fosse fazer-lhe uma declaração de amor. E não era o caso.

— Pois bem, já me viste – Rocío fez menção de levantar-se, mas Nacho a deteve, segurando-a suavemente por um braço.

Voltou a sentar-se, docilmente. Não tinha tirado os óculos, mas o meteorologista pressentia que por trás daquelas lentes pretas, que rechaçavam a luz, os olhos da jovem chispavam, talvez afogados em um pranto tão tênue como um leve chuvisco de lágrimas.

— Tens que me dizê-lo – falou Nacho em um tom tão baixo que mal se ouviu a si mesmo. – Vai sentir-se melhor. Em mim, podes confiar, Rocío. – Pôs todas as cartas decisivas sobre a mesa e procurou seus olhos, mas ninguém podia traspassar aquela escuridão, atrás da qual ela havia protegido seu olhar.

# *O SONHO DE NIKITA*

Vem e verás o alto fim que aspiro antes
que o tempo morra em nossos braços.

ESPÍSTOLA MORAL a FÁBIO

Minha irmã não se chamava Nikita, mas Enriqueta, como minha avó materna. O apelido de Nikita foi ideia de seu pai. Nada mais fez por ela a não ser isso, colocar-lhe um apelido. Logo saiu correndo, como meu próprio pai. Nikita e eu éramos filhas de pais diferentes. Minha mãe nunca teve muita sorte com os homens. Dizia que os homens não gostam de mulheres fortes, porque lhes dão medo, como dando a entender que ela o era, que era uma mulher a prova de bombas, imponente como qualquer homem. Não demorou muito para demonstrar-me como estava enganada consigo mesma. Não era uma mulher invulnerável e segura, mas tão frágil como uma flor de estufa, porque se secou de um dia para outro, depois da morte de minha irmã.

Nikita se suicidou aos dezesseis anos. Agora teria trinta e seis. Não deixei de ter saudades dela nem um só dia desde então.

Suicidou-se porque teve algum problema de "amores", típico de uma adolescente. Todos disseram isso na época. Eu não soube muito bem o que estava acontecendo até muito mais tarde. Sim, fiquei dolorosamente consciente da morte de Nikita, de que se havia evaporado de minha vida como a água fervendo, de que nunca mais voltaria a vê-la, de que não restava nenhum vestígio dela. Sim, suas coisas estavam em nosso apartamento em Madri, que na época compartilhávamos com Fábio. Bonecas, música, livros, roupas, maquiagem, patins. Toda essa bagagem que uma menina vai acumulando e que resume tolamente uma vida jovem, que não teve tempo para nada.

Nikita se abriu as veias em uma banheira – como Sêneca, que brincadeira macabra –, as dos braços e das pernas. Estávamos passando alguns dias na praia, em uma casa alugada. Quando o fez, estava sozinha. Fábio, minha mãe e eu estávamos na praia, mas ela havia ficado, alegando que se sentia mal porque estava menstruada. Sempre que dava essa desculpa, minha mãe a deixava ficar na cama o tempo que quisesse. Ficava muito preocupada com o problema.

Os proprietários daquela residência de aluguel, soube-o por minha mãe, ficaram furiosos quando foram informados do caso e pediram que abandonássemos a casa junto com o féretro de Nikita. Nem sequer deram os pêsames a minha mãe.

Quando encontrou seu corpo ensanguentado no único banheiro da casa, minha mãe enlouqueceu. Digo-o literalmente, porque desde então não se recuperou. Lembro dos dias que se seguiram à morte de Nikita, antes de voltarmos para Madri, como um pesadelo em branco e preto povoado de vozes, de choros e de gritos. Minha mãe culpava Fábio porque dizia que ele a havia convencido a sair por aí sem hora para voltar e fazer o que lhe dava na cabeça. Imediatamente depois de desabafar gritando com ele, lamentava-se dizendo que a culpa havia sido sua, por não ter sido mais severa com sua filha, por ter-lhe permitido entrar e sair à vontade, sem vigiá-la mais de perto. Suas amizades, seus namoradinhos, seus colegas de colégio.

Fazia algum tempo, uns dois meses creio, que Nikita estava deprimida.

Ela nos havia dado a entender que era por culpa de algum rapaz de quem estava apaixonada e que a havia deixado. Fábio, recordo-o bem porque o rememorei milhares de vezes falando com minha mãe anos mais tarde, não deu importância. Acreditava que lhe faria bem endurecer o coração um pouco, que isso a faria amadurecer, que era um processo que todos tínhamos que viver na idade dela.

Mamãe, como notava que saía menos e que estava sempre trancada no quarto, não pensou que fosse grave. Gostava de mantê-la em casa, em vez de passar as noites angustiada até que a via entrar pela porta. Tinha medo de que se drogasse ou que alguém a deixasse grávida.

Eu era muito pequena e, apesar de vê-la triste e deprimida, não sabia como ajudá-la. Eu a adorava, mas não fui de nenhuma utilidade para minha irmã.

Nenhum dos adultos à sua volta soube avaliar a gravidade do que se passava. Nem minha mãe, nem Fábio, nem seus professores, pois, ainda não tinha terminado o ano escolar quando começou a sentir-se tão abatida. E em agosto de 1987, enquanto veraneávamos em Las Negras, abriu suas veias e se foi sem despedir-se de mim.

Minha mãe, depois daquilo, nunca mais levantou a cabeça. Rompeu com Fábio, culpando-o, como te disse, da liberalidade de horários e da falta de disciplina, a que Nikita se havia acostumado por culpa sua. Porque a premissa educativa de Fábio era: "Liberdade e que cometa erros e que aprenda por si mesma." Para minha mãe, que até então esse princípio não lhe havia parecido ruim, de repente lhe pareceu uma imoralidade que havia causado a morte de sua filha. Sempre com sua cumplicidade culpada e irresponsável, como nunca se cansava de repetir, flagelando-se sem descanso.

Apesar de tudo, apesar de ouvir minha mãe acusando Fábio pela morte de Nikita, eu nunca o odiei. Não, evidentemente, antes que morresse. Para mim, foi o último de uma série de pais adotivos com que minha mãe nos havia obsequiado desde que me lembro. E Nikita gostava dele. Dizia que era o melhor de toda a lista, que do catálogo de pais adotivos que já havíamos experimentado, só ele passava no exame.

Eu acreditava nela. Acreditava de pés juntos tudo o que minha irmã me dizia. Era lindíssima, e muito inteligente, e mais velha. Minha referência no mundo. Se ela dizia que Fábio era um homem bom e um aceitável pai adotivo, eu não me permitia duvidar disso nem um segundo.

Minha mãe desabou irremediavelmente aos poucos. Eu pensava que algum dia se recomporia, que um dia despertaria e a veria sorrindo, de cabelos limpos e unhas pintadas, preocupando-se se eu tinha escovado os dentes. Mas esse dia nunca chegou.

Esteve meses inteiros internada por doença. Não sei se então aceitavam a depressão como motivo oficial para conceder licença de trabalho, mas indubitavelmente minha mãe não estava em condições de trabalhar. Nunca voltou a fazê-lo depois da morte de Nikita. Agora vive em um sanatório. Vejo-a mais tranquila, mais feliz, e tenho a esperança de que possa voltar para casa comigo em um horizonte não muito distante.

Mas o fato é que eu cresci, depois que Nikita me deixou, um pouco como um cachorro de rua, abandonada à minha própria sorte. Meus avós paternos acolhiam-me durante algumas temporadas e assim conseguia seguir frequentando a escola com regularidade alguns meses. Mas logo tinha de voltar para casa com minha mãe, porque eles também se cansavam e...

Fomos adiante da melhor maneira que podíamos. Eu abandonei os estudos. Sim, tal como Miño Castelo me recriminou, e com razão, não estou oficialmente muito instruída. Não terminei o ensino médio, mas quando completei a idade de minha irmã Nikita, a que tinha quando morreu, sentia-me capaz de enfrentar o mundo. Uma menina dura, que podia com o que quer que fosse. Na época, era minha mãe que se ausentava por alguns períodos para internar-se no sanatório. Agora era eu quem cuidava dela. Como podia, claro.

Foi por essa época que comecei a escrever e a frequentar ambientes "malditos" (como eu era ingênua então), com artistas, gente muito mais velha que eu, interessante e um pouco acomodada talvez. Por essa época também conheci Richard. Richard Vico, meu querido.

A pensão de mamãe dava para comer e pagar o aluguel. Suas internações eram pagas pela Seguridade Social. De vez em quando, meus avós mandavam-me um pouco de dinheiro, junto com seus remorsos. O preço de seu desgaste, suponho. Bem, dava na mesma, porque eu já me havia acostumado a viver dessa maneira.

Richard e eu tivemos uma relação estranha. Eu o amava, e ele me amava, acho. Não tenho certeza. Mas raramente fazíamos amor. Ele estava doente fazia anos. Não confiava, dizia que poderia contagiar-me. Quando completei dezoito anos, tive meu primeiro contato sexual. Com ele. Foi a coisa mais surpreendente e maravilhosa do mundo, mas não devolvi o prazer que ele me havia propiciado. Foi Richard que me incentivou a escrever, que corrigia meus textos e me dava conselhos, e um belo dia, com apenas vinte anos, ganhei um concurso de literatura juvenil. E aos poucos chegaram outros triunfos. Eu não podia acreditar. Comecei a ganhar *dinheiro*. Nunca me ocorrera que algo assim poderia me acontecer.

Richard fazia sua vida pessoal, musical e poética, mas nunca deixou de estar a meu lado desde o dia em que me conheceu até o dia de sua morte. Era o ser mais precioso que conheci em minha vida. Todo o meu amor se foi com ele.

Quando me encontrei com Fábio no primeiro dia, no Cigarral de la Cava, cumprimentei-o com carinho. Afinal de contas, como me dizia Nikita, era o único que tinha passado no exame, e depois dele nunca veio outro pai substituto que o fizesse melhor. Já não houve mais pais.

Eu ia disposta a passar alguns dias agradáveis ao lado de Richard, a passear em Toledo, a comer bem e rir e, de passagem, a fazer fofoca sobre outros poetas ausentes; a divertir-me um pouco. Não tinha pensado em entabular longas conversas com Fábio, nem sequer curtas. Ele estava no lugar que lhe cabia, em meu passado, e a mim não interessava tirá-lo de lá. Não via motivo para fazê-lo.

Mas foi Fábio que se dirigiu a mim, no primeiro dia, para me dizer o quanto gostaria de falar comigo sobre o passado e sobre Nikita. Disse que sabia de coisas que talvez poderiam me interessar.

Quando ouvi o nome de minha irmã, dei um salto na cadeira (estávamos sentados juntos, na hora da refeição). Respondi-lhe que estava à sua disposição. Imediatamente. Mas não me disse mais nada, nem naquele dia nem no seguinte. Eu havia notado que ele costumava beber mais que o habitual e que normalmente tinha um aspecto como que desvairado. Então pensei que talvez aquilo não passasse de incongruências de bêbado e que já teria esquecido o que queria dizer-me, se é que realmente queria me dizer alguma coisa.

Mas no terceiro dia, também durante a refeição, aproximou-se de mim com ar intrigante e me convidou para estar com ele à tarde, no jardim do Cigarral, para "me contar uma coisa e dar-me algo".

Aceitei e ficamos de ver-nos mais tarde.

Comentei com Richard, que me disse que não deveria confiar nesse homem, não gostava dele.

— Foi amante de minha mãe, uma espécie de marido – repliquei-lhe. – Dividi casa com ele quando eu era criança.

Nunca cheguei a meu encontro com Fábio, porque nessa mesma tarde, antes que eu saísse para o jardim, ouvi a confusão na casa (eu havia ficado escrevendo um pouco em meu quarto, enquanto deixava passar o tempo para encontrar-me com ele) e quando desci me deram a notícia de que havia morrido assassinado.

Notei que Richard estava nervoso, como se algo o estivesse inquietando, mas eu o atribuí à trágica situação que envolveu a todos nós, de repente.

Não passaram dois dias, Richard confessou tudo para mim. Passamos a noite em seu quarto, conversando. Voltei a meu andar depois do amanhecer. Fui ao banheiro, vomitei tudo o que tinha no estômago e chorei até que não tinha mais lágrimas. Então sim, precisamente então, eu também comecei a odiar Fábio.

Richard se encontrou com Fábio no jardim. Estava descascando uma maçã e tinha bebido, mas isso não o impediu de articular adequadamente cada uma de suas palavras.

— Estás te envolvendo com minha Rocío? – perguntou-lhe Fábio. – És muito velho para ela.

— Isso não te interessa, se me permites que o diga – respondeu Richard.

Pelo visto, assim começou a conversa. Fábio tirou algumas fotos de sua carteira e mostrou-as a Richard.

— Meu caso com Rocío não é exatamente o mesmo – disse-lhe depois de olhá-las, com asco.

Então Fábio contou a ele, disse-lhe o que tinha acontecido com Nikita, quem havia feito aquilo com minha irmã. Disse-lhe que havia começado a encontrar-se com um homem mais velho, como eu agora estava fazendo com Richard, e que esse senhor mais velho era mau, muito mau.

Nikita havia começado a encontrar-se com Alejandro Martínez Ursola depois que Fábio lhe apresentou sua "nova família". O senhor Martínez Ursola era um perito em perseguir ninfetas e não lhe havia custado muito laçar Nikita, porque a menina tinha uma predisposição inteiramente boa. Era só ver como rebolava, exatamente como uma velha huri, com apenas dezesseis anos. Alejandro estava se aproveitando de sua enteada, disse Fábio, porque era disso que ele gostava, de carne em flor. E a menina, Nikita, havia julgado ter encontrado no velho o amor de sua vida. Deixava-o fazer o que quisesse, inclusive fotos. Martínez Ursola era apaixonado por fotografia. Havia tirado um montão de fotos "artísticas" da menina, sozinha e nua, mas principalmente nua e em sua companhia. Sabia como usar o disparador automático e, em seu pequeno apartamento de solteiro, um picadeiro que mantinha totalmente a resguardo do conhecimento de sua família, havia montado um pequeno estúdio fotográfico, com luzes e tudo o mais. Nikita, que era tola como uma fava, disse Fábio a Richard, era uma modelo disciplinada. A menina – só ela sabia se era virgem quando conheceu Alejandro, e agora não havia maneira de averiguá-lo – era extraordinariamente fotogênica e estava encantada com seu namoro com o homem mais velho, até que um dia, a coitada, descobriu o rolo. Ou seja, descobriu que o "namorado" dela, tão dedicado e ardente com ela, guardava uma coleção de fotos pornográficas, dele com outras meninas que não eram ela, que inclusive eram muito mais jovens que ela. Nikita ficou louca de ciúmes, nisso se parecia muito com sua mãe tresloucada, roubou algumas fotos do arquivo de seu namorado mais velho e foi para casa chorando de raiva.

Quando chegou, nem minha mãe nem eu estávamos no apartamento, mas encontrou Fábio, que percebeu logo que algo estava acontecendo. Ele a seguiu até o quarto que dividia comigo e perguntou-lhe o que estava acontecendo, motivo dessas batidas violentas nas portas e o mau humor. Nikita não queria falar, mas Fábio sabia como ser persuasivo e arrancou-lhe tudo. Tudo.

Minha irmã mostrou as fotos a Fábio e ele compreendeu, só ao vê-las, que seus dias de sorte na terra haviam começado. Confiscou as fotografias e aconselhou-a a esquecer o assunto. Deixou Nikita sozinha no quarto e fechou, dessa vez ele, a porta com uma batida.

— Não quero voltar a ouvir nem uma palavra mais sobre este assunto – recomendou a Nikita, antes de desaparecer no corredor.

Richard conhecia perfeitamente a história de minha irmã, porque eu a havia contado a ele mil vezes. Conteve a náusea enquanto ouvia Fábio contar como havia chantageado Martínez Ursola durante décadas com aquelas fotografias, até que, fazia um ano e meio ou pouco mais, a fonte de Martínez Ursola secou definitivamente. Já fazia anos que havia perdido influência política e se havia retirado do poder. No entanto, tinha sido capaz de pedir os favores necessários para contentar a insaciável voracidade de Fábio. Uma vez que este percebeu que já não obteria mais nada dele, pensou em prejudicá-lo, mas não queria sujar muito as mãos. O tempo – confessou ele a Richard – o havia tornado prudente. Já não tinha mais fôlego para certas coisas. E havia pensado que talvez eu... que talvez, depois de tanto tempo, eu gostaria de saber por que minha irmã se suicidou.

Richard o acusou de ser cúmplice de um pederasta e de haver abandonado Nikita à própria sorte. E Fábio desferiu-lhe um soco no estômago, que o fez cair por terra. Ainda tinha algumas forças guardadas. Richard não estava nem mesmo ciente de que estavam lutando, mas de repente viu a faca, ao lado dos restos da maçã, e pensou que talvez poderia servir para limpar a memória de Nikita e a dor de minha mãe e a minha. Pensou que poderia oferecer-me aquilo como um presente que purificasse minha alma. Estava cansado de ver como eu voltava chorando cada vez que ia visitar minha mãe, com o coração dilacerado. Sabia que a história de minha infância precisava de um momento como esse, que lavasse de uma vez por todas seus restos de merda.

Foi assim que o matou.

Ele fez isso por mim, sabes? Porque, como ele dizia, seu papel nessa função já havia terminado e viu a oportunidade de ter uma última aparição emocionante e digna no cenário da puta vida.

Richard era justiceiro. Dá para ver.

Quando o contou para mim, mal podia acreditar. Eu estava convencida de que Fábio havia sido assassinado por alguém vindo de fora. Algum ladrão que ficou nervoso e... Cada dia esses casos se multiplicam. Tenho uma amiga que mora no centro de Madri; uma manhã, às sete e meia, um tipo do leste da Europa entrou em seu apartamento, subindo pela varanda. Quebrou a pontapés as janelas. Ela estava dormindo, sozinha. Esvaziou a casa; quando estava prestes a ir embora, minha amiga se levantou e topou com ele cara a cara. Imagina o resto.

Eu acreditava que algo semelhante tinha acontecido com Fábio, com um desfecho fatal, mas não.

Disse a Richard que era um idiota, e brigamos. Ele me deu as fotos, e quando as olhei... Sabes? Quando as olhei, tudo mudou. Em nenhuma aparecia minha irmã, mas todas eram de meninas mais jovens que Nikita naquela época.

O resto já sabes.

Richard decidiu abandonar-me e deu-se a última picada. Fazia anos que se tratava para desintoxicar-se e voltava a cair. Era uma espécie de círculo vicioso. Aqueles que provaram a heroína dizem que não há nada melhor, nem nada mais terrível.

Quando tudo terminou e nos deixaram voltar para casa, procurei por Martínez Ursola. Não foi difícil encontrá-lo: seu nome constava no guia telefônico. Morava sozinho, em Madri, apesar de sua doença; pelo que pude averiguar, sua esposa passava a maior parte do tempo longe do lar conjugal, em Valência. Só retornava a Madri com seu marido quando recebiam a visita de seus filhos e netos, por ocasião do Natal e de outras datas do calendário. Não creio que fossem um casal muito bem ajustado.

Escaneei em minha casa as fotos que Richard me havia dado, fiz cópias coloridas com minha própria impressora e, antes de enviá-las pelo correio registrado com aviso de recebimento, liguei para ele. Sua voz era apenas um fiozinho e garantiu-me que não se lembrava de ter conhecido algum dia alguma Nikita.

— Eu te enviei um pacote. Amanhã o receberás – disse-lhe. – Talvez sirva para refrescar-te a memória.

Isso é tudo.

No outro dia, assim como tu, li no jornal a notícia de sua morte. Sei que cometeu suicídio. É uma decisão que ele tomou. Era livre. O mal também é uma escolha. Eu o sei melhor que ninguém.

Minha irmã Nikita, quando se deixou enredar por esse monstro, provavelmente buscava seu pai. Posso imaginá-la rindo, satisfeita ao pensar que finalmente o havia encontrado. Seu sonho. Um homem mais velho que cuidaria dela para sempre. O pai que nem ela nem eu nunca tivemos. Posso imaginá-la sorrindo para a câmara, feliz e nua. Com as mãos do monstro sobre sua pele, percorrendo-a como insetos repugnantes...

Sim, Fábio me deixou sua herança. Engraçado, eh! Uma casa que vale um dinheirinho e um fundo de quase dois milhões de euros. Quando me telefonaram do tabelionato, pensei que estavam delirando, ou que alguém estava fazendo uma brincadeira comigo.

Mas estava enganada. Era verdade: sou a herdeira de Fábio.

Não, não teria sido capaz de tocar nesse dinheiro nem em um milhão de anos. Ter-me-ia caído mal, acarretando-me alguma desgraça. Certamente teria comprado com ele um carro e me teria tornado estrela, ou algo assim. E eu já tenho dinheiro, meu próprio dinheiro. Aquele que ganho, de uma maneira mais que complicada, vendendo livros.

Doei-o todo, à Unicef e às Aldeias Infantis. Espero que o empreguem em cuidar de algumas crianças que precisam que lhes deem uma mão. Ser criança é a coisa mais difícil do mundo. Não é fácil sobreviver à infância, contanto que se saia dela vivo.

# *UMA CARTA DO PASSADO*

Antes de despedir-se, Rocío entregou um envelope a Nacho. O meteorologista ficou olhando para ele como que temendo queimar-se se o tocasse.

— Não, não é o que pensas – garantiu-lhe Rocío. – Não são as ditosas fotos. Essas estão guardadas em lugar seguro, embora agora que um de seus figurantes morreu... creio que vou me desfazer delas quando menos pensar. Vê-las não pode fazer bem a ninguém.

Nacho apanhou o envelope que ela lhe entregava.

— O que é?

— Quando me entregaram as chaves e as escrituras da casa de Fábio, fui vê-la.

Nacho a encorajou a continuar, com um gesto.

— Tomei coragem e, um belo dia, fui para lá pela manhã, com todo o tempo do mundo à disposição. Revistei-a centímetro por centímetro, o que, por outro lado, já tinha sido feito pela polícia. Pensei que talvez pudesse encontrar alguma lembrança de minha mãe ou de minha irmã entre as coisas de Fábio.

— E tiveste sorte?

— Na verdade, não. Fábio tinha uma vida suja, mas talvez

tivesse consciência disso e por isso se havia preocupado em desinfetar sua casa. Não havia nada de interessante. Suponho que as fotos eram seu melhor segredo, e as havia entregue a Richard. – Rocío levantou-se e tomou seu café. – Mas encontrei isso.

Nacho voltou a prestar atenção no envelope que tinha acabado de receber. Amarelo e volumoso, novo.

— O que é? – quis saber.

— Uma carta. Podes vê-la, o envelope..., os dois envelopes estão abertos. Entregue-a a Dona Agustina de minha parte, com minhas respeitosas saudações. Parece que falas com ela de vez em quando.

Nacho também se levantou e lhe estendeu a mão, mas ela se aproximou e lhe deu um beijo.

— Nos vemos, está bem?

— De acordo.

Quando saiu do café, abriu o envelope. Dentro, como lhe tinha dito Rocío, havia outro. Uma carta com carimbo muito antigo. Estava endereçada ao conde Ciano, o remetente era Dom Alberto Pons, poeta laureado, que a havia escrito com uma letra arredondada, clara e infantil. No cabeçalho constava um "*carissimo amico*".

# *SARAGOÇA.*
# *1 DE AGOSTO DE 2007*

Rodrigo havia levantado tarde e tinha ido de mal a pior conforme o dia avançava. Havia uma festa nessa mesma noite, para a qual o haviam convidado, mas como não podia ser diferente, tampouco dessa vez poderia ir.

Não tinha namorada. Nem perspectivas de tê-la nos próximos dez anos. E isso, com um pouco de sorte.

Detestava a ideia de ir sozinho a esses locais. "Quando os colegas te veem, percebem que és um 'trouxa' que não consegue nada", pensou. Sentia-se com um humor nublado. Podia notar as nuvens roçando sua testa e cutucando seu nariz de forma muito impertinente.

Estava sozinho em casa. Seus pais estavam trabalhando e seu irmão tinha saído com alguns outros *moleques* como ele. Mas pelo menos eles eram ainda bastante pequenos para que dessem a menor importância para a ausência de companhia feminina.

Não era o caso de Rodrigo. Ele se importava, e muito.

A campainha tocou. Não fez caso. Voltaram a tocar mais umas duas vezes até que decidiu levantar da cama, visto que ninguém iria abrir se não fosse ele próprio.

— Já vou, já vou! Para que tanta pressa? – gritou, enfurecido. Ficava claro que nessa casa era ele que tinha que cuidar de tudo, até de abrir a porta. – Eh, não sou o porteiro, vamos!

Quando abriu a porta, ficou assombrado. Aquela belezura. Por todos os bits do universo!

— Está enganada – disse à menina. – Não pedimos nada.

A jovem usava um apertadíssimo vestido de festa, tinha as bochechas coradas e um corpo que era um escândalo.

— Isso vem com porte pago – disse a Rodrigo. – Entendi que tu e eu vamos a uma festa. Por que não estás vestido ainda? Ou pensas aparecer desse jeito?

— Uma festa? Sim, tenho uma festa, mas não queria ir, eu...

— Anda, arruma-te! Já estás atrasado.

Entrou na casa e empurrou o rapaz com delicadeza.

— E o que vou vestir? Quem és tu? De onde saíste? Não irás raptar-me, ou sequestrar-me, ou algo pior...

— Não digas bobagens, rapaz.

— Qual é teu nome?

— Meu nome é Estela. É um diminutivo de Maria del Carmen. Podes me chamar Estela todas as vezes que quiseres.

Rodrigo estendeu uma mão para ela. Queria comprovar que era real.

— Eh, eh! Sem tocar! Está bem?

— Mas, mas...

— Venho do Senhoritas de Companhia Executive Express. Somos uma empresa séria. Não temos nada a ver com a prostituição, portanto, não te faças uma ideia errônea, que já vejo que tens. A verdade é que costumamos ir a outro tipo de... eventos, mas, bem. Teu amigo pagou adiantado.

— Meu amigo? Que amigo? Não sei o que está acontecendo, menina. Escuta, sou jovem e sensível, e tu estás me deixando confuso.

— Teu amigo, um certo... – olhou um papelzinho que tirou de sua diminuta bolsa de lantejoulas – Ignacio Arán. Sim, acho que é isso.

Quinhentos euros... Mas não me olhes assim, que ele já pagou, como acabo de dizer-te.

Rodrigo esteve a ponto de desmaiar de emoção, mas conseguiu se repor de maneira quase milagrosa. Vestiu-se em dois minutos e saiu com a menina na rua, de mãos dadas como um casal de pombinhos.

Enquanto isso, Nacho tinha acabado de desembarcar no aeroporto de Newark, Nova Jersey; dispunha-se a recolher sua bagagem antes de procurar um táxi que o levasse a Nova Iorque e pensava que, com o montante de despesas que tinha, não deixava de ser estranho que não conseguisse economizar o suficiente para tornar-se independente da tia Pau e dedicar-se, de uma vez por todas, a viver sua vida.

# *PERSONAGENS*

**Fábio Arjona** – Poeta assassinado com uma punhalada no coração.

**Nacho Arán** – Poeta e meteorologista. Detetive amador.

**Tia Pau** – Tia de Nacho. Fundadora, junto com ele, do Clube Baskerville.

**Rodrigo** – Jovem *hacker* de computador, amigo de Nacho.

**Agustina Pons** – Viúva de um ilustre poeta. Anfitriã de encontros poéticos.

**Cristina Oller** – Ex-parceira sentimental de Fábio Arjona.

**Richard Vico** – Poeta e mítico cantor pop.

**Pascual Coloma** – Eterno candidato ao Prêmio Nobel de Literatura.

**Jacinta Picón** – Poetisa e apresentadora de espaços culturais na televisão.

**Maurício Blanc** – Erudito apelidado *O Verso Coxo*.

**Cecília Fábregas** – Cientista e poetisa.

**Torres Sagarra** - Professora e poetisa

**Miño Castelo** – Ex-professor de colégio e poeta subvencionado.

**Pedro Charrón** – Misantropo e poeta.

**Rocío Conrado** – Jovem autora de best sellers.

**Fernando Sierra** – Poeta em Nova Iorque.

**Rilke Sánchez** – Egrégio poeta latino-americano.

**Alina e Carlos** – Empregados domésticos.

**Inspetor Gámez Osório** – Policial.

# *NOTA*

Este romance é uma obra de ficção e não está baseado em fatos ou pessoas reais (e quando o fosse, isso o torna mais imaginário ainda, se fosse o caso).

Agradeço às *Memórias* de Pio Baroja alguns adjetivos usados durante sua redação.

A personagem de Torres Sagarra afirma ter descoberto que a inspiração das *Coplas* de Jorge Manrique (uma de minhas obras favoritas de todos os tempos) tem uma grande dívida com relação a certas composições do poeta árabe Abul-Beka. Como o amável leitor deverá saber, na realidade foram Adolf Friedrich von Schack e Juan Valera que assim o insinuaram em sua *Poesía y arte de los árabes en España y Sicilia* (há uma edição de 1988 da editora Hypérion). Foi também Valera que traduziu Abul-Beka, seguindo a estrutura métrica das *Coplas* de Jorge Manrique, de modo que a semelhança entre as duas obras é mais que notável e pode induzir alguns a pensar que Manrique plagiou sutilmente o árabe, algo que não é nem verdadeiro, nem diminui sua grandeza literária, porque escreveu versos com "palavras de ouro", como diria Lope de Vega, na história de nossa literatura. A afirmação da personagem e tudo o que está envolvido nesse assunto é, simplesmente, um jogo e uma licença narrativa que assumi, embora não sem grandes remorsos.

TÍTULO Morte Entre Poetas


Equipe editorial LOURDES MAGALHÃES E TÂNIA LINS
Revisão PRIMAVERA EDITORIAL
Tradução CIRO MIORANZA
Capa, ilustração, projeto gráfico e diagramação PAULA COLUCCI

Dados Internacionais de Catalogação na Publicação (CIP)
(Câmara Brasileira do Livro, SP, Brasil)

Vallvey, Ángela

Morte entre poetas / Ángela Vallvey ;
[tradução Ciro Mioranza]. -- 1. ed. --
São Paulo : Primavera Editorial, 2011.

Título original: Muerte entre poetas.
"Finalista do Prêmio Planeta 2008."

ISBN 978-85-61977-27-6

1. Romance espanhol I. Título.

11-03648 CDD-863.64

Índice para catálogo sistemático:
1. Romances : Literatura espanhola 863.64

PRIMAVERA
EDITORIAL

Rua Ferreira de Araújo, 202 - 8º andar
05428-000 - São Paulo - SP
Telefone: (55 11) 3034-3925
www.primaveraeditorial.com.br
contato@primaveraeditorial.com

PRIMAVERA
EDITORIAL

MORTE ENTRE POETAS

foi impresso em São Paulo
pela gráfica Neo Graf,
para Primavera Editorial em
maio de 2011.